集韻檢字表　下

右頁（一七七）

（承前）獚 667-4-2／嘺 374-1-4／406-2-3

4611
坦 772-3-1
埋 1450-6-1
垷 788-4-1
788-6-1
埋 219-7-7
埕 480-5-1
塊 221-8-1
726-2-1
726-7-1
1084-2-5
1101-1-6
覾 1122-4-4

4612
場 1538-4-2
場 454-7-5
459-7-4
堨 151-4-1
堨 1058-5-1
1059-2-3
1076-4-1
1419-7-4
1474-4-1
1085-4-3
垮 1503-4-2
塌 1600-8-4
1601-7-6
330-8-1

4613
蜇 442-8-3
垣 1100-3-1
壋 317-5-2
塓 1584-1-2
1584-2-4
1610-3-2
1623-7-3
壋 589-8-3

4614
埠 765-8-3
1141-1-3
塤 1383-3-4
塤 428-3-7
坤 70-2-3
70-7-1
661-1-1
662-4-2
720-6-5
埚 1035-4-4
311-2-5
311-6-7
1149-3-1
埠 1503-4-4
墿 180-7-2

4615
坪 1036-6-2
埠 302-3-3
794-8-5
796-1-3
1178-3-1

4618
坂 1070-3-3
1221-4-3
堤 54-6-5
76-2-3
195-3-4
208-6-4
規 1512-2-3
翟 142-5-1
722-4-3

4619
堒 841-1-2
1101-2-5
觀 307-3-1
1216-6-2

4620
帗 1074-1-1
帕 1369-7-6
帕 1221-2-4
狚 332-1-2
狚 1221-6-4
帴 1058-1-1
帵 1075-4-3
帽 1074-8-3
幅 1101-5-1
1494-1-5
1495-3-1
1404-5-5
1515-6-2
1405-2-2
1454-3-3
1419-4-1
1632-5-4
1101-5-3
1029-7-2
1528-2-2
1538-4-3

4621
狙 772-1-1
1152-5-2
獋 1422-7-3

4622
獌 1205-5-3
獧 1523-7-1
獨 932-5-4
獪 157-1-4
1488-7-3

4623
獿 320-5-1
343-3-3
縪 653-8-4
668-7-1

4624
嶧 70-5-4
71-3-4
213-5-1
219-6-4
612-6-3
722-4-3

4625
狔 1629-4-1
獪 1373-3-4
狪 1007-1-5
獥 1601-8-2
獨 1319-5-1

4626
帽 455-7-1
狚 455-7-2
帽 1209-1-4
獮 667-4-1
獨 386-1-1
1541-4-5

4628
狼 1070-6-3
狊 190-7-2
狚 1349-3-4
1480-6-4
199-3-5

4629
姻 258-7-1
姐 975-1-2
姻 1035-6-1
姻 712-3-1
1031-1-5
1033-4-3
翺 746-5-1
755-3-5
犲 1562-5-4
幔 1149-1-2
猱 840-6-5

4631
覨 993-3-5

4632
駕 442-8-5
1228-1-2
駕 442-7-4
駕 142-5-2
駌 448-6-1
509-5-5

4633
恕 413-5-2
恕 1012-7-1
想 858-7-3

4640
如 142-2-1
1013-6-4
1215-8-4
娶 413-8-1
414-7-3

4641
姐 1152-6-1
1422-5-5
娌 508-6-3
娓 789-2-2
娌 678-4-1

集韻校本　集韻檢字表　下　一七八　一七七

左頁（一七八）

4642
娚 620-4-7
媂 1543-3-2
媏 352-6-3
媰 449-2-5
864-6-3
937-2-3
媢 43-4-2
152-1-3
904-7-2
1016-2-4
媚 1006-5-3
嫭 271-7-2
孈 1319-5-2

（承前姬）姬 1588-5-1／1591-6-4
娌 288-6-2／759-5-1
媪 272-7-5／289-4-3／751-8-5／830-1-3／1129-4-1
媓 479-6-1
媿 897-6-3／987-1-2
媆 105-5-5／209-1-4／1036-5-2
魏 1201-2-2
親 1161-3-2
孃 1575-6-5
䰥 286-6-5
魖 1129-4-3
龐 104-5-1
魖 159-2-3／565-1-5
孆 426-2-2
孋 1448-2-5
孇 426-3-2

4643（承前舞 1372-6-1）
嫏 370-6-3
嬝 222-5-1
727-2-3
媪 112-5-4
嬩 297-4-2
嬨 1436-1-2
1575-6-4
1576-7-3
媓 317-5-3
354-8-2
360-2-2
360-4-3
511-4-4
孌 317-5-1
776-3-2

4644
㜮 777-3-1
1157-2-3
婢 660-7-4
帑 1228-7-1
嫚 1158-7-1
嫦 1205-7-4
嬝 1074-4-2
嬥 1533-8-5
嬡 360-6-2
360-8-4
斖 67-8-3
70-4-3
71-1-1

4645
嫢 311-5-6
孎 615-7-6
937-2-3
媌 1489-4-6
1506-6-4

4646
妲 694-8-6
娟 455-5-4
媚 831-7-3
989-8-3
1209-5-2
1344-2-5
1354-6-4
嬃 1013-6-2

4648
娛 151-3-2
1034-1-1
娸 1070-7-3
姃 1354-5-1
1363-3-3
媞 50-5-4
54-8-3
197-1-4
645-4-2
717-5-2
1083-4-2
1225-7-2
嫏 213-7-3
嫚 281-1-1
323-7-1
340-3-2

4649
媒 445-7-1
445-8-4
841-6-5
孁 96-1-1
964-2-2
嫯 286-6-3
846-5-4
853-7-1
96-1-2

4650（承前 964-2-3）
挈 142-2-3
145-4-2
438-7-5
1015-1-4
1226-3-3
鞄 259-3-3

4651
靼 772-4-2
1422-7-1
1464-5-1
1524-1-3
鞓 516-4-3
覾 1452-3-1
1542-1-1
1567-3-1
鞁 986-6-4
987-5-5
鞰 289-2-3
751-7-2
鞔 684-7-4

4652
鞨 1539-2-1
鞨 449-1-2
鞰 1417-4-3
1465-1-3
1466-5-2
鞈 1600-7-6
鞧 1347-6-4
鞧 1319-3-1
1346-5-4
1347-1-4
1347-6-3

4653
韃 787-4-1
1170-4-2

4654（承前蹮 1169-7-3）
靽 68-5-1
69-8-2
209-5-3
660-2-2
885-4-4
鞈 1579-5-1
鞾 401-4-3
鞸 1490-5-1
鞋 1510-7-1
韄 1488-5-2

4655
靾 1629-6-2
韅 1373-1-3
1374-6-2
韄 1373-1-1

4658
鞂 195-5-4
197-6-1
鞨 213-7-1

4659
鞣 1595-8-4

4660
鞘 849-3-2
1226-8-1
讐 142-5-3

4661
覩 708-1-5
覿 180-2-2
848-6-2
覾 100-8-2
109-8-2
魏 848-6-1
覬 556-7-1

4662（承前 897-6-2）
哿 836-5-1

4665
韸 795-1-3
838-3-1
848-5-1

4671
笔 442-2-2
幌 52-2-2
笔 145-4-1
想 858-5-3
859-4-4
靶 1623-2-4
覵 580-1-4
590-2-2
590-7-4
923-6-3
覸 49-2-1
957-4-4

4672
揭 1407-1-4
1472-5-3

4673
袈 442-2-3

4674
㨁 660-1-1

4680
趄 1508-5-3
賀 1214-4-5
趄 221-6-3
233-8-5
234-6-2
趄 1317-1-5

集韻檢字表 下 ／ 集韻校本

右頁

趙　1349-5-1　　1548-5-3
　　752-2-2　　752-3-1　　1128-8-1　　1384-2-1
趨　196-1-2　　197-5-4　　468-3-2　　1403-1-5　　1404-8-2　　1418-8-3　　1419-4-3　　1397-2-1
趨　988-5-2　　1373-2-2　　951-8-3
趨　286-1-4　　292-5-4　　311-2-6　　320-1-2　　1563-6-2
趲　279-3-2　　1211-1-1　　1213-6-3　　340-6-1　　360-2-1　　1346-5-1　　1348-1-2
趱　328-8-2　　807-3-2
趲　157-5-3　　1488-4-1　　1488-6-3　　1489-2-4

4681
親　876-2-1　　1154-4-1
覹　1319-1-5
覿　1226-4-1　　1544-3-4

　　1548-7-5　　1549-7-2
鼣　283-2-5　　284-1-4　　757-5-4　　1133-2-1

4685
輝　794-8-1

4690
柤　451-6-3　　1232-8-3
栖　973-8-1
楓　940-1-4
梘　788-4-3
柏　1508-7-2　　1509-5-3
柳　429-8-2　　442-3-4
架　1228-2-2　　259-7-2
栖　1035-4-1　　1115-2-2
架　142-6-2
栖　290-7-6　　760-2-4　　1135-5-1
架　442-8-2
絮　1226-3-4
栖　711-8-2　　1033-7-5

4691
担　773-2-1
枳　1329-7-2　　1330-2-4

4692
枒　385-7-3
枏　721-8-4　　725-4-1　　854-7-3
棉　476-4-2　　724-5-2　　833-2-1
枹　1266-8-3
構　1016-4-1
楬　1405-4-2　　1418-8-4　　1441-8-3　　1473-2-5　　1129-3-4　　1416-1-4
楻　486-4-3
槐　218-4-1　　223-5-5
楬　1401-4-5
欖　1347-8-2
梘　870-6-2

4693
柈　104-5-4　　208-6-1　　209-6-3　　1437-1-1　　1459-6-3
榀　222-2-2　　224-1-6　　727-4-1　　112-1-2　　1561-8-2　　254-7-4　　354-5-5　　1176-8-1

4694
櫃　354-5-4　　1173-5-3　　1115-3-4　　1118-6-1　　1146-5-5　　1160-7-4　　1169-6-5　　1170-5-3　　1215-6-5　　1541-4-4　　1545-3-3
楒　1579-7-1　　1581-1-2　　1583-4-1　　1605-7-1　　285-8-3　　311-6-6　　476-4-2　　352-2-1　　448-4-4　　228-6-3　　401-6-1　　181-7-6　　1490-5-2　　1510-7-3　　1533-2-2　　1539-1-1　　497-2-3　　510-3-1　　1489-2-1　　352-4-4

4695
柈　1629-7-2　　1630-3-1
樺　1373-4-2
㭿　145-5-3
楎　795-5-2　　796-5-1　　1178-3-4

4696
桕　694-7-4
楣　1209-8-3　　1344-3-1
㮰　227-1-2　　730-6-2　　1095-2-2
桲　70-1-1　　209-1-1

4698
枳　51-5-3　　75-5-4　　643-2-3　　652-8-1　　654-8-2
根　1070-5-4
模　191-6-2
椺　54-5-2　　72-8-5　　1134-3-3　　1149-3-2

4699
樏　767-4-6　　768-3-5　　841-1-3
㰍　95-6-2　　666-8-3
樑　167-2-5　　167-7-6　　373-8-8　　907-3-1
㰇　1363-2-1
檪　95-6-1

楊　330-6-2

（右頁上：
287-1-2　　760-1-3　　1437-1-1　　1459-6-3　　222-8-5　　1101-5-4　　314-3-5　　1103-8-3　　238-4-3　　1089-5-3
514-1-1　　507-7-1　　997-5-5　　1559-6-3　　284-1-5　　244-7-3　　523-5-4　　525-4-1　　788-4-3　　1160-7-4　　171-8-2　　426-4-3　　1215-6-5　　392-4-4　　115-8-3　　217-1-2　　219-3-2　　221-1-3　　676-7-4　　678-5-5　　679-7-1　　724-5-2　　1135-5-1　　442-8-2　　1226-3-4　　711-8-2　　1033-7-5　　157-3-1　　439-1-5　　1011-4-1　　1014-1-1　　1015-1-2　　1226-4-1）

趙　1548-7-5　　1549-7-2　　752-2-2　　752-3-1　　1128-8-1　　1384-2-1
趙　196-1-2　　197-5-4　　468-3-2　　1403-1-5　　1404-8-2　　1418-8-3　　1419-4-3　　1397-2-1
趨　988-5-2　　1373-2-2　　951-8-3
趲　286-1-4　　292-5-4　　311-2-6　　320-1-2　　1563-6-2　　279-3-2　　1211-1-1　　1213-6-3　　340-6-1　　360-2-1　　1346-5-1　　1348-1-2　　328-8-2　　807-3-2　　157-5-3　　1488-4-1　　1488-6-3　　1489-2-4

左頁

塼　1598-5-3
墺　1207-3-3　　1340-1-1
歟　1122-5-3
歛　985-7-4

4719
塓　427-4-3　　844-2-6　　845-5-1
壼　1102-6-5
壈　1452-6-4　　1472-7-1
鑾　868-2-2

4720
狖　678-8-3

4721
帆　101-2-4
犼　669-2-3
犯　941-7-2
帆　623-8-5　　1307-7-2　　1308-2-5
犰　1115-2-2
帊　430-8-2　　1221-2-3
狃　901-3-2　　1274-3-1　　1335-3-5
犯　431-3-3
狙　138-1-1　　138-8-1　　1011-6-3　　1012-5-2
狍　394-5-2
犯　97-1-4　　651-8-3
狐　1518-5-2
豝　431-6-1

墇　1356-7-3　　1357-5-4

4715
坍　597-6-4
姆　1326-1-2
坯　500-2-1　　500-6-2
堲　92-6-2

4716
垎　1511-5-1
塄　107-2-2
瑠　1273-3-3
塘　1299-4-1　　1299-5-4
豁　986-2-2

4717
坥　224-6-4
坥　918-5-7　　1290-4-6　　1304-1-2
堀　1398-6-1　　1414-8-2
壏　1414-3-1

4718
坎　599-6-5　　918-5-5　　1290-5-1
欤　205-5-3　　212-1-1
堨　1018-1-1
埭　1274-5-2
歆　117-7-1　　668-6-3　　679-2-5
墈　1275-2-2
塤　1546-4-1
歆　1590-3-3

鶴　1047-3-4　　1058-2-6

4713
垠　262-3-4　　276-4-2　　290-8-1　　1136-7-1
螯　710-3-2
塪　224-3-4
壕　747-5-1　　804-2-1　　1181-1-2
逢　12-5-3　　12-5-4
塚　636-4-3
過　417-7-2
望　186-4-4
蠱　1312-8-2
蟲　1543-4-3
懿　985-7-1
懃　120-6-5　　985-7-2
堀　1398-6-1　　1414-8-2
蠹　29-7-6

4714
圾　1589-1-2　　1592-4-3
投　571-7-2
殳　1311-7-1
塆　577-5-3　　578-2-1　　579-6-2
椒　1329-6-1
穀　1311-6-3　　1276-1-5
墠　92-6-3
殻　1312-1-3
穀　1355-4-3
塲　578-7-4
穀　1311-8-4

坾　644-5-2
埼　1355-2-2　　1356-7-1　　1357-5-3
埇　637-3-1
坿　205-4-6　　206-6-4
塪　475-5-1
塙　416-7-2
柵　528-5-2　　535-1-1　　535-3-3
1262-4-4
埽　832-1-2　　1210-4-1
堉　1035-4-2
都　1075-1-5　　1598-4-1　　1599-3-3
塢　713-4-6　　1033-6-5
塩　1262-6-2
塝　1505-8-1
塯　1409-5-4

塲（塲）　1330-7-3
鄷　261-7-1　　276-6-4
郵　538-7-1
塏　709-2-3
塙　833-7-4
鄁　1075-8-1　　1599-3-4
椒　1329-6-1
鵠　1563-7-2
鵏　788-1-3　　983-8-3　　1049-7-5　　1457-2-4
塯　601-7-1
堉　578-7-4
鶉　1334-7-3
瓚　1601-7-5

4711
圯　117-1-2
郂　671-3-3　　677-3-5
坦　138-3-5　　535-3-3　　1011-5-2
坼　1199-7-7　　1337-5-5　　1338-5-2　　1353-3-3
塊　658-7-2　　659-3-2　　968-7-2
垸　720-3-3　　1048-1-2
颰　22-2-6
撷　211-8-3
塊　939-6-1

4712
埒　708-6-2
均　1482-8-5
坳　1407-5-2
均　260-6-1　　1127-6-5
圬　689-8-4
邦　205-5-1
坰　511-1-2　　524-4-3　　525-2-4　　1258-1-2
坰　1568-3-4
均　903-7-1　　893-7-3
坼　46-8-2

盬　711-5-2
鑾　29-7-4
鑾　823-6-5
聲　533-3-4
鑾　499-2-5

4702
邘　1581-8-2
郂　912-4-3
弩　710-2-1
翅　498-4-1
鶏　1109-7-3
鳩　540-1-5　　541-7-4　　651-2-1
鴒　1565-4-2
鳩　26-7-3
鳩　590-3-5　　1287-4-4　　1292-7-2
鵸　47-4-2　　630-3-1　　640-3-4　　641-8-3　　868-1-2

4701
颰　498-5-6

4703
㲃　913-1-1

4704
殳　588-3-3　　914-6-1　　922-7-1　　1287-2-3

4708
欨　590-5-1

4710
鏊　496-5-1　　509-7-2　　525-4-2

846-6-1

集韻校本　集韻檢字表　下

一七八二　一七八一

4742

鶏	1076-6-1	娳	628-1-4				656-5-4		1030-6-2	猴	515-4-5
	1109-7-2		638-2-1	**4742**		慇	1356-5-4	狖	1316-7-5
鶒	627-8-2	嫶	212-2-4	娚	142-3-2	娩	758-3-6	歁	1621-5-5
鶦	1408-7-4		445-8-6	郎	51-3-4		801-5-3	歊	1404-5-6
鶌	1218-1-2	嫗	365-1-5		74-5-2	**4734**		1418-4-2
鶍	410-4-3		546-8-1		79-6-2		1124-3-5		1632-5-5
鶎	1337-2-8		548-5-4	妰	1482-5-1	穀	1356-5-5	狚	146-7-2
嫡	602-3-1		556-1-2		1483-5-3	穀	565-6-2	嫩	725-1-2
鶒	185-3-2	嫻	1339-2-2	妁	261-1-3		1033-3-2	獺	1423-4-6
孏	773-2-6	婦	895-7-1	妒	146-1-2	娓	107-3-2		1277-4-1		1445-2-2
鶮	1445-4-1	朝	171-6-3	努	184-4-3		681-4-2	歡	306-2-1
鶏	1519-6-2		381-5-2		710-2-3		685-4-1			**4729**
鶦	1409-3-2		381-6-1	郡	1517-7-4	**4740**		992-2-5
嬭	362-3-2		186-4-6	娚	142-3-1	夋	1315-1-2	猱	412-7-4
鶏	1030-8-3	嫰	551-8-2	妁	153-8-4	娍	204-3-3	孳	184-3-1		557-7-1
嬾	1346-4-3	婚	1035-4-3		158-7-3		720-5-3		710-3-1		1274-2-5
	1347-8-5	嬝	299-4-4		696-4-6	娩	1019-3-4		1030-6-5		1284-3-2
	1350-3-2	嫋	168-2-3		1016-7-3	娌	199-6-3	妤	100-2-1	嶸	1056-6-2
	1363-3-4		169-8-2		825-7-3	媵	988-7-3	翅	52-8-3		1461-4-2
	1365-7-2		560-2-1	娚	900-4-4	婩	1131-4-2		958-3-3		1462-7-4
			1022-2-2		112-5-5	娌	1311-1-2		965-5-4		1464-1-3
4743			1024-5-4	娳	1408-2-3		1357-8-1	遑	579-2-3
			1271-3-5	郭		娍	1407-7-2	聲	506-1-3		**4730**
夅	28-6-3		1271-5-4	媗	947-3-3		1407-8-3
媳	999-5-5	嫟	1445-7-1	娙	1233-7-5	娩	280-5-3	**4741**		擎	508-7-3
娼	225-2-6	嫖	812-1-4	娳	1237-6-3	嫚	1281-7-5			擎	29-7-5
媸	15-6-1		1483-8-1	娳	254-5-3	嫸	867-7-3	妣	265-6-2
嫄	802-3-2		1511-3-5		256-4-3	魾	1202-1-3	妃	117-4-2	**4732**
婳	8-4-4		1554-4-3		260-8-3	娳	530-8-7		123-7-2
嫲	118-3-3	鞠	1339-3-1		1171-7-4	嬢	1260-5-4		1096-2-3	邡	293-3-4
㜏	1414-1-1	嫪	412-3-4		1172-7-2	嬥	1132-8-2	妞	901-6-3	邦	108-6-3
㜽	14-2-1		1212-8-3	娳	53-6-1	娳	835-8-4	妃	430-8-3	翅	993-4-3
		勠	1413-8-5		55-1-2	嬥	365-8-3		431-7-3	駕	184-3-3
4744		鶏	51-2-1		197-1-5	嬥	366-3-5	姐	141-2-3	鄆	675-2-1
		鷞	965-4-4		423-8-4		810-6-4		649-4-1	鄩	337-1-2
奴	184-1-4	鷞	390-1-3		644-6-2		1188-6-2		838-1-4		789-5-1
	1030-6-1		391-8-5		645-4-3		1367-1-5		848-1-2		1171-1-6
妲	1592-8-5	321-7-4		655-1-2		1367-5-3		848-3-1	駕	186-2-2
好	828-5-1	嫻	321-7-3	嬢	838-4-1		1549-3-3		1011-8-2	駕	1276-2-3
	1206-1-4	鄭	748-2-1	娜	427-4-2		1087-8-2		1015-2-1		1312-3-3
妤	167-7-3		1134-3-4		839-6-1		283-3-2	妮	97-2-1	駕	1439-3-4
娓	249-5-3						285-7-7	娍	1073-1-3	**4733**
嫻	166-5-1						1097-3-1
							1132-7-4	娍	447-1-1	怒	710-1-5

右半

	287-3-1	狽	442-5-4	狨	24-4-2		22-6-4	鄐	188-7-2	幌	801-6-6
獬	721-2-3	穀	565-3-3	狼	262-2-3		535-7-3	峋	157-6-3		1123-8-3
	721-6-2		567-4-4		276-6-1		950-2-4		565-5-5	幌(幌)
	1277-1-1		318-5-4	鄸	13-7-2	狗	903-8-3		292-6-1
獬	310-4-1		323-5-5	幮	547-4-4		1275-6-5	庖	1201-7-2
帓	381-3-3		765-5-2	獮	232-4-6	帑	184-3-2		1202-2-2
貃	364-7-2		1112-5-1	獮	323-5-2		865-7-5	皰	394-5-3
狢	1500-5-4		1320-1-4	終	28-8-2	獮	323-5-1	郝	1501-1-1	狁	204-7-1
幅	919-3-4	幝	725-2-1	憁	32-2-4		775-8-3		1501-3-3	猛	873-4-2
獨	551-2-4	穀	1311-5-1		635-6-1	狐	1480-6-6		1533-4-4	幄	1358-2-4
幨	606-3-1	穀	1356-4-4		635-6-4		1481-8-1		1534-7-1	狐	21-7-3
	1299-3-2	椵	440-4-3	獴	343-2-4		1530-1-2	帹	8-4-2	猛	509-1-4
		穀	1311-3-1		346-2-6	猗	1384-4-4	峋	254-6-2	狘	1512-1-1
4727		穀	909-7-1		358-5-2		1389-5-2		256-3-1		1567-5-6
猸	413-1-1		1277-7-6		358-7-1	幘	1511-2-2	帩	839-7-1	狸	836-1-7
帕	1624-8-7		1311-4-3		359-7-2		1514-4-1	郤	92-3-3	幞	681-4-3
猫	1304-2-3		1313-2-1		1180-6-4	鴝	891-7-1		127-6-3	桱	322-7-2
猖	1398-1-2	猛	405-6-1	幢	953-4-3		1340-6-4	狲	433-2-4	翟	186-2-3
			1342-3-5	幪	12-8-1	鴝	191-4-2	狪	8-2-1	瞿	1367-6-2
4728			1356-3-2		949-6-4		1032-2-2		9-7-3	翹	384-6-4
歎	153-8-1		1361-4-1	幡	8-4-1	鳿	1556-4-6	狓	73-7-1		1196-1-4
	190-1-2		1501-5-1	幬	1212-1-1	馨	1356-8-2	郜	389-1-1	聱	1312-3-4
欶	1555-1-2	穀	1312-4-2	擎	1311-4-1	鶏	127-4-2	峒	547-4-6	甏	14-3-2
	1567-8-1		1312-6-1	獲	412-8-1		665-5-1	狷	417-6-3		22-7-1
歇	127-1-2		1313-2-4		1355-6-2	**4724**	306-3-3	狽	825-2-1
	984-4-2		1357-6-3		361-5-2	猴	620-1-1
	1003-7-2	穀	1277-4-2	鶏	395-3-3	搋	1591-2-3	郤	830-4-3	猩	623-1-1
幮	562-7-3	攫	412-7-2	鶷	1500-4-2	狠	1627-3-5	猁	186-1-3	飆	21-6-2
狳	204-2-2		1355-8-3	鶷	399-2-3	殼	1355-8-3	猜	1436-6-3	飆	1414-1-4
	1047-5-5		1356-3-4	鶷	385-8-3		1501-6-5	猾	137-7-2	桐	628-4-1	**4722**
	1435-8-1	**4725**		387-6-1	姆	906-4-4	嶋	713-6-3
	1436-1-4	姆	906-4-4	鶷	950-3-2	猸	300-4-5	郗	315-8-4	妁	809-6-1
	1442-3-2	狲	300-4-5	鶷	47-8-3	猻	315-7-2	嫪	389-2-1	刡	1112-4-7
	1452-4-1	嶋	315-7-2	報	775-5-1	殼	506-1-4		391-2-1		1369-7-5
	1454-3-5	殼	506-1-4	鶷	1460-5-2		1159-3-2		1254-7-1	猣	392-1-1	狌	372-1-3
猴	563-1-1	狲	46-2-4	殼	642-3-2	鶷	305-5-1		392-5-3		1482-7-3
嶼	330-7-4	狰	500-2-4	殼	388-7-3	鶷	307-5-4		398-5-4	狌	339-6-3
	512-1-1		501-2-5		400-3-4		362-5-5		824-2-2		340-5-5
	515-1-4	幃	287-8-2		1198-7-5		1146-7-3		824-8-1	狌	1319-8-7
	1174-4-1	狸	128-4-1	狨	558-7-1	**4723**		827-2-4	郁	1339-8-1
	1546-1-4		273-2-4		898-8-3	夅	29-2-1	郫	14-3-7	郇	294-1-5

一七八一

集韻校本

集韻檢字表　下

一七八四

一七八三

	907-7-2	趲 659-7-2	罄 1276-1-4	
	1022-1-2	659-7-5	磬 885-1-4	
	1349-2-2	趨 511-4-1	1254-6-1	
趫	1384-8-1	趒 1511-6-1	罄 437-5-2	
	1389-4-2	趙 62-8-1	**4778**	
	1390-5-4	1022-1-3		
趭	146-3-1	趍 89-4-1	攷 430-2-2	
	695-4-2	974-6-1	1010-2-1	
趱	931-2-5	趙 752-2-1	攲 600-5-3	
	934-6-2	趭 637-5-1	欨 1049-3-2	
趬	89-3-4	趣 166-2-2	欼 1052-4-4	
趰	255-8-1	570-5-1	1060-5-1	
	261-1-2	747-1-2	欨 594-1-4	
	264-2-3	899-2-2	617-8-4	
趠	805-3-4	907-7-1	918-7-1	
	1110-5-1	1022-1-1	932-7-3	
	1172-6-3	1349-2-3	1590-5-4	
	1384-8-6	261-5-3	歃 1328-2-1	
	1390-5-3	744-3-4	1328-7-4	
趲	1195-3-1	1121-5-3	1341-1-3	
	1478-8-2	397-8-4	1593-5-1	
	1548-5-3	1204-4-2	**4780**	
趣	1176-8-5	趮 541-2-2		
趯	1565-6-1	1337-3-6	起 679-5-1	
4781		1337-7-2	赶 1398-2-3	
		1339-4-1	趙 541-2-1	
趦	1258-3-4	趉 1321-3-3	趚 264-5-2	
飄	487-1-2	1351-2-3	511-3-6	
飆	376-3-3	趘 1349-2-4	趠 1282-2-1	
4782		1398-6-5	1539-8-4	
		1403-4-3	趡 138-1-2	
郲	27-2-2	趙 1469-5-2	趑 1119-3-2	
	41-3-4	1474-5-2	趐 157-5-4	
郲	1625-4-1	欻 885-1-1	696-8-2	
郲	494-6-1	趣 1250-2-2	699-5-3	
期	121-3-1	趙 1057-4-1	趆 381-2-4	
鄭	1497-4-1	趙 1437-1-3	817-3-3	
鄭	480-6-2	1437-6-1	1188-5-2	
郲(奭)		趨 192-3-1	1198-3-3	
	156-5-2	713-7-2	趏 1452-7-2	
鵝	41-4-4	趙 166-1-3	趙 546-2-1	

	1445-7-3	軔 557-6-5	瞀 1042-7-2	
卻	1486-3-2	鵲 1480-6-3	磬 1356-6-5	
邯	297-8-1	鴰 79-8-2	瞥 97-2-2	
	600-5-1	80-7-2	109-2-2	
	919-8-2	翱 410-1-2	522-1-1	
郇	610-7-4	834-5-5	1257-5-2	
	933-7-3	1211-7-3	磬 885-1-3	
鄱	1419-3-1	鶓 186-2-1	1254-6-3	
鄴	915-1-4	翿 547-3-2	磬 380-4-5	
鵲	1291-6-3	鵲 1437-5-5	410-1-7	
	75-2-3	鵲 410-8-2	瞥 963-3-2	
鵲	249-2-4	548-3-3	瞥 884-7-4	
鶓	1630-6-4		1255-1-2	
睯	602-2-5		磬 1212-2-3	
	4764		磬 522-7-2	
		歔 1212-2-2	磬 585-7-2	
	1075-7-2	瞉 1355-8-1	596-4-6	
	1419-4-5	瞉 852-4-2		
	1442-2-3	瞉 1033-3-3	**4761**	
	1442-3-3	瞉 1357-6-2		
	1442-8-1	瞉 1275-8-4	艷 535-7-1	
	1276-3-1	1277-4-4	1263-1-1	
	1311-5-2	瞉 1312-7-4	矒 186-1-1	
4773		瞉 556-6-4		
			4762	
裂	1092-4-4	**4768**		
裂	439-2-1		部 1381-5-2	
裂	1313-2-6	欨 1086-6-1	胡 184-5-1	
裂	1316-4-3	1381-1-3	1031-6-3	
裂	1318-2-1	1383-5-5	都 142-8-3	
4774		欽 78-8-6	179-6-4	
		80-3-3	鄙 1222-6-4	
垠	798-3-9	歀 1452-2-4	1532-2-1	
扱	1587-3-5	歇 117-7-2	郡 1484-1-2	
瞉	1356-4-3	668-6-2	1485-5-1	
瞉	1311-5-3	679-3-2	郲 78-8-4	
瞉	161-4-3	歔 1190-1-2	胡 1451-5-5	
歔	560-6-3	1560-8-1	鄙 548-4-4	
歔	562-4-1	歐 1567-6-3	556-7-2	
瞉	1356-4-2	**4772**	898-1-1	
瞉	1312-3-5		鴰 188-1-5	
4772		切 1035-6-2		
4777		胡 186-4-5	1105-6-4	

	1127-5-1	**4753**	鞬 1368-2-4		
	1128-5-2		鞬 603-5-3		
	1130-4-1	報 282-3-1	605-7-6		
鞤	721-4-1	287-4-1	619-8-2		
4756		291-1-1	1307-1-5		
		296-8-5			
韶	410-1-4	759-8-1	**4752**		
輅	1492-3-3	765-3-3			
贛	1299-3-5	1136-6-1	鄣 129-3-1		
贛	601-8-3	1547-5-2	靮 1112-4-3		
	606-2-4	**4754**	靮 1112-4-2		
	1299-3-4		鞠 476-3-2		
4757		鞁 1578-6-4	858-4-2		
		1592-8-1	**4750**		
輻	1398-5-4	靫 214-2-2			
		435-5-2	鞘 1121-7-3		
4758		1466-8-3	158-8-3		
		靸 1578-6-5	27-8-1		
轍	569-7-4	1592-8-3	10-1-1		
轞	1008-7-2	毂 1277-2-2	翱 1524-6-3		
	1102-2-3	毂 309-8-5	**4751**		
纗	312-4-3	622-1-2			
	312-8-1	毂 127-8-3	靶 1221-4-4		
4759		毂 1277-2-1	**4747**		
		毂 1277-1-7			
鞍	844-3-1	毂 1312-1-1	姐 117-4-3		
	845-6-2	鞄 899-1-2	676-7-2		
縁	1320-6-4	鞨 1469-2-1	始 931-8-4		
縲	557-3-4	鞍 440-7-3	1297-7-2		
	898-5-3	774-2-3	娼 225-1-5		
	1270-5-3	毂 1155-4-1	**4748**		
	1274-2-2	蝦 440-7-2			
縲	898-6-5	774-1-1	延 139-6-2		
鞿	1271-4-6	774-2-1	歁 1621-5-6		
鞿	1082-2-5	毂 1356-1-5	歁 530-3-2		
4760			嫀 563-8-6		
		4755	娠 503-4-3		
砮	184-3-4		515-2-3		
	710-2-2	靽 36-5-4	885-7-3		
	1030-6-6	靽 272-4-2	娼 1207-5-5		
磬	1311-1-4	1127-4-5	1179-7-6		
	1501-6-4	靽 272-4-3	146-1-3		

	1515-5-2	婷 1252-7-2	560-3-2	
	773-2-2	12-6-5	907-8-3	
	605-7-6	36-3-2	姒 1330-5-2	
	619-8-2	1260-8-3	嫛 92-3-1	
	1307-1-5	嬾 306-2-5	1062-5-3	
4752		婔 220-2-3	1440-2-2	
		娛 844-1-1	1444-7-5	
	759-8-1	1218-8-3	1465-6-3	
	765-3-3	嬋 281-4-1	報 403-6-2	
	1136-6-1	**4746**	1019-4-3	
	1547-5-2		1208-4-2	
4754		姤 380-4-3	彀 909-6-2	
		姡 885-8-1	婷 1048-4-3	
	214-2-2	娵 135-6-1	嫂 831-8-4	
	435-5-2	婚 289-7-1	婢 338-8-2	
	1466-8-3	媚 992-1-1	511-5-1	
	1578-6-5	媰 551-3-4	嫁 852-4-3	
	1592-8-3	嫶 1585-2-3	彀 1276-7-1	
	1277-2-2	嗠 1513-1-3	彀 909-6-5	
	309-8-5	**4751**	1275-8-5	
	622-1-2		1277-1-6	
	127-8-3	靶 1221-4-4	婞 220-8-4	
	1277-2-1	707-6-2	姆 579-3-3	
	1277-1-7	753-1-5	彀 909-6-3	
	1312-1-1	394-4-1	1284-2-4	
	899-1-2	825-5-3	彀 1311-5-4	
	1469-2-1	1202-3-4	嬬 1233-1-4	
	440-7-3	1344-1-2	**4745**	
	774-2-3	1345-8-4		
	1155-4-1	1360-4-1	姗 607-8-2	
	440-7-2	1361-7-2	931-4-3	
	774-1-1	719-2-5	935-7-3	
	774-2-1	825-5-4	姆 706-2-3	
	1356-1-5	659-7-3	906-5-2	
		311-3-2	1279-6-1	
		758-5-1	姍 300-4-1	
		762-7-1	309-1-3	
		885-7-3	315-8-3	
	1566-8-1	1230-2-2	326-4-1	
	1569-1-4	1529-6-6	1159-1-4	
	1569-1-5	1337-2-6	1421-4-2	

集韻校本　集韻檢字表　下

一七八六　　一七八五

左半

楸 1403-6-4	1512-5-3	1462-3-2	殺 993-5-2	橌 362-5-3	412-4-1
楔 515-4-3	桾 273-7-4	1462-3-4	1056-7-2	**4793**	棚 1037-2-2
885-7-2	1128-7-2	1466-4-3	1089-4-4		1037-3-4
椒 1316-5-2	楉 1413-8-1	櫋 911-3-4	1421-2-2	柊 24-1-2	槝 809-7-1
楨 1146-4-3	椐 134-2-2	穀 1311-7-2	1438-8-4	根 297-2-1	1187-7-1
樗 768-3-7	135-1-1	橪 453-1-3	1462-2-4	梠 999-6-2	1316-1-3
1145-4-2	687-6-1	穀 1311-7-3	椴 1080-4-1	椣 1112-7-5	樛 369-7-2
樷 1526-6-5	1010-6-2	穀 1312-5-3	1524-7-2	椆 883-3-4	540-5-4
歎 916-8-4	格 1446-7-1	榑 578-8-5	1539-6-1	槌 93-8-3	575-4-4
1288-7-1	楷 290-1-1	欂 265-1-2	1554-5-2	963-6-1	576-8-4
橫 698-3-1	楣 106-6-3	344-8-4	椵 577-3-5	摠 14-8-4	橺 1114-2-5
949-1-2	榴 550-1-1	榖 1316-3-3	578-2-2	630-5-3	欄 322-2-2
橋 922-8-7	楮 1580-5-6	機 658-3-1	582-2-2	945-7-1	橺 775-8-1
櫬 1108-2-1	1615-8-1	穀 1311-6-2	911-3-5	椽 358-6-1	779-4-1
櫸 1204-7-5	楁 1030-5-1	槤 97-8-1	1285-8-1	1181-1-3	橍 1529-7-2
4799	檐 601-5-2		椒 559-8-2	槌 743-3-4	橘 410-5-4
樑 427-5-3	1295-5-3	**4795**	570-5-3	802-4-1	橘 1390-3-3
1218-7-4	檜 709-7-2	柑 591-5-2	899-1-5	802-7-4	潏 1056-7-3
椋 979-1-6	**4797**	608-1-2	907-3-3	803-7-2	1089-4-5
椓 607-4-3	柑 116-8-2	柵 1159-3-4	907-7-4	1119-5-2	櫚 1370-7-3
祿 1322-4-4	676-7-3	1521-8-5	908-1-2	1180-5-2	1371-2-3
樑 898-4-2	柏 93-7-4	栘 46-1-3	1074-3-2	樋 7-7-3	橺 1412-8-5
1270-5-2	柩 1398-7-4	栟 499-7-6	椒 374-7-5	樋 436-5-1	橺 144-5-1
1274-2-4	栖 595-6-1	棒 36-4-3	1056-7-6	437-8-3	鵏 158-3-3
樑 43-8-1	**4798**	樺 127-8-4	1193-1-2	椽 856-2-2	鵏 237-8-2
榱 366-6-5	枚 611-3-2	274-1-3	椒 1316-6-1	槐 262-3-3	鵏 231-6-5
欑 281-7-5	615-8-4	287-1-4	1325-1-3	橼 1015-8-3	橺 601-5-3
檂 1421-5-2	梴 139-5-2	761-7-6	椵 1466-1-2	椽 359-3-3	928-6-2
欏 1453-4-6	款 275-1-3	椫 1453-4-5	椵 1154-6-5	橘 718-3-1	鵏 181-6-4
欅 744-2-1	768-2-4	欗 721-4-6	1155-3-1	欄 303-5-2	
欓 200-5-3	棋 697-4-2	721-6-1	**4794**	808-2-5	
4801	楔 705-7-1	欅 687-5-2	椴 405-3-4	1168-8-5	
尳 101-7-5	1434-8-2	**4796**	椵 441-1-2	極 1604-4-3	
541-7-3	1453-7-2	栩 380-1-2	442-8-4	1622-8-3	鵏 1371-3-4
4802	1462-3-1	380-7-2	852-5-2	杵 676-3-3	欄 316-3-3
彎 494-1-2	欵 768-2-5	816-6-2	穀 1277-5-1	权 214-2-3	358-2-2
4806	榛 563-5-5	格 1493-3-2	1277-8-2	435-4-1	鵏 369-2-4
峪 498-3-6	楔 740-5-2	1500-8-2	穀 1313-1-3	1082-7-3	1194-8-1
	樑 607-4-4	1502-3-3	穀 909-6-4	1231-2-1	鵏 1073-5-3
		1511-6-2	椵 1439-2-1	柭 169-3-1	欄 601-5-4
				1071-5-1	欄 1350-2-3
				柵 1179-4-5	1367-6-1

右半

841-6-2	697-4-3	1511-2-4	1221-6-1	1619-1-1	劓 1319-8-4
854-4-4	904-1-3	1550-8-4	袓 141-2-1	1624-7-1	鷄 830-3-2
1216-3-1	1017-6-1	欏 825-1-4	179-3-2	欺 118-6-2	鷄 1618-1-4
1216-7-4	柳 900-2-3	欏 622-4-3	435-8-1	歎 302-1-2	鷄 1625-8-4
棚 488-7-1	桐 113-8-1	622-8-3	436-8-4	1152-6-3	鷄 119-1-5
503-1-4	邦 541-6-3	1307-3-3	691-3-3	歘 291-5-1	122-5-3
535-3-4	梆 46-8-1	柹 367-4-5	炮 161-4-1	1137-2-1	鷄 494-7-1
椆 365-2-1	梛 583-6-2	**4792**	161-8-1	歟 53-3-6	鷄 1556-6-1
548-2-1	梛 440-1-4	初 367-4-5	163-2-1	歠 1152-6-4	鷄 241-3-1
556-3-4	桐 8-3-3	407-7-3	393-4-2	**4790**	331-4-5
1270-1-2	9-2-1	1315-5-1	561-1-6	柜 98-4-3	332-7-3
1284-6-3	628-6-1	杤 111-5-1	柜 98-4-3	紮 145-3-1	304-1-1
楲 1338-4-2	邨 237-4-2	527-8-1	梶 96-8-2	850-7-2	766-4-2
椰 469-5-1	枸 254-3-1	1259-4-3	651-6-4	黎 1355-7-3	1154-2-3
楯 1415-5-1	740-5-3	杓 376-5-4	666-2-5	1357-1-4	481-3-1
椄 1370-6-3	栘 72-7-2	377-4-1	718-8-5	黎 509-7-3	繆 835-4-1
1371-3-3	195-1-3	1187-7-3	梳 400-7-3	525-2-2	1212-8-4
椰 1511-7-3	208-1-2	1483-4-4	829-1-1	884-8-1	鷁 270-5-3
1513-3-1	240-4-3	1548-3-1	1338-5-7	黎 1421-3-1	291-2-2
1518-8-2	652-5-5	杓 27-2-3	1353-2-5	鑿 850-8-6	57-1-2
楷 137-5-1	椰 426-8-3	初 111-5-5	柵 1455-5-5	繫 21-8-3	鷁 119-1-4
619-6-1	柵 1043-5-4	1112-7-4	梡 224-1-2	繫 21-8-3	鷄 101-6-1
689-4-4	栩 693-6-4	枂 1400-6-4	659-4-3	**4791**	**4783**
1011-4-2	696-6-2	1429-2-2	枪 1051-7-1	机 100-3-5	668-8-1
楮 551-6-4	698-8-3	杓 740-3-1	槐 181-3-3	668-8-1	艱 261-2-4
楄 191-6-3	桷 1355-1-1	751-4-7	758-3-4	杋 624-2-5	322-8-1
1416-1-5	柳 1371-6-3	1115-8-3	梶 681-6-6	624-3-4	**4784**
椴 254-2-2	1390-7-2	1121-4-5	梡 204-5-2	杣 251-7-1	穀 1277-8-1
256-7-3	桐 1339-1-3	1122-1-1	1454-6-7	266-7-1	1356-3-1
槒 168-2-1	1353-2-1	1128-2-2	極 1566-5-4	1115-3-5	穀 1311-3-3
559-4-2	1353-6-1	柳 476-4-1	1568-7-1	杞 679-6-4	1355-8-2
椰 1505-8-4	桶 627-8-1	1243-8-1	楓 21-7-1	724-5-3	穀 1311-3-2
椰 641-5-2	628-5-2	杼 692-6-5	612-6-2	杷 676-8-3	1313-2-5
棚 1363-2-2	638-1-3	694-2-2	624-3-5	杻 257-3-5	1356-3-3
1363-7-3	鄒 181-8-2	1013-5-1	椶 1358-2-3	898-6-2	481-2-3
棚 866-6-2	182-3-5	1280-2-3	椶 508-8-2	899-7-2	戴 481-2-3
楜 1445-4-2	椰 440-1-5	柳 43-7-3	槐 571-3-1	901-4-4	901-4-4
1445-8-2	椰 1340-4-6	桐 883-3-5	麭 394-4-2	杷 431-8-4	**4788**
榴 1511-4-2	桐 475-6-4	枸 157-2-1	1201-8-5	1082-4-2	欣 174-7-1
鄒 811-7-2	桐 862-6-2	158-8-1	櫸 1582-4-4	1091-5-2	歡 1590-3-1
柳 367-5-4	槁 416-4-1	566-3-2	權 1204-7-2	1221-5-1	1618-6-4

集韻校本

集韻檢字表　下

一七八八　一七八七

左半

（第一欄）

- 1625-5-2
- 鞱 552-2-2
- **4858**
- 翰 615-8-3
- 932-5-3
- 1303-4-1
- **4859**
- 鞿 180-4-3
- 182-2-4
- **4860**
- 警 876-4-3
- **4864**
- 故 1032-8-1
- 敀 1434-6-1
- 敬 1245-5-4
- 敬 654-6-1
- 敿 1212-5-2
- **4873**
- 鎌 612-8-5
- 614-4-4
- **4874**
- 攸 52-4-2
- 敆 1623-6-3
- **4880**
- 赳 1382-5-2
- 1396-2-4
- 1396-3-1
- 趐 1396-5-3
- 赳 34-7-4
- 趄 35-3-5
- 趐 916-5-4
- 趁 249-7-2
- 250-5-4
- 737-5-3

（第二欄）

- 鞃 1051-4-3
- **4852**
- 輪 587-7-6
- 588-1-1
- 611-7-3
- 1288-3-1
- 1294-1-5
- 輸 167-2-2
- 173-6-4
- 1022-7-1
- **4853**
- 轍 1616-7-1
- 轃 976-7-4
- **4854**
- 敦 1423-1-3
- 敦 127-8-2
- 131-6-3
- 鞍 1267-8-3
- 1323-1-2
- 1324-8-5
- **4849**
- 斡 538-1-4
- 596-2-1
- 1591-8-5
- 鞦 1267-8-1
- 轍 980-2-3
- **4855**
- 輪 281-6-1
- **4856**
- 輅 1591-2-1
- 1592-8-2
- 1595-8-3
- 1596-2-1
- 1625-6-1
- 輅 1591-1-2
- 1624-4-5
- 靴 1071-6-2

（第三欄）

- 嬒 536-4-4
- 嬒 1078-4-1
- 1079-3-1
- 1428-8-1
- 嬬 816-1-3
- 嬛 796-2-4
- 1191-1-3
- 耕 882-2-4
- 嫚 161-7-2
- 嫵 701-7-1
- 媂 977-4-3
- **4845**
- 姘 333-3-4
- 1169-4-1
- 媗 701-6-8
- 706-2-2
- 1279-6-2
- 斡 1518-3-2
- 嬫 656-4-2
- 1176-6-2
- 968-2-3
- **4844**
- 效 1200-1-3
- 姘 246-6-1
- 502-3-4
- 505-6-4
- 513-8-1
- 姞 1591-6-3
- 1626-5-1
- **4849**
- 姁 723-5-5
- 婒 438-6-5
- 斡 297-7-3
- 299-4-1
- 1141-3-1
- 1142-6-1
- 嫘 1232-1-4
- **4850**
- 擎 493-7-1
- 1249-3-2

（第四欄）

- 幹 768-8-2
- 1428-6-2
- **4843**
- 妼 31-8-3
- 姈 518-5-1
- 娍 694-8-7
- 嫂 977-4-4
- 嫚 615-3-2
- 936-3-2
- 1577-4-2
- 醶 1140-2-3
- 嫚 114-4-3
- 輪 767-3-1
- 1142-4-1
- 1144-1-5
- 嫷 1616-8-4
- 輪 1141-5-3
- **4846**
- 姶 1591-6-3
- 1626-5-1
- 嬌 894-8-1
- 897-1-1
- 1268-8-2
- 1328-6-1
- 翰 1142-5-6
- 嬌 595-8-2
- 602-5-1
- 919-2-5
- 920-7-1
- 920-8-3
- 934-3-3
- 936-7-3
- 敬 836-4-4
- 幹 297-7-4
- 299-7-1
- 嬒 1586-5-1
- 翰 298-2-2
- 1141-3-2
- 鶾 298-3-1
- 嫚 1207-7-6
- 嫩 671-6-1

（第五欄）

- 鶾 298-2-3
- 1141-3-5
- 韓 298-2-4
- 1140-2-1
- 斄 421-8-3
- 646-8-3
- 嫡 670-3-1
- 819-5-1
- 910-7-2
- 910-8-2
- 936-3-2
- 1577-4-2
- 孃 1296-5-3
- **4842**
- 妎 1044-3-3
- 1074-6-1
- 1086-4-5
- 1087-7-2
- 姅 606-5-1
- 614-5-2
- 617-6-3
- 1288-7-2
- 妌 269-5-2
- 娣 717-5-1
- 1040-5-2
- 嫡 296-6-3
- � 765-8-4
- 嬌 173-6-3
- 571-5-2
- 嫡 59-1-2
- 90-6-1
- 328-1-1
- 342-3-3
- 792-5-4
- 1175-2-1
- 嬒 1586-5-1
- 韓 298-2-2
- 1140-1-1
- 鶾 298-3-1
- 1140-3-1
- 嬾 908-6-4

（第六欄）

- 1296-5-2
- 1141-3-5
- 韓 298-2-4
- 1140-2-1

右半

4833

- 憝 1265-7-5
- 憝 1408-1-8
- 憖 860-7-3
- 876-4-4
- 1245-5-5
- 憨 823-8-2
- 鷔 251-5-2

4840

- 佀 676-7-1
- 軌 1142-2-3
- 妥 388-6-2
- 猷 1142-8-4

4841

- 拾 593-4-6
- 詐 1484-8-1
- 姓 354-2-4
- 355-8-6
- 娏 1070-8-3
- 1071-6-1
- 1471-3-4
- 靬 298-2-1
- 姓 422-7-1
- 423-2-5
- 423-4-3
- 423-6-1
- 429-8-4
- 1218-4-2
- 乾 299-2-1
- 350-2-1
- 嫅 432-7-3
- 839-8-3
- 嫚 1537-2-4
- 幹 1140-2-2
- 乹 1404-3-3
- 1412-3-6
- 1451-6-4
- 乹 1413-2-4
- 甗 599-1-3

4825

- 悔 176-1-3
- 懭 1546-6-3

4826

- 帕 1591-1-4
- 1624-8-1
- 猗 1594-7-3
- 帞 1518-1-5
- 猗 1312-4-1
- 1351-8-3
- 猶 382-7-4
- 544-3-3
- 1265-7-2
- 1266-3-5
- 1149-8-1

4828

- 嶀 33-4-1
- 獀 15-7-5
- 幰 603-8-3
- 606-3-4
- 猴 609-7-2
- 932-3-3
- 932-6-1
- 1303-1-3
- 1303-7-2
- 1555-5-2

4829

- 狳 72-2-3
- 徐 146-7-3
- 狳 72-2-2
- 獂 1231-8-4
- 獩 1554-6-4
- 1556-2-3

4832

- 篤 22-8-4
- 駑 493-3-3

4824

- 嫵 164-5-4
- 189-5-1
- 696-7-2
- 憐 1439-3-1
- 1051-5-4
- 1054-8-1
- 1370-3-2
- 1471-6-3
- 枚 1149-7-2
- 岬 514-7-3
- 882-4-1
- 狗 1375-7-7
- 敉 848-4-5
- 1222-8-3
- 1521-6-3
- 散 300-3-2
- 770-3-2

4822

- 歊 770-3-3
- 微 403-4-2
- 獤 1066-8-3
- 猦 925-8-2
- 938-8-3
- 940-8-5
- 1294-6-4
- 1294-8-3
- 1306-1-1
- 1306-8-3
- 獤 249-8-3
- 嫩 1421-8-3
- 1432-6-4
- 1446-7-2
- 翰 1479-5-3

4823

- 狻 520-2-1
- 531-8-4
- 嫩 814-2-4
- 1190-8-3
- 獤 370-2-5
- 獤 1190-8-5
- 1554-6-4
- 1556-2-3
- 937-8-2
- 1149-8-3
- 1304-8-3

（狚 欄）

- 狚 73-7-3
- 424-8-1
- 恮 358-2-3
- 悅 1051-1-4
- 散 770-3-1
- 1149-7-3
- 嫩 370-4-2
- 392-7-4
- 1303-1-3
- 1303-7-2

4815

- 垟 448-7-2
- 垍 231-6-1
- 906-5-3
- 1326-1-3
- 垟 505-4-2

4816

- 墥 796-2-1
- 增 535-8-4
- 1263-2-3

4818

- 坎 666-1-4

4821

- 咋 1500-1-3

（螢 欄）

- 螢 1223-2-2
- 1501-4-4
- 1533-5-2
- 443-1-6
- 493-4-4
- 876-5-2
- 1370-3-2
- 1471-6-3
- 鎌 609-5-2

4814

- 猄 461-7-5
- 乹 350-2-2
- 敳 371-5-5
- 艦 598-7-1
- 猇 940-5-1
- 乹 350-2-3
- 711-1-1
- 墩 1091-5-3
- 294-3-3
- 255-3-1
- 293-4-6
- 763-6-3
- 167-2-1
- 175-4-1
- 571-7-5
- 1024-3-3
- 1199-6-2

4810

- 蓋 711-5-1
- 螯 546-4-1
- 548-5-2
- 鏊 1258-2-2

4811

- 圪 1383-2-2
- 1396-4-3
- 1396-6-1
- 1071-7-2
- 925-7-3
- 940-6-3
- 1296-7-4

4812

- 圿 1435-3-2
- 916-5-2
- 917-5-4
- 墩 371-5-1
- 390-8-1
- 392-7-2
- 1199-6-2
- 748-6-5
- 1124-7-5
- 1125-6-1
- 墳 744-1-1
- 1139-6-4
- 173-8-3
- 632-6-3
- 場 454-7-4

4813

- 坽 520-7-7
- 垯 1300-8-1
- 1617-1-3
- 墥 1009-8-2
- 嫵 164-7-3
- 176-2-3
- 176-6-1
- 702-3-3
- 塴 976-5-3

742-7-3
787-2-3
803-6-3
1119-3-1
趈 1624-2-4
趀 1250-2-1
趝 180-4-2
182-3-1
趖 422-8-4
趞 917-4-3
趥 1301-7-6
趪 1325-7-2
1572-1-3
趭 173-4-3
1022-6-5
趡 552-2-4
553-7-4
950-7-1
趬 1190-8-2
趫 916-5-3
趮 1478-8-3

4882

黔 587-6-1

4884

斂 1200-5-4
斆 823-8-1
敞 270-2-4

4890

杋 1438-2-1
1475-3-4
杦 244-2-1
檠 1249-3-1

4891

杚 1415-2-3
杙 1101-7-1
1107-2-3
柞 849-8-3

1499-4-1
1499-6-3
1516-3-4
1517-1-3
1517-4-4
梔 65-6-2
72-7-3
424-4-4
838-8-5
栓 316-7-3
354-1-1
358-1-4
1179-4-3
梲 1064-7-3
1071-1-1
1411-1-1
1433-3-3
1433-6-3
1466-1-1
椪 312-7-5
423-6-3
椸 72-8-2
964-8-1
槎 214-8-2
849-6-4
849-8-2
1214-8-4
榼 1556-5-3
榁 704-5-1
檻 940-4-1
欖 927-7-1
1296-8-2
欞 601-6-1

4892

枍 1047-2-4
柃 578-8-1
579-7-4
枌 269-4-1
梯 196-2-6
棆 257-2-2

258-3-2
榆 174-2-4
榆 20-6-4
椅 767-1-2
榜 828-8-4
椅 254-2-1
257-3-6
槁 1600-8-2
1601-6-5
檎 588-7-2
槮 422-6-2
435-3-2
櫛 1390-7-1
橋 80-5-2
655-3-10
檣 401-5-2
1207-2-3
槮 582-3-2

4893

松 34-5-3
35-6-2
柃 519-5-1
880-7-2
桹 694-7-6
棯 912-3-5
913-6-2
1301-6-4
椼 1009-6-2
樬 945-5-3
榢 976-8-4
樬 1285-4-2
檫 694-7-5
樵 818-5-1
槺 608-8-5
615-3-5
938-1-5
941-8-2
橅 165-2-2
175-7-3
樋 1212-5-1

檖 977-1-1

4894

杵 692-5-2
枚 230-8-5
栴 343-7-1
栟 329-7-4
505-5-1
救 156-8-5
540-2-4
1265-2-4
榎 1268-1-5
1325-1-1
梓 767-1-3
橄 566-3-1
楸 831-8-1
1280-1-6
檄 978-6-1
槲 343-7-2
椨 160-2-3
162-5-1
163-1-3
橵 1066-5-1
橄 925-6-1
938-2-3
940-5-4
1295-2-2
檄 494-1-1
876-5-1
檄 224-8-3
226-1-4
294-7-2
檄 1467-8-3
樽 293-7-2
櫛 1142-6-3
檄 1554-4-4
櫢 160-1-1
櫢 1303-1-4
欂 1496-5-2
1515-6-5

4895

样 448-5-1
453-7-3
473-4-4
梅 231-1-1
728-3-1
梓 1420-4-6
檥 81-1-3
416-1-3
656-3-1
檖 327-3-5
檥 78-5-2
櫯 791-6-3

4896

柗 1589-7-5
1591-2-4
1604-5-3
1622-7-1
1622-8-1
1623-8-2
1626-2-1
栝 595-4-1
栖 545-2-1
552-7-5
553-1-1
553-4-3
555-1-1
816-2-1
894-4-2
粭 238-4-5
槍 452-3-2
473-2-1
492-8-1
863-5-3
檜 594-6-6
橲 795-5-3
807-1-2
橧 529-1-5
536-3-1

536-6-4
檜 1077-2-3
1078-7-1
櫡 1014-2-3
1484-7-2

4898

椗 1177-1-1
椺 743-2-1
915-4-4
樅 34-6-1
35-4-1
樝 1176-8-6
檏 1168-4-4
檢 932-8-5
樌 120-1-5
檨 928-5-1
檥 1605-3-4

4899

梌 72-5-2
梌 175-3-3
181-3-4
438-4-3
樣 856-2-1
1231-5-2
櫌 1432-6-2

4911

垙 479-2-1
埢 361-5-4
362-4-1
807-8-3
1184-5-4
墣 526-7-3

4912

埇 636-6-1
勦 1122-5-5
1126-6-2

4914

塝 1124-7-8

4915

坪 769-6-3
1148-8-2

4918

埮 1296-4-1
錟 578-8-4
604-7-3
壙 269-1-4
1124-7-6

4922

眇 378-7-2
勢 1549-1-3
帩 1192-4-2
猾 373-4-5
鬗 605-1-1

4925

獜 251-3-2
518-8-3
521-2-1
743-7-3
1120-5-2

4928

狄 1548-4-4
1549-5-1
峽 606-3-3
猤 928-7-1
帙 1271-3-2

4929

猍 209-2-2

4933

慭 1548-6-4

4941

姚 479-4-3
婘 362-2-5
1184-5-1
嫤 467-3-3

4942

妙 822-1-1
1197-7-5
娋 395-8-5
1203-3-1
1480-3-1
1480-5-1
麨 816-1-4
麵 435-3-1

4943

媣 1037-6-1

4945

姅 1147-5-3
1148-2-4
嫾 333-7-1
麟 333-4-4

4946

媎 875-5-1

4948

媄 597-5-6
頪 843-3-3
1217-8-2

4949

嫽 495-3-4
䳂 1517-6-3

4950

擊 604-8-1

4951

鞓 468-2-5

4952

鞘 435-1-3
鞘 395-6-4
1192-1-4
鞝 1458-5-1
鞕 421-2-2
435-1-4
鞘 395-7-1
1192-1-3

4955

韍 1147-7-3

4958

鞦 552-2-3
韈 843-1-3

4972

勘 791-5-4
1021-8-1

4978

睒 928-4-2

4980

赶 769-7-1
趙 810-8-1
813-6-2
817-3-5
趟 489-6-4
490-6-1
1246-8-5
1247-3-1
趯 362-2-2

4988

皺 608-8-2

4990

朴 809-4-4
815-1-2
815-3-2
815-7-1

4991

桃 479-1-4
1244-6-4
棬 286-3-2
361-4-3
1184-3-3
樘 489-7-2
490-1-3

4992

杪 821-7-5
1203-7-5
梢 373-5-2
395-5-2
826-2-4
1203-1-2
1363-1-3
杪 421-2-4
楙 1262-2-4
榜 1213-4-2

4993

欓 865-4-3
866-3-3

4994

檸 490-1-4
櫸 511-4-3

4995

柈 309-4-6
1148-6-1
橉 743-5-3
1120-7-2

4996

楷 875-6-1
879-6-1
960-8-1
1228-7-3
檔 467-5-2
1240-4-4
檣 510-5-2

4998

柣 915-4-3
楸 1550-2-3
梾 602-2-4
928-4-3
928-8-2
楸 552-3-1
櫢 604-8-4

4999

檏 466-5-4
490-1-6
1247-2-2

5000

丈 860-7-5
屮 854-2-4
1230-6-1
丰 22-2-5
36-1-5
1086-1-4
1095-3-4
中 25-3-1
951-5-4
951-6-4
申 241-7-5
1112-1-1
1115-4-5
史 674-6-4
聿 1612-1-6
吏 997-6-1

曳 1470-7-4
聿 1389-3-3
車 134-5-5
135-2-2
433-5-3
串 1157-2-8
1157-6-2
1158-3-1
事 675-2-2
995-3-6
995-8-2
䡅 433-5-5
睪(睪)
85-8-4

5001

丸 304-6-3
1144-3-4
1518-4-1
先(先)
1005-2-3
先 582-4-4
抗 475-6-2
476-6-1
1242-8-1
拄 704-3-3
拉 1597-1-6
推 87-3-2
225-4-4
揔 805-8-2
軌 869-3-2
871-3-5
1243-3-1
軴 1024-7-3
帷 88-7-3
攤 947-7-4
1321-3-1
撹 857-7-2
858-2-3
876-2-1
1245-4-4

5077	5061		5023	5016			集韻校本	集韻檢字表 下	蚖 545-5-3		642-4-1	489-1-1	擁 777-4-3

5077
曹 804-5-5
春 32-4-4　32-5-3
晝 1271-6-5
畫 1527-1-5
矗 1626-8-5

5078
戭 129-4-3

5080
夫 162-1-1　163-4-1
央 1090-3-1　1457-1-1
央 463-2-1　474-1-1　494-7-2
夷 97-2-4
夬 174-4-5
夆 922-2-3　978-2-6　1605-3-3　1605-8-6　1606-4-1
奏 1280-6-3　1281-2-4
奊 1116-4-2
奭(奭)　175-7-2
奞 363-2-2
奪 265-4-5　1082-8-5　1522-3-1
爽 859-2-6
貴 1007-6-5
奰 965-1-2　981-5-1
贲 1522-2-5

5061
雛 1286-1-1

5062
鸞 833-8-2

5064
鸞 833-8-1

5071
屯 253-3-1　256-8-2　295-4-2　296-3-1
　764-5-4　543-4-2　1008-1-3　129-4-2
虋 857-8-1　870-2-2　1243-4-5
蠹 1438-4-5
韰 463-3-3　473-7-4
蠡 463-3-2

5073
表 376-4-4　820-6-3　822-1-2
萬 356-4-1　1178-8-1　1179-7-5
戔 1008-1-2
蠹 469-7-4

5075
毒 1102-8-4　1345-1-5

704-7-3
909-2-4
1025-4-4

5041
難 194-2-3
難 172-7-3

5044
冉 931-4-2
畁 669-4-1
奏 1353-2-3

5050
奉 635-8-6　636-3-2
　764-5-4　543-4-2
　1008-1-3　129-4-2
韋 1272-2-2

5055
轟 499-3-1　1250-5-2

5060
由 543-4-1
胄 252-3-5
胄 1514-3-2　1527-4-1　1540-2-2　1555-2-4　1556-7-3　1557-5-1
春 252-3-7　739-5-2
唐 1051-8-4　1059-6-1
書 140-1-5
書 1527-1-6
畱 263-6-5　760-3-2
書 140-1-6

5023
本 291-3-5　762-2-2

5024
素 636-3-4

5032
蕭 1326-5-1
鶿 463-3-5　473-6-4

5033
恵 1107-4-3
忠 25-4-2
患 1157-6-4
惠 1048-5-1
恚 739-3-1
恚 32-6-3　33-4-2　49-1-3　954-5-2　954-7-1　957-1-3　957-4-5

5034
專 313-8-3　356-3-4　803-7-4　1178-8-2

5040
妻 89-6-3　193-7-3　1035-7-5
妻 66-2-2　172-5-2　172-3-2　572-2-5

5016

5018
蛛 1372-2-4

5019
嫌 475-1-2

5020
巿 25-3-2
寿 244-8-4

5021
雠 177-4-3
雠 504-3-5
覴 49-1-4　957-7-1

5022
市 1070-5-2　1393-3-3　1429-8-2
宋 664-5-2　674-5-3　676-3-5
青 512-5-1　524-8-2
冄 120-2-1　122-3-5　987-8-2
冑 1272-1-3　1272-2-1
幕 997-8-3
壽 1271-6-6
腸 345-2-4
蕭 1326-4-5　1331-5-6
膏 1490-7-5

1535-2-5
蠔 1087-8-5
蠹畫蟲蟲 552-6-6　961-6-1　25-6-4　29-1-2　951-7-1
蟪 375-1-3　553-7-1
蠍蠰 609-8-2
蠰蠰 1568-6-1
蠹蠹蠰 7-1-3　739-2-3　452-2-1　455-4-1　458-1-2　458-4-1　469-8-1　861-4-6　1232-8-4　1233-7-2　531-3-3　1029-2-4
蠰蠹蠹 561-7-2

5014
蚊 267-5-5
蛟 390-2-2
蟑 294-6-1　295-1-2　739-2-2　745-3-5　747-4-3　808-7-2
蛾 1222-2-5
蛟 1593-8-3
蟑 1534-4-4　1543-1-3
蜂 1370-3-6
蟫 739-2-1

集韻校本

集韻檢字表 下

一七九二　一七九一

蚖 545-5-3　550-6-6
蛙 29-4-6　147-4-4　667-5-2　667-7-2　983-1-5　1266-4-1
蠡 1322-1-3
蟑 32-3-4
蟬 303-1-2　344-5-2　425-2-6　796-4-2　1153-4-3
蟓 1454-2-6
蠻 346-6-2
蠜 65-4-3

5012
蚄 450-1-1
蛸 1336-1-4
蟮 517-7-1
蟵 198-8-6
蟎 62-2-4
螃 471-4-1　502-3-1　867-3-1　1241-4-2　1241-7-1
蟎 40-7-3
蟎 1535-3-5
蟎 455-3-1

5013
虫 685-1-1
重 357-4-3
蚐 336-5-1　339-6-2
蜲 1116-2-1
蟰 1223-6-1

1506-3-5　1528-5-3

5009
掠 1236-7-1　1485-8-1
鞟 461-2-1
攗 1009-1-2　1121-8-3　1128-6-2　1574-8-9　106-8-3
輬 924-4-3

5010
屯 252-6-2
蛊 25-5-3　25-8-5
盎 870-2-1　1243-4-4
書 1271-7-1
畫 1079-8-4　1527-2-1
盡 740-2-3　740-3-2
釐 1358-1-5
盡 760-3-1
盡 245-1-1
畫 1570-7-4
蠱 711-5-3　851-5-1　1033-4-4
盡 1567-7-1

5011
虹 489-5-2
蚖 475-7-4　477-2-1　868-7-3
擴 1244-2-2　1244-8-4　1505-2-1　1505-6-1
搜 635-4-1

642-4-1

5006
掊 230-5-4　394-3-1　561-2-3　567-8-1　904-8-4　905-4-4　1019-4-7

5004
扠 747-8-3　618-7-1　920-3-2　1291-7-1　1292-1-1　1304-8-2　1603-8-5
搪 465-6-5　468-3-1
揙 1333-2-3
揢 958-7-4
抵 716-6-3　1038-6-4　1099-4-2　1387-4-1　1409-3-1　1409-7-6

5008
挍 733-3-1
接 1605-6-1　1606-6-5　1004-6-4　1007-3-1　1106-2-4　1627-2-4　1630-8-5
搜 635-4-2
較 1200-2-4　734-4-3　1106-7-3　660-1-2
轜 716-7-3
搿 1541-1-1
轜 1490-6-3
搜 635-4-1

1215-7-4　1226-4-5
攘 457-5-4　490-8-1　861-3-4　1233-4-6　1234-5-2
輯 1351-8-2
擠 194-5-4
轣 609-2-3　1034-8-4
搒 488-5-2
擭 509-4-1
轜 33-2-4　957-5-2

5003
扑 283-8-2
　1186-1-3
撥 334-1-1　336-1-3
搽 1135-8-3
掖 1537-5-5
搊 700-6-4　905-1-1　1019-8-5　1533-8-4　1534-8-2　420-4-2　1217-7-1
撬 373-7-2　375-6-1　569-8-4　1187-3-4　1193-5-3　399-8-3　1523-4-4　1528-7-1　1529-2-4　1536-5-1　1548-2-5　1549-2-1

489-1-1
1241-4-4
1246-3-4
1523-4-3
1549-4-1
擁 225-3-3
擅 1178-2-1
擁 42-8-5　715-4-1　639-6-3　1034-8-4
轜 509-4-1
　33-2-4　957-5-2
攤 62-2-1　65-4-1
攟 1219-8-4　336-1-3
攤 639-6-5
攤 301-8-5　773-5-1　1154-2-4
擁 69-5-1　420-4-2　1217-7-1

5002
坊 487-8-2　861-8-8
捽 488-3-1　501-3-4
掃 195-4-4　1037-8-2　1039-4-2　1057-5-5
搞 390-5-2　1206-4-6
摛 62-1-3　65-4-2
搉 470-4-1　487-8-1

擁 777-4-3
1136-8-3
撞 49-3-2
957-6-5
雉 225-3-3
擅 1178-2-1
擁 42-8-5　639-6-3
轄 1321-6-2
957-5-2

集韻校本　集韻檢字表　下

一七九四　一七九三

左半

349-4-3
蠵 840-7-1
蠵 1061-7-4
蠵 1069-4-2
蠕 170-8-3
357-8-4
739-8-2
798-8-1

5113
蜄 1111-2-2
1112-2-4
蚱 221-3-4
蜋 460-1-3
蟟 1333-7-2
蟙 1454-4-2
蟜 192-1-2
蠾 1391-4-6
蠦 144-8-5
1014-7-3

5114
軒 298-4-1
299-6-1
蚲 491-4-3
蚈 335-2-2
蛔 994-7-2
蛽 872-4-5
蠳 384-6-1
蜋 351-8-1
蟫 579-2-4
585-5-1
589-6-1
蟺 517-6-2
蠰 1578-2-2

5115
蜂 661-5-2

5116
蚍 1535-3-1

1447-5-2
1448-7-1
蠅 1609-5-2
蜑 522-8-1
523-5-1
蛾 710-4-2
蠖 757-4-2
789-2-3
蟶 337-5-1
蟈 1016-8-1
1017-2-2
1018-4-4
1278-1-1
蠦 137-8-3
蛣 105-6-2
蠶 462-6-4
蠐 1552-8-3
蠦 183-7-3
蠁 53-2-2
65-4-3
1043-4-1
蠱 520-8-5

5112
虹 501-5-2
508-1-4
508-6-4
516-1-2
蚜 152-7-3
155-4-4
蚵 775-6-4
蚵 415-2-4
1214-4-2
蜗 873-7-1
874-6-2
1247-7-1
蛸 857-2-2
蜦 1038-6-2
蟤 348-7-4
蟵 86-4-3
蟂 348-8-4

5109
抔 229-8-1
567-4-7
捒 1379-3-1
摽 376-5-2
377-8-2
393-7-2
821-3-3
822-7-1
1197-2-5
1197-5-4
1545-2-2
轑 1379-6-1

5110
鑿 509-6-4
1250-7-3
1254-8-1

5111
虹 18-1-1
46-4-2
640-6-3
948-4-2
949-2-2
956-2-4
蚢 1416-6-5
蚟 463-8-1
蚫 278-1-2
308-5-5
蚭 1526-5-6
蚷 137-1-2
688-6-5
蚳 677-6-3
蚔 1354-3-2
蚑 464-4-1
蛭 1056-6-1
1368-8-2
1377-7-3
1383-7-1

摘 709-4-1
揞 582-5-2
592-6-1
605-6-4
922-1-4
1292-5-4
輻 1267-6-3
1322-8-1
輮 327-6-4
839-5-4
839-5-5
輼 1492-7-1
輴 519-6-1

5108
揆 88-1-4
357-7-5
1466-4-2
揁 495-7-4
507-6-4
877-4-4
頷 629-7-1
641-4-3
1095-2-4
頓 640-8-1
撱 1060-1-3
1402-5-1
1403-3-4
1474-6-2
撊 284-1-1
頯 433-7-2
頓 111-2-3
798-3-2
頔 496-2-2
頔(頓)
撜 322-4-2
擷 1451-2-5
1452-3-3
擷 881-7-4
882-1-1

揮 755-4-6
撙 1284-3-3
1345-6-2
1367-7-2
據 143-1-4
1031-8-2

5104
撑 579-1-1
585-3-4
590-4-4
924-3-1
1292-8-2
1293-6-2
擾 381-2-2
816-7-2
836-3-6
攝 1606-8-5
1609-1-3
1616-7-2
1618-7-5
1630-8-7
擾 816-7-1

5106
拓 1491-1-1
1533-8-3
1534-8-1
611-6-4
614-4-2
931-3-2
937-4-3
拤 72-6-4
341-5-6
拍 1507-4-1
1508-1-1
捂 1136-4-1
捂 1034-2-5
416-8-5
搖 1571-3-4
揹 194-8-3
1115-8-2
1175-4-1

1011-3-5
據 143-1-1
1030-5-2
轋 136-5-2
攈 1423-1-4

5104
扦 766-8-2
1140-6-1
扚 154-3-3
155-2-3
扚 441-7-3
444-1-2
1229-5-4
1360-3-5
抨 491-5-2
502-1-4
502-5-1
拚 947-4-4
捷 872-4-2
軒 281-5-1
282-3-2
755-4-4
766-3-6
1131-6-1
揅 1510-2-4
掉 810-6-3
1188-5-5
1205-2-4
1367-7-1
軒 201-5-5
擾 872-4-1
披 281-4-6
282-4-1
282-5-4
318-3-4
323-1-3
350-1-1
軒 502-2-6
502-6-4
1250-3-4

右半

拵 916-6-6
抲 837-2-4
軕 146-3-3
抄 177-8-2
1027-4-3
1563-2-4
捅 857-2-6
1236-8-4
捇 744-5-1
805-1-1
1121-4-7
軻 414-1-5
836-8-1
1214-3-3
攔 1525-6-1
1526-4-1
軸 111-2-1
撟 1127-1-3
扟 143-1-3
撽 709-3-4
攜 88-1-3
357-7-4
704-2-1
706-1-3
1024-2-2
1284-1-4
1466-4-1

5102
輨 111-2-2

5103
扡 745-6-4
751-3-1
振 241-4-3
737-8-1
1111-1-3
捒 1317-4-3
振 490-3-2
捒 1317-8-4
1365-4-2
撐 519-1-6
摭 1010-3-2

輕 509-6-2
緋 219-6-2
230-6-6
攝 463-1-2
攝 217-5-1
擂 1520-4-3
攝 1005-7-4
攦 1552-5-6
攦 1505-1-3
攄 183-1-3
426-6-2
攔 11-8-3
628-7-3
攬 646-1-1
651-6-3
1043-4-3
1082-6-5
1450-3-3
1552-5-5
轋 1552-6-2
轤 183-5-1
轤 11-1-3
攦 519-1-7
1257-3-1
轤 521-2-6

5102
打 887-2-3
扚 823-3-2
892-1-4
扚 188-6-3
191-7-3
抲 413-7-3
414-4-1
439-4-3
441-7-1
837-2-5
839-2-3
枘 874-7-2
抾 88-1-5
358-1-1

1612-2-1
1614-2-3
230-6-6
揯 773-5-4
1283-2-4
捵 495-8-2
軋 20-2-2
軏 1109-2-4
1400-6-1
1416-4-4
擼 1514-8-2
擡 837-5-2
853-1-1

5101
捱 211-7-6
挑 374-1-1
排 219-5-2
1089-1-1
軒 464-6-5
465-1-2
轉 1400-5-5
捩 1435-8-5
拒 536-7-5
1263-5-1
撖 1004-5-6
1107-1-3
攄 217-5-2
軭 464-6-1
465-1-1
輕 978-5-3
攎 155-8-4
565-3-4
904-2-5
435-8-5
439-3-3
1448-7-4
軸 1609-6-5
1614-3-4
輕 509-6-1
1250-7-2
1161-5-1
342-1-1

641-6-1
糒 1040-1-3

5099
森 245-3-5
蠢 409-8-5
834-5-4
1211-8-1
1319-6-1
1416-4-1
1345-3-2

5101
扛 44-7-2
475-6-3
640-8-2
扤 1400-5-4
1416-3-1
1429-2-4
扦 465-3-2
扤 308-4-3
1147-3-3

5091
櫼 49-4-1

5092
糬 94-5-1
糬 1040-1-2
1551-1-2

5093
櫶 379-2-2
394-3-4

5094
桙 1424-1-1
櫸 1370-2-1
1388-7-2

5096
糈 567-6-2

爽 458-5-1
奭 1567-7-3
捷 225-4-3
賣 1116-4-1
1116-4-4
1223-6-3
1490-7-4
1492-7-6
囊 1213-5-4
棗 1102-1-1
1213-5-5

5081
棗 378-2-3
378-5-3
403-7-1
棗 759-3-5
761-6-2

5090
未 1000-5-1
未 1425-2-1
未 96-3-2
667-3-2
730-8-2
1207-1-2
982-1-2
1094-7-3
1470-6-2
東(庚) 919-5-1
束 961-2-1
1567-2-5
1022-8-1
1346-8-2
東 6-7-1
隶 735-5-2
972-7-5
982-3-1
1041-6-3
1093-5-4
1102-5-3
東 779-5-3
1168-6-5
泰
秦 245-3-4
素 1027-5-4

棗 832-7-2
棗 487-3-2
498-5-1
囊 1029-4-2
1223-6-3
1490-7-4
1492-7-6
囊 1213-5-4
棗 1184-5-5
棗 1088-7-3
櫜 401-4-2
829-7-1
1207-1-2

集韻校本　集韻檢字表　下

一七九六　一七九五

5208

抚	1207-6-3
撥	302-1-1
	1152-7-1
撲	668-4-2
撲	211-2-1
	720-2-3
	1044-4-6
撲	1314-1-1
	1314-2-3
	1314-3-2
	1360-3-4
	1360-8-3
撲	1314-6-4
	1360-8-4
樸	1313-5-2
	1315-3-3
	1343-7-2

5209

摋	1044-4-7
採	734-4-5
捹	1038-2-2
捹	292-8-2
軙	1261-3-3
操	368-3-2
	396-5-4
	397-1-2
	412-5-3
	815-5-1
輮	526-5-2
撨	1480-1-4
	1485-7-5
	1492-5-3
	1552-5-4
轑	397-3-2
擮	178-6-2
檴	1424-2-1
	1492-6-5
	1552-6-1

	1427-3-4
	1427-4-5
指	663-4-1
揞	1427-4-6
揸	1594-8-2
	1596-3-4
揞	742-2-3
揸	216-4-2
	1086-5-4
	1435-5-2
	256-1-4
	739-7-3
	1113-7-5
	1118-5-4
播	282-8-3
	419-5-1
	842-3-5
	1217-2-1
轑	1595-6-1
轑	742-4-3
轑	108-3-1

5207

扎	942-3-1
拙	1465-6-6
搖	1358-8-2
插	1605-4-3
	1607-8-2
	1627-1-2
	1627-8-4
搗	734-4-1
摇	382-7-1
	1195-2-4
揞	408-5-2
轑	382-8-2

	418-2-1
	429-1-3
	447-2-2
	657-4-3
授	897-8-1
	1270-2-1
軙	283-5-3
	757-8-2
紙	55-4-3
	75-3-5
拨	824-3-1
援	278-3-2
	1130-3-1
	1144-7-1
	1183-4-1
授	1446-8-3
	1463-5-4
	16-7-2
拨	1430-4-5
授	189-7-1
軒	93-6-2
紙	665-5-4
	716-7-2
搗	352-8-1
撥	1429-4-1
	1432-3-1
	292-8-3
拼	16-5-1
轑	631-1-2
撵	1088-4-2
攥	615-5-1
播	1248-4-1
	1481-3-2
轐	741-5-1
	742-4-2

轐	749-8-1

5204

扳	319-1-2
	319-4-4
	1158-6-4
抵	75-6-2
	643-1-4
拆	1510-2-7
	1534-5-3
抵	221-1-1
	643-1-5
	716-6-2
挺	874-3-1
	887-7-1
	887-8-4
挺	342-7-1
	345-8-1
	348-7-3
捋	1433-7-4
卜	470-6-1
抙	161-7-5
	394-3-2
	560-6-6

5203

	562-2-6
抓	396-8-3
	826-8-1
	1203-8-2
抏	1593-7-4
抓	445-7-3
	446-7-3
振	1520-3-3
軱	255-7-4
軌	187-6-2
	537-6-1
	537-8-4
擿	802-7-2
挰	444-8-3
	1229-8-3
攟	218-8-1
飆	1229-8-4
攦	1127-1-1

撟	386-5-4
	387-1-4
	388-1-3
	814-4-1
	819-4-1
	820-3-3

5202

折	197-2-1
	1053-6-3
	1054-5-2
	1464-4-3
	1464-8-1
彤(彤)	
	301-4-4
捋	1421-8-4
掃	646-8-7
捗	546-7-3
	1329-5-2
弯	1458-4-4
斬	939-4-1
	1305-2-1
揣	85-5-1
	314-1-2
	646-8-5
	647-5-1
	797-2-3
	844-2-2
	959-4-4
	1178-6-4
	1178-8-5
攝	697-7-2
撕	619-3-1
	926-6-1
	930-5-4
	939-1-2
	939-6-2
	1306-8-2
	1307-5-1
撕	53-3-1
	56-4-4
	193-3-5

攡	773-7-1
轛	533-4-4
攦	1602-4-1
	1611-1-4
轛	1261-8-2

轓	357-2-2
	797-8-5
軷	488-5-4
轀	57-8-1
	387-2-2
	387-6-2
	1196-4-3
	1196-7-1
攜	206-8-3
轐	208-2-1

5205

搗	734-4-1
擽	132-5-1

5206

搯	408-5-2
括	1426-7-1

右半

	715-2-3
挞	916-2-3
挑	365-4-3
	367-2-4
	408-6-2
	409-3-3
	810-6-2
	1188-6-1
捄	1318-4-3
捶	647-2-2
	647-6-5
	844-4-1
耗	404-5-1
軒	584-8-4
捶	640-2-2
	955-6-6
挻	1088-4-5
撜	232-7-1
	233-8-4
撅	73-5-2
	215-1-2
	220-2-1
	650-4-3
	652-4-2
攞	66-8-3
軺	365-6-4
軽	464-8-3
推	91-1-5
	228-5-1
	228-6-5
	1099-1-4
	1218-1-5
軛	51-7-1
撨	371-6-3
	1463-4-1
撜	490-3-3
	527-2-2
	889-5-3
	1258-8-2
撨	1600-1-1
	1600-4-3

	1393-7-2
	1394-7-6
捌	1468-4-3
抣	897-5-4
	899-2-4
軋	540-4-4
	1284-6-2
	1284-8-3
捌	1438-3-3
	1458-8-7
	1476-2-1
	1476-3-2
軖	257-4-2
剚	995-2-2
捯	833-4-4
捌	1424-2-1
	1560-4-2
	1562-8-4
捌	1549-2-3
捌	821-2-3
捯	549-2-2

5201

扎	1435-8-6
	1439-8-2
托	1491-1-3
抓	859-1-2
批	104-4-4
	209-2-5
	209-8-1
	1459-1-3
托	1209-6-3
軋	780-1-4
	1382-8-4
	1435-8-3
批	61-2-2
	643-2-2
	646-7-6
	649-2-2
	674-5-2
	714-8-3

頗	1503-2-2

5191

5192

莉	516-6-3

5193

耘	271-6-3
	1128-1-1

5194

5196

稫	1572-1-2

5198

穎	1000-6-2
穎	104-4-4
穎	209-2-5
	209-8-1
	1459-1-3

5200

抖	555-2-4
	575-5-3
芋	717-4-6
荆	458-5-5
	523-1-1
划	444-7-1
	840-6-4
	1216-2-3
制	1392-4-2

5164

鼓	739-3-2

5168

頏	1549-7-1
頏	1287-1-3

5171

麟	1525-7-3

5174

歧	1138-8-2

5178

秤	527-5-3
敽	1168-7-2
耩	1284-1-3
	1345-6-4

5180

覆	542-7-5

5181

甁	858-5-2
	859-4-3

5188

頺	1044-2-3
	1045-3-3
	1442-4-5
	1452-5-3
	1522-4-3
頹	858-6-3
	859-6-1
顩	726-8-3
	1099-7-1
	1216-2-3
頗	1290-8-3
	1291-3-2

顙	504-5-3
顧	618-1-2
	918-4-1
	918-8-4
	1290-5-6
	1291-1-2
	1305-5-3
顧	1327-8-1
	1543-6-4

5131

甁	356-6-5

5132

駕	1111-4-2

5138

顝	918-8-3
	1290-8-2
	1291-1-3

5141

甄	214-3-3
	220-1-2
	435-6-2
甄	909-3-3

5146

帖	935-8-3

5148

顤	623-4-3
頮	640-6-4
	1355-5-4
頔	858-6-3
	859-6-1

5151

齯	320-6-2
	320-8-1
	344-7-2

	773-4-4

	1535-8-1
站	607-1-2
	608-2-2
蛔	1507-8-1
蛞	190-8-2
蝠	1322-8-4
蛔	352-4-1
蜡	1116-2-2
蠕	520-3-3

5117

蚵	352-4-3

5118

頓	1451-6-2
頓	739-8-1
	798-7-4
蠣	1402-7-3

5119

虾	550-7-4
	561-6-3
螈	278-1-3
	308-5-6
	435-6-2
螓	378-1-3
	378-5-4
蝶	136-2-4

5121

廠	507-2-4
	1253-3-3

5124

鼓	1411-7-4
敽	176-5-3
頔	572-6-3
	706-7-3

5128

顧	493-8-4
	507-2-3
	700-7-3

攣 315-5-4

5210

虯 575-6-2
575-8-6
817-3-1
刲 523-1-2
型 523-2-2
剹 1527-6-3
蚓 744-7-3
750-1-5
755-5-2
蜊 94-6-2
蟴 929-6-3
1298-6-5
蝲 1468-6-3
劃 1527-2-2
1527-6-1
鋻 1037-5-3
1054-4-2
1060-8-3
1064-4-3
1064-8-3
鍫 1158-5-4
蠈 1576-5-5
蝙 264-3-4
340-4-2
806-1-3
鏨 599-4-3
619-8-3
926-3-4
930-2-4
1295-4-2

5211

虬 910-7-4
1436-2-2
蚝 1509-8-3
1516-8-2
蚍 105-2-2
660-7-2
988-6-1
蚝 961-5-3
蚚 539-7-2
蜓 383-6-1
蛙 672-5-3
716-2-2
847-5-3
蝩 32-3-3
38-3-5
螘 655-7-1
684-1-2
螔 57-2-3
73-8-3
蜆 1546-6-2
蠄 1046-3-5
蠟 1602-1-1

5212

蚚 130-8-2
223-7-2
1100-2-2
蜥 1038-5-7
1463-6-2
蜏 894-7-1
1266-4-4
1268-5-3
蛥 650-5-4
蜥 1543-1-2
蝡 647-1-1
797-2-5
蟖 1365-1-3
螹 605-5-1
620-1-5
930-2-3
蟜 387-7-1
819-6-4
蟡 83-2-2
659-6-2
蠵 59-3-1
60-3-4
60-6-1
蟰 75-7-4
207-3-1
蠻 316-6-3

5213

𧈬 832-5-3
蜇 1467-2-4
蛪 1424-6-3
1530-7-3
1543-1-4
蜷 1370-7-1
1391-4-7

5214

蚔 75-3-3
651-3-4
蚸 1553-1-5
蚸 1529-8-2
1534-4-3
蚳 87-2-4
1038-6-1
蚔(蚳)
93-3-2
蝦 1588-7-4
蜓 517-6-1
786-6-3
887-6-3
888-3-4
蜒 348-6-2
1181-7-3
蛶 1433-8-4
1470-5-1
蜉 561-7-3
蜲 83-3-2
657-2-3
蝂 776-6-4
蝯 278-7-3
螋 15-8-3

5215

蟣 131-1-1
683-4-1
蠜 359-1-5

5216

蛞 1426-4-4
1427-3-2
1428-1-3
1465-2-2
蚼 902-8-2
蜡 1596-7-1
蝔 216-2-4
216-8-5
蟠 285-1-3
310-5-2
420-3-5

5217

蚰 1397-7-1
1417-1-1
1466-1-4
蚴 574-5-4
910-5-1
蝐(蝎)
18-1-2

5218

蝰 101-7-1
螇 202-1-3
203-2-1
蠂 1278-8-1
1314-1-3
1315-3-2
1343-7-3
1360-4-3

5219

蟂 293-2-3
螓 692-1-2

5220

剬 1026-6-5
蒯 1187-4-2

5221

秏 1070-3-4
1091-5-4
氈 49-7-4
覽 623-5-3
1305-1-2
1306-4-4
翟 599-4-5

5222

斮 1057-7-3
1063-4-3
彭 879-1-3
㓷 1424-6-4
斬 926-3-1

5224

蓌 1463-6-3

5225

靜 878-8-1

5230

剸 314-2-2
356-8-4
797-3-4
1178-5-3

5232

蔦 1464-6-1
鷙 599-4-4
926-4-4
1307-4-4

5233

悊 1467-1-5
慙 599-3-2
䵷 1424-5-2

5240

娎 1045-1-1
1190-1-3
1471-1-1
𡜵 1463-5-1
1463-5-5
劐 573-2-2
1283-6-2
𡡉 599-5-1
1298-7-2
聟 961-6-2

5241

氊 167-1-5
172-6-1

5243

瓢 573-2-6
1283-7-4

5250

剗 777-6-6
808-3-1
掣 1424-1-2
摲 599-3-3
926-4-5
930-5-3
931-7-4
939-1-1
939-6-3
941-2-3
1294-2-1

5260

哲 1467-1-4
1549-2-2
割 1514-5-3
晢 1053-7-1
1057-5-3
1467-2-1

1530-3-1
硩 1467-5-1
1468-1-1
1523-8-5
1530-2-6
1543-2-1
晳 1053-2-5
劄 1527-1-7
誓 1054-1-1
1064-5-3
1465-3-1
暫 599-3-4
1295-4-1
蹔 622-7-1
鏨 599-4-2
600-7-2
623-1-4
1306-5-1

5271

乴 1463-5-6

5273

裚 1035-2-3
餈 1053-4-3
1464-5-3
饕 926-2-3
929-8-1
1295-4-3

5277

嶄 1298-6-7
齧 1424-2-4

5280

刔 1456-3-1
1472-4-2
剆 1452-6-3
夾 1467-6-3
1471-1-2
赿 1605-7-8
踅 1057-6-3
1463-6-4
剩 858-6-6
劕 792-5-2
蹔 930-2-2
蹔 599-4-1
1295-5-1

5290

剌 1391-5-3
刺 961-1-3
1530-4-4
刺 1423-8-4
栔 1038-2-3
1040-8-2
1052-8-4
1449-7-4
1579-1-1
絜 1458-1-3
1475-1-1
槧 603-7-4
926-3-3
930-2-1
1298-7-1
梨 1424-1-3

5291

耗 404-7-3

5292

彰 1153-7-3
𣂐 1500-4-1

5293

瓠 730-7-5
軱 1169-1-1

5294

䅗 83-5-3
𦔍 16-5-4
48-5-2
956-7-2
綏 767-2-2

5295

機 126-5-4

5296

䅖 107-8-1

5299

𦔳 372-5-3
397-6-2

5300

戈 416-3-1
扑 1278-5-5
1314-3-3
1360-3-6
1571-3-6
曳 1063-2-1
扏 1285-5-2
扐 458-5-6
㧙 989-7-2
1374-1-2
1374-7-1
1458-8-6
1459-2-4
掛 721-8-6
1079-7-3
軛 577-6-3

5301

抗 668-2-2
794-2-1
805-8-1
1182-3-2
拕 424-4-3
425-6-1
838-6-1
1218-5-4
抏 1383-4-2
掳 1526-4-2
挓 437-3-1
掟 304-6-1
767-2-4
768-5-1
1443-5-3
控 19-4-2
45-3-4
642-2-3
948-4-4
捥 307-8-4
768-1-1
1147-1-3
1399-5-4
揎 352-7-3
搱 1377-7-1
軳 424-8-4
軖 634-4-4
䡊 1526-4-4
搕 1375-4-5
搤 1383-8-2
1447-6-2
1448-7-3
搋 712-4-1
輐 767-7-1
774-4-1
774-7-3
1144-5-1
1147-4-2
擮 1268-7-3
1328-7-2
軭(軭)
204-5-1
輓 272-7-3
280-8-1
751-7-4
1128-1-5
撜 501-1-4
1247-1-3
擄 312-6-2
1151-7-3

5302

捎 359-4-1
捕 1019-7-5
1026-8-3
挎 952-2-2
揙 329-2-4
329-6-2
784-8-1
799-8-5
800-1-4
搧 342-8-3
1177-3-2
輎 790-7-7
掎 654-7-3
967-2-2
摻 374-3-5
581-8-3
592-4-6
602-8-4
605-7-3
619-2-5
938-8-5
941-4-4
輔 700-7-2
輪 800-2-4
輷 1177-3-4

5303

捺 852-7-1
掠 446-6-4
1230-7-3
轄 498-4-4
𨋩 468-8-1
撚 787-1-3
擇 806-4-5
撼 919-3-3
撼 1522-1-1
1523-3-2
攄 755-4-5
攘 281-4-3
350-1-2
轗 918-7-4
1290-3-3
攇 1230-8-1

5304

拔 1072-7-2
1097-2-6
1406-6-2
1430-2-3
1431-2-1
1438-5-1
1476-2-4
拚 269-1-6
282-7-2
1124-7-3
1186-1-2
拭 1558-8-3
按 1143-1-1
1420-3-2
捘 60-2-1
228-6-2
255-3-5
729-1-1
1098-8-5
1099-4-1
1138-4-1
掕 824-3-4
挼 557-8-4
570-1-6
軷 1072-6-3
1431-6-2
搏 1019-7-4
1020-8-4
1026-8-4
1494-3-3
1495-4-1
軾 1558-8-2
揆 1200-8-3
摵 973-1-2
980-2-1

集韻校本　下　　集韻檢字表　下

一八〇〇　　一七九九

5380
戜 1392-7-2
　 1394-5-2
戜 1576-4-1
戴 1103-5-6
蠽 1327-5-2
　 1327-7-2
　 1543-7-3
戜 1392-7-1
　 1394-5-1

5390
粲 1372-7-5
戜 1558-2-4

5391
駝 424-6-3

5394
轉 1020-5-3

5396
粕 114-8-1
　 117-1-6

5398
穄 1411-5-1
穊 271-6-1
　 1128-1-3

5400
戊 1401-1-2

5374
戜 957-4-1

5377
盭 619-1-1

5350
戔 300-4-4
　 300-7-1
　 327-6-5
　 778-1-5
　 778-5-1
　 792-7-4
　 793-4-1
　 795-7-3
　 1173-8-1
　 24-4-3

5351
覒 1577-7-1

5354
韄 546-1-5

5355
戵 433-5-4

5360
戜 108-1-2
戜 1512-6-1
戜 593-8-2
戜 739-2-6
晉 1570-6-1
啓 1328-2-5

5365
戠 739-2-4
戜 739-2-5

變 1397-1-2

5324
破 1411-7-5
　 1431-1-2

5328
獻 1070-4-3
齔 1168-1-4

5330
　 1569-8-4
　 1570-2-3
　 1577-6-2

5333
惑 1577-6-1
感 917-8-1
　 919-4-3
戜 1290-6-2
感 1328-5-4

5334
專 159-4-1
　 699-6-2
　 1026-5-4
　 1495-7-4

5335
盩 1096-7-1
　 1394-4-4
　 1408-1-7

5340
戎 24-4-4
　 527-6-4
戒 1084-8-4
戜(戒) 1085-1-1
蒌 937-8-1

蠟 1401-5-5
蟥 1573-5-2
蟥 246-2-6
　 246-7-2
　 741-3-4

5319
蛝 157-1-1

5320
戊 906-7-3
　 1278-8-4
戊 1386-4-2
戌 1022-5-1
　 1577-6-2
成 506-7-4
　 526-3-3
成 837-6-3
戒 792-4-2
　 981-5-2
戜 593-8-1
戚 506-8-1
戜 637-3-3
咸 616-8-1
　 618-4-3
　 938-4-4
　 1304-6-4
威 129-4-1
　 1008-1-4
戜 1471-7-1
　 1475-8-1
戜 1317-7-5
　 1327-7-3
　 1349-2-1
　 1543-3-3

5322
甫 699-7-1
　 706-8-4
　 1026-6-2
帑 1577-7-2
鹯 1372-6-3

抛 1464-8-3
　 1470-7-2
挂 393-7-1
　 1201-8-4
挠 206-1-3
軌 1079-6-2
　 1080-2-1
揩 783-5-2
掊 669-8-5
　 1214-8-5
　 677-8-4
掩 997-5-1
　 920-7-4
　 933-5-1
　 1298-3-3
　 1623-1-1
揸 583-4-2
　 914-8-1
　 1287-2-1
搔 206-4-1
軸 1202-1-1
搕 1598-7-4
　 1599-4-4
推 1355-2-1
　 1356-5-2
　 1505-1-4
撞 261-3-6
　 275-7-2
　 322-8-3
　 750-6-3
　 1122-8-3
　 1126-2-5
撓 371-1-4
　 399-1-2
　 400-4-3
　 817-1-4
　 827-2-2
　 1194-3-1
　 1205-1-2
撻 965-8-3
　 985-8-2

抖 908-3-2
拊 162-4-2
　 699-3-4
　 904-8-3
　 1019-8-4
斛 705-4-1
拊 634-4-2
　 1020-8-1
撅 376-4-6
　 820-5-5
轉 225-2-2
　 981-3-2
　 1062-7-4
　 1093-8-3

5401
扐 540-7-3
扡 72-6-5
　 424-4-5
　 425-6-3
　 650-4-4
　 650-7-3
　 723-4-3
　 838-6-3
　 959-2-4
　 1218-6-2

5396
赻 1130-3-3
　 1132-8-1
批 428-2-3
　 429-5-1
　 445-2-4
扰 175-2-3
　 409-3-4
　 543-7-1

5400
扚 763-2-5
扴 525-8-5
　 526-3-5
　 527-2-1
　 889-5-1
　 1258-8-1
抴 1063-2-3

1257-6-2

5315
蚍 1401-6-1
蟻 23-2-4
蛾 1386-6-1
蜂 404-7-2
　 569-1-4
蛾 415-7-3
　 655-7-4
蟻 1528-4-5
　 1569-5-2
　 1577-6-3
蠘 342-5-3
　 775-2-4
　 779-1-1
　 799-2-5
　 1159-8-1
蝛 617-3-5
　 617-7-1
蜮 129-6-3
螯 1002-3-5
蟻 1558-4-5
蟻 78-4-6

5316
蛤 235-6-2
　 236-4-3
蜭 27-3-3
蝽 1417-8-3
　 1441-4-3
蜭 1331-3-2

5317
蜭 768-7-1

5318
蛟 258-5-1
　 1043-3-4
蟆 260-2-3
　 1121-4-6

805-4-2
805-5-1
806-1-2
806-2-4
808-1-4
蜅 178-1-1
　 700-4-3
　 701-3-3
蝙 328-8-3
　 330-2-1
蝙 884-1-1
蝻 1177-2-4
蟬 522-2-4
　 889-1-2

5313
蛝 461-1-2
　 469-6-2
蜃 1327-4-5
　 1543-6-3
蠑 298-4-3
蠩 750-1-4
　 755-5-1

5314
蚾 209-8-5
　 1001-8-5
蝗 1041-6-2
　 1392-6-2
　 1394-3-3
　 1459-3-5
蟻 1328-5-1
　 1331-3-3

1374-8-2
塋 1577-8-2
盞 778-2-5

5311
蚖 223-5-2
　 538-6-2
蚖 745-2-3
蛇 63-4-3
　 73-7-4
　 424-2-5
　 426-1-2
　 434-3-4
　 440-2-1
蚖 634-7-5
蛇 1225-5-2
　 1226-1-2
　 1509-8-4
蚖 13-8-2
　 47-4-1
　 641-7-4
蚖 19-6-2
蜿 280-3-2
　 308-2-2
　 753-4-2
蝽 279-8-2
　 352-8-4
蝗 1447-5-5
螳 1377-5-1
　 1447-5-4
　 1449-4-1
蟻 1328-5-1
　 1331-3-3

5308
抗 1397-2-4
　 1455-2-5
抌 1574-7-3
挨 216-6-1
　 724-7-4
　 733-6-1
捵 874-2-2
挾 1450-3-2
挨 216-5-4
揆 1411-2-3
損 762-8-3
軮 1324-8-2
擴 1114-5-3
攥 349-8-1
　 806-5-1
撒 1420-7-5
　 1422-4-6
轤 1404-1-4
　 1420-4-2
　 1474-1-4

5309
抹 156-4-2
　 540-3-2
　 541-3-3
　 542-4-3
　 576-2-1
　 1265-2-5
抺 921-3-4
搡 96-4-3

5310
或 1569-2-5
　 1577-5-4
或 1339-7-2
或 1449-1-5
盛 507-1-3
　 1253-2-6
　 789-8-1

5312
　 1577-5-4
　 340-4-1
　 360-1-4
　 360-5-4

654-1-1
668-7-3
966-7-1

5305
攦 602-8-5
　 604-4-5
　 605-7-2
　 619-2-4
撒 1528-3-5
轆 619-5-5

5306
抬 114-5-3
搯 922-2-1
搭 441-7-2
　 1227-7-1
　 1512-4-4
帕 735-7-3
揹 1441-4-1
　 1441-8-5
搯 39-6-2
　 637-6-4
揞 1331-3-1
輆 719-7-3
搚 746-7-3
轄 1511-6-4
輪 762-5-6
轄 1075-5-2
　 1077-7-3
　 1418-1-5
　 1441-1-1
轆 40-5-2

5307
搢 776-5-2
　 1428-6-3
　 1437-7-5
　 1441-4-2
搖 1438-6-2
轀 768-8-1
　 1441-1-3

轉 1494-4-3
　 1496-1-4

5305
戈 239-3-3
找 444-7-2
找 1083-7-7
拔 24-6-3
　 527-6-3
　 634-5-1
　 954-8-1
搣 1087-3-2
　 1054-8-1
　 1063-2-4
挼 415-4-4
　 837-8-1
搣 1527-6-5
　 1570-7-2
搣 919-3-2
搣 1475-7-5
　 39-6-2
搣 210-1-3
　 1328-3-5
　 1328-6-4
　 1331-4-3
　 1520-8-3
攝 1518-3-1
擮 1605-6-2
撒 980-4-4
轊 778-6-1
　 1159-6-4
攝 1447-7-5
轗 617-2-2
　 618-1-3
　 618-5-3
　 937-8-5
　 938-4-2
　 1290-3-4
攝 1446-8-5
擮 1371-5-3
攝 78-4-1
　 79-4-4

集韻校本

集韻檢字表　下

一八○二　　一八○一

左欄（一八○二）

5494
蝶 1607-2-3
蟟 369-4-1

䊊 1426-1-4
䅟 67-2-2
䅟 74-8-4
　 80-1-4
穮 1503-8-2

5495
䅻 1082-2-1

5496
䊓 1222-6-3
　 1531-6-5
　 1532-4-1
䊏 101-1-5

5498
䅺 766-3-2
　 1141-7-2

5499
䅊 238-3-4

5500
井 879-8-3
井 879-8-2
　 922-6-5
扙 861-1-1
拌 37-6-2
　 635-8-5
　 641-5-5
抻 250-1-4
　 1111-8-4
弣 777-7-2
拽 1470-7-3
挬 1412-1-7
捭 1388-7-3
軷 1064-3-5
軷 1324-7-3
軷 1552-6-3

　 1615-7-2

5421
　 1253-4-3
齼 1599-5-2

5424
攱 1070-7-2
護 1031-6-1

5440
斟 1200-3-1
　 1355-3-1
斜 909-6-1

5482
勧 1543-8-2
勧 991-5-2

5484
攱 162-8-4
攱 495-1-2
　 1238-2-3

5491
䳲 205-6-1
　 213-2-5
稴 920-4-1
　 1623-5-3

5492
勅 1563-3-4
勅 1063-5-4
耡 141-6-4
　 1012-6-1

5493
耤 1128-1-2

䶃 490-1-1
　 1225-1-4
　 1226-1-3

5413
蛞 1206-5-2
蛦 141-5-3
蛸 1011-5-5

　 1453-7-3
　 1454-8-4

螼 679-4-1
蟵 1560-8-6
蟥 141-5-1
　 142-1-1

5417
蚶 599-5-3
　 600-3-2
　 600-6-6

5418
蛺 1616-4-5
　 1618-4-3
　 1618-5-4
　 1620-6-2
　 1624-5-4
　 1626-1-3
蚑 122-6-1
蟆 494-5-4
蟆 1452-1-4
蟆 430-6-1
蟓 1453-3-3
蟓 481-1-4
蟥 125-3-2
　 271-3-2
　 291-4-4
　 682-8-3
　 1003-1-1

5419
蛛 1315-8-3
蛵 1447-3-4
蝶 569-1-5
蝶 1613-6-1

蟺 363-6-5

5413
蜓 1334-8-1
蜒 206-5-4
蟒 1598-6-2
　 1599-1-1
　 1622-6-4
蛻 832-5-4
蟥 12-4-4
蟔 13-6-3
　 629-7-3
蠪 1454-2-5
蟯 372-1-2
　 372-4-3

5414
蚑 75-3-1
　 79-6-1
　 965-3-1
蚑(蚑)
　 131-1-2
蚾 842-3-3
蛟 529-6-1
蜐 34-2-1
蟏 867-7-2
　 873-5-3
蟨 739-8-3
罐 306-7-1
　 362-3-6

5412
蟬 1317-3-2
蠖 1488-1-2
　 1489-5-1
　 1506-6-1

5415
蝟 1006-6-3
蟬 444-6-2
蟆 629-5-1
　 633-3-4
蠓 1460-7-1

5416
蛴 127-5-5
蛄 188-2-2
蛄 1046-3-2
　 1381-4-1
　 1381-7-4
　 1452-8-2

　 446-6-2

蛭 1334-8-1
蜒 206-5-4
蟒 1598-6-2
　 1599-1-1
　 1599-3-5
蟥 744-3-2
　 747-1-1
　 747-2-5
　 750-3-3
　 1122-3-2
　 1212-7-5
　 1213-2-1
撍 588-2-3
　 1288-6-3
撡 1421-3-4
　 1421-7-2
撡 815-5-2
蠦 368-3-1
　 412-5-2
　 811-6-3
　 835-2-2
　 1189-4-4
　 1213-4-1
　 1466-3-3
　 1493-4-1
　 1553-6-1

5410

5411

5412
蚋 1056-3-3
蠖 1488-1-2
　 1489-5-1
　 1506-6-1
蚋 1056-3-3
　 1466-3-3
蚔 1026-6-6
蚴 543-2-3
　 574-4-3
　 910-4-4
　 1284-6-1
蚼 223-5-1
　 725-7-1
蚼 1622-6-3
蚂 1056-3-2
　 1466-3-2
蛴 127-5-5
蟎 1065-1-3
蛴 79-2-1
蟮 1038-5-5
　 1068-1-2
蟎 1061-7-3

5410
蚓 899-5-5
蚪 908-4-4
蚷 161-3-3
　 1020-7-1
　 1315-3-4
蚄 417-3-4

5411
蚾 73-7-5
　 434-3-5
　 851-4-4
蛙 213-1-3
　 445-2-1

　 1603-2-1
　 1614-7-6
　 1619-8-4
　 1631-7-3
撩 1498-2-1
　 1515-7-2
撲 1602-8-3
撩 368-4-1
　 811-5-3
　 835-1-1
　 1189-7-3
　 1122-3-2

右欄（一八○一）

　 1625-3-5
　 1631-8-1
軝 1040-4-2
　 1041-3-1
　 1067-4-2
　 1068-3-2
掑 122-3-6
摸 1497-5-2
搣 250-1-5
　 332-5-3
軨 43-8-5
　 639-2-1
撗 481-3-2
　 1244-8-3
摜 270-8-2
轒 736-8-2
攢 1320-2-1
攦 978-2-7
轒 479-2-4
轒 269-8-3
　 748-7-4
攒 312-4-2
　 1150-5-2
　 1151-2-1
轒 1320-1-2
轆 978-5-6
贛 312-4-5
　 312-8-3

5409
捇 400-5-4
搵 1432-4-4
　 1444-2-4
掾 915-7-1
　 924-6-1
捘 1424-7-4
撰 1462-1-4
　 1464-1-4
　 1464-8-2
　 1470-8-2
　 1471-2-4

5406
持 114-8-2
拤 294-1-3
拮 1381-5-1
　 1434-7-6
挬 1408-7-2
　 1435-7-1
　 1472-6-3
搯 1294-1-4
拹 823-6-1
　 1342-6-5
揙 848-5-6
　 848-8-1
揩 1028-3-1
　 1517-1-1
　 1530-4-5
描 379-4-1
　 395-1-2
　 1202-6-3
搭 1594-5-2
　 1594-8-4
砧 187-6-1
　 188-7-3

5408
拱 41-5-2
　 638-6-1
　 955-3-5
　 1339-6-1

挟 221-3-2
挟 1593-7-3
　 1617-6-3
　 1618-5-1
攇 1037-6-2
　 1438-8-2
　 1620-5-2

　 1631-5-2
軨 655-4-3
　 1138-5-4
　 966-8-1
　 967-4-1
　 967-6-3
　 1006-1-1
　 1260-4-1
擠 1137-4-2
較 51-4-3
　 53-6-4
　 55-6-4
　 75-4-1
較 1200-2-5
　 1355-3-3
掃 34-2-2
　 49-8-1
　 634-4-1
　 642-1-5
輇 503-7-2
　 530-4-1
　 534-3-1
　 1262-4-1
攜 1030-8-4
　 1230-2-1
　 1313-1-4
　 1504-5-1
　 1515-2-1
撞 1423-1-1
輯 634-4-3
攜 548-6-2
　 833-4-2

5408
轒 406-3-1
　 631-4-1
　 832-8-3
輇 1496-4-4

拗 1335-3-6
拹 1597-2-2
　 1621-6-4
軝 1379-6-3
　 1622-4-3
　 1056-5-1
攗 363-5-2
轓 1419-6-1
　 1442-2-1
揙 788-2-3
轒 1120-1-3
攘 1399-5-3

5403
拣 119-2-2
　 134-5-3
　 1612-5-2
　 1622-1-3
　 1622-4-2
　 1632-6-2
捒 1512-3-3
　 1514-4-5
　 1530-7-2
　 1536-4-4
軑 537-8-5
摜 1241-1-2
撞 1423-1-1
撐 13-7-6
攄 278-6-1
攔 1514-5-1
轅 1183-5-5
攔 1423-6-1

5404
技 75-6-3
　 654-8-3
捽 1526-2-1
撑 684-6-2
攐 1037-6-2
　 1438-8-2
　 1459-8-2

5405
披 66-7-2
　 662-1-4
　 969-7-1
　 970-1-3
　 970-5-3

　 1000-4-3
　 1046-5-2
軝 1334-5-2
輪 1591-8-3
輇 1334-5-2
攮 236-3-1
轀 1598-8-4
轅 1190-5-3
　 1191-4-1
　 1191-5-4
轟 1075-5-3
軜 1095-6-1
　 1418-8-6
　 1597-7-4

5402
摘 925-1-4
　 668-1-3
　 845-1-5
　 1573-8-2
抽 1122-8-2
　 1126-3-1
抽(抙)
　 261-2-1
勒 991-5-3
　 1002-6-5
　 1395-1-4
拘 960-2-1
　 1056-3-1
掃 1038-2-1
　 1040-8-1
　 1067-8-1
　 1411-5-3
　 1597-7-3
拵 176-8-1
　 177-4-1
　 178-1-4
　 1026-5-2
　 1419-6-3
　 392-4-2
　 824-3-3
　 910-5-3
勒 972-7-3
　 1063-5-2
拷 828-8-2
拷 188-6-1
　 565-4-1

集韻校本　集韻檢字表　下

一八〇四　　一八〇三

左半

揭 787-5-4　攌 790-4-5　輨 317-1-3　1157-8-2　1184-7-4
5604
捍 1344-5-5　捍 775-8-2　776-4-3　1140-6-2　揟 1573-3-1
捶 715-7-5　722-2-1　722-5-5　揟 985-8-3　1579-5-2　1581-2-3　1585-4-1　1588-3-4
擐 1331-4-2　授 286-1-6　1158-8-3
撮 312-5-1　723-8-4　1074-2-2　1432-4-1　1432-5-4　1463-4-3
擇 1539-1-2　撑 728-7-3　輯 137-6-6　1578-5-3　1579-8-2　1580-8-3　1583-4-2　1605-7-3
輰 1134-2-3　1149-2-1　1159-1-1　韓 370-6-6

揭 281-4-2　1057-7-5　1058-4-1　1059-3-3　1404-2-1　1404-7-1　1405-4-2　1406-8-4　1418-1-3　1472-6-1　1472-8-2　1473-4-2
揞 1397-2-3　揚 1594-8-3　1600-6-2　暢 1235-6-4　揭 1347-3-2　1347-8-4　1350-4-1　1363-4-2　1364-2-1　1366-6-3
輰 448-4-3　輵 1418-8-7　1419-6-2　1420-2-2　1442-5-1　1472-7-4　揭 1405-4-3　1473-4-1
5603
搵 222-2-3　摁 238-7-1　239-1-2　擹 630-6-4　搊 1237-8-4　攃 316-2-3　352-8-2　1157-3-1　1157-8-1

挹 1585-4-2　1588-3-3　捆 759-7-2　761-5-1　搵 272-5-3　751-8-1　1135-8-4　1415-8-1
揘 486-8-2　495-3-2　軶 863-4-3　1239-1-2　搳 105-4-4　209-2-4　拍 451-7-3　1459-1-2
揮 220-5-1　729-2-4　1084-6-4　輻 272-7-6　289-1-1　輀 726-6-4　搬 1362-2-2　722-1-4
擢 722-5-4　攉 159-1-2　1352-8-2　攓 667-6-1　攞 426-6-1　839-4-3　攙 1601-7-4　1614-8-1　軕 1615-5-5
5602
挩 987-8-1　捏 1450-6-4　搊 788-2-2

1522-8-3
5571
歔 1105-3-2
5580
棘 1567-2-3　棘 406-4-5　虌 1567-2-4
5600
扣 903-2-3　1276-2-2　拍 1412-6-2　1414-2-2　1415-3-5　捐 451-7-1　拍 1494-1-4　1507-4-2　1508-1-2　燮 1049-1-5　1059-7-3　1401-4-3　贊 1150-4-5
5588
扶 770-1-3　軸 332-3-1　捆 286-7-1　759-8-4　761-7-5　1412-6-3　1415-1-3　摑 1528-3-1　摳 314-2-7　輻 1412-7-3　摑 776-3-6
5594
担 771-8-4　1472-6-2　捏 490-4-3　508-6-2

5522
勞 1375-8-3　矕 1002-8-6
5523
典 785-3-3　786-7-3　農 29-8-1　413-2-6
5526
薈 1295-5-4　費 990-5-3　1000-8-3　1002-6-2　1394-5-5　1395-2-2
5533
熨 1375-8-4　患 638-4-3　爇 1567-5-1　1572-2-6　慧 1048-4-4　1575-1-3
5542
勢 1564-4-1　1567-4-3
5544
蕣 566-4-4　1276-4-2
5550
華(華) 1372-4-2　葷 802-8-5　耕 495-6-1　神 744-6-1　1121-3-1
5560
曲 697-1-1　1352-4-3　曹 1002-6-1　1430-6-4　640-6-1　曹 406-7-4　替 1448-2-3　替 1302-2-4　舊 406-4-2　曹 1059-7-5　氎 406-7-3

右半

彗 975-5-4　蜅 32-6-5
5518
蚨 163-6-5　蚗 1456-8-1　1457-7-2　1472-3-4　蚨 1040-2-2　1448-1-1　1449-3-5　蛦 98-3-1　199-3-3
蜺 175-1-2　蜻 1615-7-1　1619-7-4　1620-6-1　1631-4-3　蟣 1472-3-3　蟥 1522-6-3　1523-3-1　1531-4-1　1544-1-4
蠖 1003-2-1　猷 1378-3-2
5519
蛛 961-5-6　蛛 171-4-4　蛷 1280-5-3　1543-1-5　蝀 7-2-1　627-2-3　946-5-2　蠶 245-4-1
蝶 1472-7-2　1509-8-2　蠡 1029-2-6
5521
競 531-7-2

1252-6-4　蟥 363-6-4　1327-3-3
5513
蚰 288-2-5　蟬 347-6-1　1134-7-3　蟬 1316-6-3　蜘 267-5-6　螶 1048-7-5　蟬 98-8-4　983-2-1　蠱 407-3-5　蠱 1003-6-2　蟻 469-8-2
5514
蟶 314-6-3　螻 173-3-1　573-4-3　1283-7-2
5515
蜂 641-7-1　873-6-5　蟷 1345-4-1
5516
蚰 545-5-5　1333-7-1　蝤 1352-6-3　蝽 739-6-4　蟷 407-3-6　554-7-6
5517
彗 975-6-1　977-1-5　1051-2-2　1051-7-3

挾 570-2-3　635-1-4　1012-2-1　1022-7-4　1024-3-2　1346-8-3　1363-4-4
揀 627-5-4　1411-1-5　779-5-4　1168-7-1　挾 264-8-3　搂 1028-1-4　探 1473-4-3　1509-6-3
棟 8-3-5　棟 1121-4-1　攓 635-1-5　辚 264-8-2　327-6-3　攟 1043-6-4　攦 1491-1-2
蚾 870-3-2　軼 1380-4-1　蚌 36-7-4　641-6-5　873-6-6　揆 858-5-4　863-5-2
5506
攛 1001-3-3　1002-6-3　1125-4-1　轅 1280-6-4　攢 770-6-3
5509
抹 1073-3-3　1098-4-1　抹 1425-6-4
5512
蟷 504-4-1　505-2-4　512-7-3　879-8-1

輯 1051-8-3　1059-6-2
5508
扶 162-2-1　162-8-3　177-8-6
5504
抉 1456-3-2　1457-5-2　1472-4-1　挾 473-7-3　857-3-2
扶 1377-6-1　1377-7-4　1378-6-4　攃 1509-6-3　捷 1605-5-1　1606-4-2　1608-3-5　1627-1-3
摟 172-5-1　撰 743-1-2　785-8-3　787-1-4　捼 1280-7-3
軹 870-3-2　軼 1380-4-1
5510
蚌 36-7-4　641-6-5　873-6-6　揆 858-5-4　863-5-2
5506
撢 546-7-2　548-5-1
5503
軸 1333-4-2　槽 1211-2-3
5507
揩 1048-6-2　1051-6-3　1052-2-3　挾 1521-3-1　1462-8-1　1522-2-4

轉 1049-1-7　1059-6-4　1065-1-4　軤 1049-1-6　1059-6-3
5501
拖 1138-8-1　姛 577-8-4　軜 295-4-3　擠 1523-3-5　1527-4-3　1527-6-6
5502
弗 1393-2-4　1394-7-3　構 567-3-6　1277-6-5　柿 1430-6-1　1431-5-5　搏 314-2-5　356-8-3　804-1-2　1180-8-3
捜 172-5-1　573-2-1　轉 797-6-2　803-7-3　1180-5-4　甹 1375-7-8　搢 1252-3-2　1256-1-2　轊 1165-8-1
捕 363-5-1　809-2-2　1187-4-1　1326-8-1　1331-4-1
5503
捥 1198-2-2　捜 314-2-6　1179-1-1　捷 803-1-2　1180-3-1　摁 1048-6-3　攌 642-1-4　撼 1051-6-2　攃 668-1-4

集韻校本　集韻檢字表　下

	540-4-2	409-7-5	拘 156-3-2	挽 571-3-2	567-4-6	魏 7-5-1
	549-2-1	掏 1337-5-5	566-3-3	輓 758-3-1	831-4-3	耀 68-1-2
	575-5-2	掃 832-1-3	697-7-1	1134-2-4	扼 97-2-3	耀 158-3-4
	824-2-3	1210-4-2	1017-7-3	軥 66-4-1	652-1-2	171-8-1
	827-2-3	朝 1400-7-4	1352-7-4	204-4-3	666-3-5	
鞠 332-2-5	駒 499-3-3	抑 901-1-2	1048-2-2	718-8-1	**5692**
鳩 305-5-2	卹 870-4-1	扚 1340-4-3	擢 1367-1-3	719-1-1	揚 1538-5-2
鵬 1292-7-4	1238-3-4	挪 147-5-4	1367-5-6	颭 853-4-4	耦 904-6-1
擱 56-3-2	揖 1412-3-1	439-7-2	攙 582-3-5	搧 1073-1-1	
88-2-1	1414-8-1	捔 10-2-2	619-8-1	1097-3-2	**5694**
254-1-1	1437-2-3	628-3-3	622-5-1	挽 659-3-1	捋 1574-5-2
357-7-3	1437-4-1	拘 499-1-4	1307-3-5	685-8-2	稜 1561-3-4
429-1-5	掏 498-5-3	1172-6-1	攬 823-5-3	拯 889-5-4	1562-4-2
捌 775-7-3	499-1-3	扐 63-5-1	825-2-3	靶 941-6-2	稜 311-4-3
779-4-4	1172-6-2	73-3-3	挽 758-3-2	1149-3-4	
揭 833-4-1	揖 137-4-4	**5702**	801-8-2	釋 1533-2-1	
鞀 862-6-1	138-8-4	650-4-5		1538-5-1	
鞀 416-4-2	駒 157-1-5	扔 527-6-2	帆 941-6-1		**5698**
841-6-3	157-8-3	652-4-3	軤 1115-3-6	樸 1565-8-5	
1216-7-6	566-4-1	838-5-2	軔 1434-5-1	1165-6-2	
鞘 488-6-4	1276-8-4	839-2-2	邢 880-1-1	颭 853-4-3	**5700**
535-3-5	挪 427-3-1	靭 848-5-4	邦 46-7-2	扼 215-2-1	720-3-5
鞀 555-8-2	900-7-6	挽 1354-8-3	扣 831-6-3	1048-4-1	靲 790-7-5
978-5-4	撋 930-8-2	扚 1363-4-5	扚 809-7-3	靶 431-7-4	**5701**
1187-7-2	1299-2-2	1364-5-1	1483-1-1	軤 417-8-1	
鳩 416-6-4	撋 169-1-1	抑 1372-2-1	1487-4-1		扎 266-4-2
鴨 951-7-4	559-2-3	1390-7-4	1547-3-4	657-2-1	1115-4-1
鞠 499-3-2	899-2-3	1562-3-2	1553-7-2	658-3-2	抒 1398-4-4
1250-5-3	挪 1505-6-2	捐 1352-7-3	744-4-3	鮑 1096-4-2	扭 899-5-4
鞐 689-5-3	1506-3-6	捅 627-7-4	荆 1235-1-1	1096-7-3	901-2-6
攫 1536-5-2	搦 1362-6-5	630-4-1	抐 1409-6-3	1392-6-3	1271-8-2
鞴 191-8-1	搦 1445-6-1	軔 111-2-4	1446-2-3	1407-7-1	
713-7-3	搦 1367-6-3	1112-6-2	拐 1400-5-3	1407-8-1	把 431-8-3
鵁 1064-2-2	1511-3-3	1179-3-2	1429-2-1	握 1278-4-1	847-3-5
鷚 389-8-2	駒 257-4-5	捫 291-8-2	抒 690-1-4	扭 1311-1-3	扭 435-8-2
825-3-1	499-3-4	攬 475-6-1	692-7-1	1358-1-4	848-1-1
擄 835-5-2	夥 719-7-2	1243-4-2	694-1-4	掐 509-4-2	848-2-1
擄 1350-3-1	720-3-2	掤 528-3-2	郴 990-5-2	靶 394-6-4	848-2-4
	搗 833-4-3	掤 367-2-5	1001-4-2	靶 1560-5-4	848-3-2
5703	搗 382-1-3	810-8-2	1393-7-3	挃 334-6-3	抱 393-7-4
	389-6-5	818-1-2	抅 399-1-3	495-8-1	394-3-3
掁 296-8-2	398-5-1	掏 408-6-1	抑 1568-3-3	877-4-1	562-3-1

5640	蟬 199-2-3	208-8-6	1401-5-3	1034-2-6	攪 510-2-1
	342-6-2	蜕 100-6-3	蜩 1628-5-5	摸 1561-6-1	512-1-2
嫛 59-8-3	344-5-1	蟶 508-2-1	蛔 223-5-3	捉 1363-7-6	攫 1352-8-3
75-8-2	**5616**	蠶 1575-7-2	蜎 1135-4-3	提 54-6-1	1488-3-2
77-3-3		蠶 158-6-1	263-5-4	110-1-2	1488-6-2
84-3-1	蛆 455-8-4		746-5-2	197-1-3	1515-5-1
668-5-2	蜡 1097-8-3	**5612**	蜘 61-7-5	716-8-1	1541-7-3
789-1-4	1104-6-5	蝎 1538-8-4	352-4-2	1041-5-5	轉 1488-7-2
966-6-2	1344-2-3	1543-3-1	蜩 1528-4-4	馽 643-2-4	
螺 1486-1-2	蝎 466-8-1	1569-5-3	654-7-6	**5605**
蟷 96-2-5	468-4-1	1577-6-4		737-4-5
5641	667-3-4	蜗 43-2-1	1578-1-1	押 1629-6-5
靚 563-8-1	151-7-1	**5611**	提 55-2-1	1630-2-5
640-7-1	蜮 190-8-1	蛆 1424-8-1	揭 892-2-4	1630-4-2
1274-8-1	**5618**	1419-5-1	**5609**	擇 1458-4-1
1276-6-2	蜻 54-8-1	蜩 1007-1-3	1467-2-3	轈 1036-7-2
1355-5-5	196-2-5	蝁 1503-6-5	蜫 336-5-2	揮 301-8-1
覬 572-6-5	198-8-5	蜀 1346-6-1	787-4-3	探 841-8-2
705-2-4	1038-6-3	1347-3-1	789-1-1	1219-8-1
5671		1347-4-2	1169-5-2	探 904-8-2
	蝡 1284-7-2	1350-7-5	1170-3-4	操 428-8-2
靚 957-4-3	1285-2-1		蜫 286-6-2	操 872-6-4
5681	蟆 1565-7-4	**5613**	288-2-6	輭 397-3-3
		蟌 961-5-7	蜖 263-1-1	725-7-4
規 76-8-3	**5619**	蠦 1575-7-3	272-7-2	726-2-2
966-6-1	蟆 417-1-1	蠳 360-1-3	289-4-5	726-6-3
1539-8-6	840-7-2	805-3-3	360-6-3	轈 767-6-5
覬 1530-3-5	846-6-2	805-5-2	361-2-2	301-6-2
1549-7-3	蟆 355-5-4		752-1-1	320-7-2
5690	蟆 428-5-2	**5614**	830-5-1	344-6-3
		蟬 70-3-2	擢 513-4-5	841-6-1
蚵 442-3-5	**5621**	71-1-3	1585-6-3	853-6-1
蛔 743-8-3	靚 879-4-1	885-6-4	481-1-3	1216-7-5
746-3-1	1252-6-1	蜸 311-8-1	486-5-4	**5606**
746-7-1	**5622**	1134-5-2	1246-2-3	揖 406-1-3
椠 77-1-1		蜸 1490-6-2	1249-5-1	1210-5-4
5691	蕎 77-3-2	1511-1-4	蜽 100-6-2	揖 642-3-3
	83-1-5	蠵 1488-7-4	726-6-2	1359-7-5
靚 89-4-6	208-1-5		987-2-4	1360-3-2
961-3-3	**5628**	**5615**	1100-2-1	1360-8-6
耗 761-6-4		蟬 1373-4-1	**5610**	1509-1-2
覬 946-5-3	馽 522-7-3	蜽 105-2-3	蛆 1383-5-3	**5608**
				扺 643-1-3
				652-6-3
				653-8-3
				723-6-2
				揆 185-4-4

一八〇六　一八〇五

集韻校本　集韻檢字表　下

一八〇八（左頁）

第一欄
蠑 200-7-3 / 23-8-2 / 951-1-2
5721
牻 512-6-1 / 1255-8-3
櫳 194-6-2
蠵 1525-3-3
5722
邙 1070-3-1 / 1072-5-5
廊 506-8-2 / 526-3-2
郎 161-2-6 / 700-5-1
栩 762-3-3
閬 1054-6-5
㮰 1052-5-4 / 1053-4-3 / 1054-4-3
翃 617-5-2
鶂 176-7-4 / 177-4-2 / 178-3-1 / 1027-1-5
鶂 883-4-3 / 889-3-3
鵠 512-6-2
鵰 1282-5-5
翱 1327-2-1 / 1331-5-5
鷁 49-8-3
鷗 1327-1-5 / 1331-6-5
5724
鼇 1044-1-4
5728
歠 1187-3-2

第二欄
5717
蛤 919-7-1 / 1290-7-5
蝈 1397-7-2 / 1398-4-5
蛦 593-4-4 / 595-4-4 / 600-3-1
5718
蚚 1534-5-1
欿 1340-3-4 / 1527-7-1 / 1570-2-1
歁 1346-4-4
嗦 563-7-3 / 1275-2-4
顉 896-3-3
蜲 515-5-1
嫩 1316-6-4
蠟 1019-2-1
蟥 1146-5-2
蝶 355-6-1 / 358-3-3 / 808-3-2
蠾 1404-5-1
蟶 89-6-2 / 90-6-3 / 91-3-2 / 1562-6-4
蠣 98-4-1
蠐 744-7-2
蠨 1423-6-2
5719
蝐 992-4-1
蟒 412-7-5 / 557-5-3
蠑 370-2-3
蠑 94-6-4

第三欄
5714
好 676-2-2
蚎 28-7-5
毻 1539-5-2
蚂 249-1-6
蚋 367-1-2
蚭 899-3-2
蜖 1038-5-6 / 1433-1-1 / 1466-1-3 / 1469-5-6
螋(蛟) 167-2-4
蝦 440-3-2 / 441-3-3 / 852-4-1
蟀 93-6-1
蝼 75-7-5 / 207-3-2
5715
蚎 601-2-3 / 608-2-1 / 1300-4-5
蛑 569-1-3
蜂 12-4-3 / 36-2-3
蟹 721-1-1
5716
蛁 364-2-4
蛒 1493-1-2 / 1511-7-4 / 1513-2-3
蜛 135-5-2

第四欄
蟉 369-7-5 / 550-8-1 / 576-2-5 / 576-5-1 / 811-7-4 / 900-7-1 / 910-5-5 / 910-8-1 / 1189-6-1
蟎 1385-8-3 / 1390-1-1 / 1469-5-6
鶼 1569-6-1 / 1570-4-1 / 1577-6-5
蟮 1536-7-1
蠏 1454-2-4
蠆 1346-6-2 / 1347-4-3
5713
盩 1453-1-1 / 1453-8-2
蛳 262-5-1 / 322-1-4
鏓 15-3-2
嵺 359-5-2 / 805-4-3 / 1182-4-2
蟺 416-7-1 / 1216-3-3 / 133-1-1
螓 855-6-4 / 856-2-4 / 1233-6-3
蟲 191-5-1
蟓 1021-6-2
蟵 28-7-3 / 29-4-5 / 370-2-4 / 951-8-2

第五欄
蛸 1042-7-4 / 696-7-1 / 1566-3-3 / 1371-6-5 / 1446-7-5 / 1562-6-3
蛹 638-1-1
翙 1570-7-3
蜩 862-4-6
蝸 212-4-5 / 416-7-4 / 428-5-4 / 446-1-5 / 840-7-3
蜩 367-1-1 / 1189-1-2
蝰 26-4-4 / 410-8-4
麒 1365-1-2
蠛 26-4-5
蝇 530-8-6
螷 692-1-3
罐 1367-4-2
蠰 623-1-3
5712
蚘 364-2-5
蚼 260-8-2
蚵 156-5-6 / 158-5-3 / 567-3-1 / 902-8-1 / 904-2-1 / 1016-8-2
蚵 961-5-5 / 996-3-2
蜗 862-4-5
蛔 860-4-3
蚼 16-7-1 / 256-6-5 / 1045-4-3 / 1046-2-2

第六欄
蛆 1335-3-1
蚆 431-1-5 / 431-3-1 / 431-7-1
蛆 137-8-2 / 138-7-2 / 1011-5-4
蛹 404-1-3
蚭 96-8-4
蟺 658-5-5 / 659-6-1
蜺 204-6-1 / 1048-3-3 / 1454-8-1
蜂 873-5-2 / 1246-5-1
蜎 1337-4-1 / 1337-8-1 / 1339-5-4
蝸 896-3-4
蛸 1401-5-4 / 1415-6-2 / 1418-7-1 / 1436-7-2
蜘 1222-2-3
蛐 462-2-1 / 1486-4-5 / 1487-1-5 / 1514-7-1
蜎 137-6-4 / 689-4-5 / 690-3-6 / 1222-2-1
蜗 862-4-5
蛔 860-4-3
蚼 16-7-1 / 256-6-5 / 1045-4-3 / 1046-2-2

一八〇七（右頁）

第一欄
搋 725-1-1 / 773-4-2 / 1069-6-2 / 1424-1-4
攗 821-3-4
5709
採 844-2-3 / 1218-8-4
探 590-4-3 / 607-5-1 / 1292-8-3
換 1144-1-4
揱 275-1-4 / 281-6-3 / 296-8-4 / 901-5-4 / 1270-6-1
揉 557-2-1 / 817-1-3 / 898-4-1
搜 868-3-2 / 1242-2-3 / 281-7-4
撰 1035-1-4
擦 1439-4-2 / 1451-3-1 / 1452-3-4
撅 570-2-2 / 630-4-3
摜 1157-2-4 / 1321-6-3
輮 557-6-3 / 898-4-3 / 901-5-3 / 1270-4-4 / 1274-3-3
輮 868-3-4
5710
𡎡(垩) 290-8-3
蚈 99-8-3
蚈 99-8-4
墼 1556-2-2
5711
虮 100-4-1

第二欄
帕 918-7-3 / 1290-3-5
5708
扻 762-8-4 / 919-1-6 / 995-4-1
揎 1390-7-3 / 1446-8-2
捏 137-4-5
軟 242-4-1
揎 546-7-1 / 548-4-5 / 1273-8-3 / 1334-7-1
挌 1030-1-1 / 1229-4-4 / 1493-6-1 / 1511-6-5
拇 906-1-2
摺 1597-2-4 / 1608-7-4
挣 499-7-2
捀 36-8-1 / 37-6-1 / 953-4-2 / 274-5-1 / 746-6-4 / 752-2-5
揞 598-1-4 / 1295-5-2 / 1297-6-2 / 1299-7-4
幨 249-4-4
輻 900-7-7

第三欄
1512-7-1
挌 1512-8-2
掆 1128-6-3
据 134-8-3 / 1010-5-4 / 1469-2-2
撟 1390-7-3 / 1446-8-2
捉 137-4-5 / 380-6-4 / 382-8-1
搤 546-7-1 / 548-4-5 / 1273-8-3 / 1334-7-1
挌 1030-1-1 / 1229-4-4 / 1493-6-1 / 1511-6-5
拇 906-1-2
挣 499-7-2
捀 36-8-1 / 37-6-1 / 953-4-2 / 746-6-4 / 752-2-5 / 1295-5-2 / 1297-6-2 / 1299-7-4
幨 249-4-4
輻 900-7-7

第四欄
592-8-2 / 604-8-3 / 607-4-5
撟 1062-7-1 / 1469-2-2
擾 296-2-2
幨 514-2-1 / 749-2-1
輾 1518-8-1
撐 825-2-2
轑 778-6-2 / 799-2-4 / 899-2-1 / 907-8-2
5705
拚 591-6-1
撥 598-1-2 / 607-8-1 / 1465-8-5 / 1469-3-3
拇 906-1-2
搬 1154-7-1
搜 363-7-3 / 405-7-1 / 557-8-5 / 570-2-1 / 826-2-2 / 907-5-5
斡 1278-4-3 / 1280-5-1 / 1251-3-4
擭 334-6-4 / 1170-2-1
報 798-3-1
揮 220-2-2 / 287-2-1
授 1286-1-2

第五欄
215-1-1 / 435-5-1
揎 571-6-1 / 1282-6-2
振 248-6-4
捂 495-7-3
授 1285-6-3
撖 166-5-2 / 559-3-1 / 559-8-4 / 570-4-6 / 799-2-4 / 899-2-1 / 907-8-2
5706
招 380-2-1 / 380-4-6 / 385-1-1
挌 1492-5-2 / 1501-2-2
5707
抑 1568-3-2
招 1625-1-1
掘 1398-5-5 / 1403-2-1 / 1412-8-7 / 1415-1-1
揷 617-1-3
帕 225-3-4

第六欄
765-3-1 / 1136-3-3
揉 1210-4-5
揔 1413-4-3 / 1414-6-1 / 630-6-2 / 945-8-1
掾 358-6-4 / 1182-2-1
搔 404-8-3 / 1210-4-6 / 22-3-5 / 37-4-4
振 802-4-1 / 802-5-5 / 1180-1-1
搖 826-6-5
挜 287-4-2
撾 438-1-1
揰 1397-2-5
憁 14-8-3 / 631-1-3
轏 12-6-1
輾 802-2-3 / 803-5-4 / 1180-4-3
搔 404-8-8 / 359-7-4
5704
扱 1582-8-1 / 1586-5-2 / 1587-2-1 / 1587-6-2 / 1588-8-5 / 1605-4-2 / 1607-8-3
捭 979-8-6
軴 546-1-4
鞝 333-1-3
撋 453-1-2 / 1233-2-1 / 1627-2-3
扨 214-4-1

鰲 402-7-4	555-2-2	514-2-1	1022-5-2	611-7-2	652-4-4
1196-7-4	搶 452-7-1	撒 1458-8-4	擔 655-6-4	1288-4-2	838-6-2
1208-2-1	493-2-2	撒 593-7-2	擶 1175-2-3	扮 268-5-3	1218-6-1
5811	858-6-4	938-3-5	撒 792-3-4	268-7-2	拴 353-4-3
蚱 1224-7-4	863-5-1	輳 298-1-4	攜 1616-6-3	拗 722-1-3	挩 1054-8-4
1224-8-2	輅 1351-8-1	撒 1421-3-3		748-4-2	1065-1-2
1516-7-2	搭 795-7-4	撒 876-4-2	**5803**	748-6-2	1433-2-1
1517-4-5	806-6-1	撒 1467-4-2	拎 519-1-5	1161-4-2	1433-2-4
蛇 1055-2-1	1178-4-3	1467-8-1	捻 1450-8-2	捊 737-3-1	挫 423-4-1
1070-8-5	搶 1078-2-1	撐 763-3-2	1616-6-2	787-1-1	447-2-3
1219-3-3	1428-2-6	撐 766-8-1	捻 748-4-3	787-2-5	1218-2-4
1465-4-2	輶 545-2-4	撒 370-5-2	掀 688-8-3	787-5-3	1218-5-3
1471-4-2	894-5-2	1199-8-2	1009-7-2	梯 717-4-1	捨 588-2-2
蜿 462-1-1	1266-5-4	1556-1-2	鬆 40-5-1	1040-3-2	摭 958-7-3
1486-4-6	**5808**	輓 1323-2-2	送 630-5-4	掄 258-1-2	搓 219-1-3
蜡 878-6-4	撒 34-8-3	1323-7-2	軨 519-5-6	296-5-3	421-4-4
蟊 965-7-2	48-5-3	1324-8-1	軨 880-8-2	軨 589-1-7	436-6-2
5812	摾 1364-5-3	撒 159-5-2	捻 1285-5-1	612-4-3	840-3-4
蛉 261-4-6	摛 355-2-4	撒 907-2-6	撩 1289-5-3	揄 167-1-1	酢 1224-7-3
612-3-4	1176-8-2	撒 677-5-5	嫌 609-5-3	174-5-4	搚 1047-3-5
蚡 269-5-5	縱 35-3-1	攫 1030-7-3	615-2-4	383-3-1	1081-2-2
748-8-4	摸 1521-1-1	1504-1-1	撫 175-8-1	543-7-4	1454-3-4
蜮 198-8-7	撿 932-1-3	撫 175-8-1	699-2-3	547-1-3	1526-3-5
蛴 258-4-4	933-1-1	轍 1467-7-2	撰 855-7-3	571-5-4	軭 257-5-1
744-1-3	縱 35-3-1	**5805**	攘 1160-3-4	571-6-3	354-2-1
1043-3-3	**5809**	挴 728-3-2	轃 976-8-2	909-1-1	357-2-1
1123-4-3	捨 143-1-2	撺 1375-6-5		342-3-5	362-8-1
蝓 175-1-1	180-6-2	輐 281-5-2	**5804**	揄 603-5-7	797-8-6
545-6-1	182-1-3	撒 876-5-4	投 571-6-2	792-3-3	揽 756-1-5
蝤 786-6-4	438-4-1	攘 78-4-2	拼 502-1-3	軫 736-8-1	揹 1222-7-3
蟉 20-6-2	440-2-2	轃 12-1-4	502-4-1	撿 639-6-4	撼 1464-8-4
632-6-2	搭 1616-6-4	轃 81-1-4	1251-3-5	揚 1240-2-2	轄 551-7-3
螭 454-7-7	輪 139-4-3	656-2-1	敫 1394-8-3	擒 1586-4-2	攝 598-6-3
螓 589-1-6	攃 1522-2-3	較 700-7-4	1597-2-3	927-6-4	
蛦 1378-3-1	攆 420-2-5	**5806**	掅 920-7-3	1600-6-3	控 19-2-3
蝓 1479-7-3	轃 1315-7-3	拾 1582-1-2	933-5-2	1621-7-1	轞 940-5-2
5813	攢 1432-6-1	1604-5-4	撒 1208-3-3	擒 588-2-4	攬 927-6-3
蚣 14-5-5	**5810**	1609-3-3	撒 650-2-3	1288-4-3	**5802**
	整 880-1-2	1622-8-2	980-3-2	輪 258-3-3	扴 1434-8-4
		拾 848-3-3	耕 329-7-2	揗 1446-7-3	拎 588-2-5
		搙 543-8-3	488-4-3	輪 166-6-4	

集韻校本

集韻檢字表 下

一八一〇　一八〇九

5796	檕 201-5-1	1437-5-4	**5764**	鶺 1277-2-3	**5732**
	202-2-2	**5781**	毀 1555-5-3	鶹 172-7-2	
	1046-2-1	1046-2-1	1555-8-3	573-3-4	鄲 314-4-1
詻 1513-1-2	1079-8-2	絁 857-7-1	705-2-1	356-6-2
詻 1492-3-2	繁 201-8-4	飆 163-4-3		797-8-2
5797	耝 676-8-1	**5782**	**5771**	**5748**	翮 1495-6-2
5798	繁 992-6-1	邦 162-6-1	赀 1045-5-2	數 1283-8-6	鴽 1485-7-4
欶 1280-3-3	1044-1-6	164-1-1	1452-8-1	1452-8-1	翮 918-5-1
1316-3-1	1045-7-1	翔 1471-8-3	**5772**	**5750**	鶒 314-4-4
1331-6-4	繁 594-2-1	郊 1045-8-5	郏 257-2-1	挈 1045-4-4	鷔 90-4-3
1362-5-3	613-1-4	鄭 990-5-1	293-3-3	1052-5-5	356-6-3
賴 1068-5-4	614-6-1	鳩 77-1-3	294-5-4	1054-4-5	**5733**
5799	614-7-3	162-7-2	295-7-2	1434-6-6	慭 1045-5-4
繰 1168-7-4	618-2-1	163-8-4	**5773**	1435-6-3	1086-3-2
5800	**5791**	鳩 1049-7-6	餐 1316-2-4	1451-8-2	1435-6-2
扒 1088-5-2	耙 676-8-2	1456-7-3	**5774**	1452-5-2	1442-8-5
1438-3-2	粗 141-7-1	鳩 1435-4-2	毀 1045-7-2	1442-8-5	愸 1277-4-5
1476-2-1	1011-6-1	1453-5-6	1080-8-4	1554-6-2	憗 982-8-2
5801	秕 1425-6-5	鳩 1544-1-3	**5777**	1556-1-1	1045-3-1
扢 1395-7-1	**5792**	鵋 458-3-4	磬 982-7-3	磬 1045-8-4	1046-4-1
1396-2-1	邽 1000-8-1	鵋 859-5-4	1045-2-3	1556-1-4	1080-8-3
1396-3-4	邦 730-7-1	**5788**	1525-3-2	**5752**	1541-7-1
1396-7-3	1095-1-2	欸 174-7-2	蠿 1453-1-3	鄿 803-3-1	1555-5-1
1412-5-1	邦 730-6-4	歑 1523-1-3	1454-5-1	**5760**	**5740**
1415-2-4	豹 1358-5-2	**5790**	**5778**	翾 1485-7-1	契 1453-4-4
1472-8-4	稠 1353-5-2	槊 1045-2-1	歡 196-5-1	1503-5-6	婺 570-1-5
1475-4-3	豹 1479-5-4	1452-6-1	1039-5-6	1525-3-4	嫠 721-6-6
抏 1101-6-3	稦 1499-7-4	1555-5-5	1555-5-5	磬 1525-1-2	1045-3-2
1106-3-2	1532-6-3	槊 1452-7-1	**5780**	1527-8-1	1080-8-2
1107-2-1	鴆 1426-1-1	1453-4-2	契 1045-1-4	督 1316-1-5	1525-3-4
1404-2-2	鴆 7-2-3	槃 1045-6-2	1395-8-4	契 1045-1-4	**5742**
1412-5-3	鵋 1453-5-7	1434-7-4	1435-6-4	1434-7-4	鄭 89-3-2
1412-6-1	**5794**	1435-6-4	1452-6-1	1435-7-4	193-6-4
1453-8-5	籽 113-4-2	1451-4-4	1461-5-4	**5762**	194-2-1
拃 775-2-2	676-2-4	1452-3-6	1453-3-4	鄭 545-4-1	翮 931-5-1
拖 425-6-2	**5795**	1452-3-4	1435-1-2	1345-5-4	鄭 172-7-1
	靜 500-4-2	1461-5-4		1549-6-1	572-4-2
		1453-3-4		契 1435-1-2	夥 909-5-4
					鶹 194-2-2

20-3-3
23-3-2
32-3-2
34-3-4
蛉 520-4-1
蜙 14-5-4
23-3-1
34-3-3
蠊 609-7-3
617-3-4
617-7-2
螯 403-1-1
蟱 164-8-6
569-4-3
蟋 961-5-4
蠛 855-6-3

5814

蚊 700-4-2
701-2-2
蛢 514-6-1
1250-3-1
蛑 1495-8-1
1503-6-4
蝮 1323-6-4
1325-5-1
1343-8-2
1575-3-1
蝣 545-5-2
550-7-1
蟞 569-4-4
1021-6-3
1279-4-6
蠎 201-6-1
蠍 294-6-2
295-1-1
785-7-2

5815

蛘 448-7-1
855-6-2

蟻 655-7-3
683-4-3
684-1-3
蠘 78-5-1
蠏 791-7-4

5816

蛤 1592-7-1
蛒 202-1-5
蛤 1290-7-6
蛞 1222-2-4
1223-2-1
蝤 407-4-1
545-8-5
553-5-1
554-7-5
蟮 796-4-3
蟿 202-1-4

5817

蛣 895-6-2

5818

蜁 355-1-2
蝬 16-1-1
17-2-3
30-8-3
35-1-4
36-1-2

5819

蜍 1447-3-5
蜍 141-8-3
147-2-1
蜍 434-2-3

5820

[illegible] 114-7-4
115-2-1
118-3-4

5821

鼈 115-2-2
237-6-4
395-2-3
404-4-1
鼈(鼈)
44-5-1
鼈 115-1-3
118-1-2
235-4-5
237-3-1
1068-7-2
鱉 402-4-3

5822

斃 95-1-5
115-6-4
幣 115-6-3
鷩 402-6-5
瞥 402-8-6

5823

憋 115-5-3
980-5-2
997-7-1
鱉 116-2-2

5824

敖 402-2-4
1207-7-5
弊 115-6-6
撆 115-5-1
997-6-2
嫳 95-2-1
115-4-6
弊 115-7-1
敷 159-3-4
歔 1326-8-2
歘 1394-8-1

5825

犛 115-7-2
237-6-3
395-2-2
404-4-2
犛(犛)
44-4-2

5826

氂 115-6-1

5829

𣚒 116-2-1
𥛚 108-8-3
109-3-4
110-2-4
114-6-3
116-1-3
121-1-2
235-4-6
238-2-3
320-4-3
𥻧 115-3-1
235-4-4
237-4-3
395-2-4
404-4-3
𥻧(𥻧)
94-4-5

5832

鷩 403-1-5
1196-7-3
1208-2-3
鷩 403-2-1
574-6-5
1208-2-4
鷩 1563-7-1

5833

熬 402-6-3
憝 1563-6-1
憨 161-4-5
𦆏 402-8-5

5834

𢿆 177-1-1
敹 1394-8-2

5840

嫳 115-5-2
婺 402-6-2
1207-8-1
聱 392-6-2
402-6-1
574-6-4
1208-4-1
嫯 402-6-4

5842

𠢕 400-2-2
402-3-3

5844

弊 115-6-5
數 691-2-2
702-7-1
703-2-2
1024-3-1
1316-7-1
1331-6-2
1349-3-5
1354-4-3
1362-5-1
1364-8-3
獒 402-8-1

5850

摯 723-5-3
摮 390-5-1
392-7-5
402-4-1

5860

𣇖 402-4-4
謷 392-6-3
402-5-2
574-7-2
1208-1-2

5871

鼇 402-8-4

5877

嶅 392-6-4
402-7-1
1208-1-1

5880

𡙇 403-2-2
贅 392-8-1
1055-5-4
𨃖 403-1-2
贅 1208-1-3

5883

𤍑 175-7-4

5884

𣀔 785-4-1

5890

𥹣 676-8-4
𣚒 402-8-2

5892

輪 258-6-4
743-8-2
䡪 94-5-2

5894

敕 1521-6-2
敇 1438-8-6

敕 1563-3-3
敹 250-4-1

5896

粭 1589-8-1

5898

糉 635-1-6

5901

捲 362-7-3
754-8-3
755-2-4
807-8-2
1184-3-2
軏 479-2-5
撐 466-4-2
490-3-4
𨎮 466-5-2
490-2-1

5902

抄 396-5-3
420-8-2
826-4-6
1203-5-2
捎 372-8-5
395-6-2
826-1-4
1198-3-1
1203-3-2
挱 420-8-1
435-1-5
𢭃 501-1-6
捹 1262-2-5
揹 1532-7-3
輎 395-7-4
撈 368-3-3
411-8-1
1189-7-2
1212-7-4

𨌊 466-5-3

5903

抄 1371-5-2
1462-5-3
攩 859-2-4
865-3-4
866-3-1
870-6-3
1244-2-1

5904

撐 489-7-1
𢺒 1620-1-1

5905

拌 308-8-5
310-6-3
769-7-3
770-2-3
1148-1-2
撛 743-5-2
1119-8-2
轔 251-1-1
743-4-2
1120-1-4

5906

擋 1240-4-2
𨎵 467-5-4

5908

扻 239-2-3
掞 928-1-3
1297-5-1
1299-2-1
損 843-2-1
撚 1297-5-2
擈 1124-7-4

5911

蜷 362-7-1

螳 466-7-3

5912

𧊅 378-6-5
蛸 373-3-2
396-2-3
蟧 369-4-2
411-8-3

5913

蛂 1371-6-2
1462-6-6
蟷 534-1-2

5914

蠼 1619-7-5

5915

蟒 1120-4-3

5916

蜡 875-6-2
1251-8-1

5918

蛺 1296-2-4
蟟 523-7-5

5919

蜳 1486-1-1
1486-8-2
蠂 495-3-1

5921

觥 508-1-3

5992

秒 1203-6-4
稍 395-8-4
826-2-1
1203-1-3

耮 1213-4-3

5998

𦓔 928-5-2

6000

口 903-1-3
囗 131-7-3

6001

盳 472-2-3
吭 477-1-1
869-1-3
869-4-5
1242-5-3
𣅀 471-4-4
472-3-1
1232-7-2
𥃙 472-3-5
503-4-1
535-5-7
1262-8-5
吐 703-5-1
704-5-4
1023-5-3
𠯁 1585-1-2
昿 475-4-4
869-5-1
1243-4-3
晄 472-2-2
478-3-3
871-2-5
1244-3-3
晀 477-8-2
871-1-2
唯 87-5-2
98-6-1
667-6-2
啦 1587-2-3
眭 1239-4-5
嘵 1236-4-3

呲 59-6-4
61-1-5
73-8-2
睢 76-3-1
89-1-1
99-5-3
137-8-5
206-8-2
983-3-4
眭 1238-7-1
矓 1322-6-1
噇 49-4-4
曨 1320-8-3
瞳 8-1-4
8-7-1
627-8-3
嘩 42-4-1
639-8-3
瞳 8-7-5
957-5-1
曈 772-7-4
曈 773-7-3
矃 794-5-2
795-2-2
囃 1600-2-5
囄 1424-8-4

6002

号 385-7-2
399-6-3
1205-5-1
号 153-6-4
𠯗 862-2-3
昉 862-7-1
眆 862-1-1
哼 485-6-2
啃 1335-5-3
喭 779-7-5
1143-4-3
1183-1-3
啼 196-8-1

嗃 391-4-1
827-1-1
1199-4-3
1342-3-6
1356-2-3
1501-5-3
嗙 487-6-4
1241-5-3
䁍 489-8-4
501-4-5
517-2-2
瞝(瞝)
62-5-5
瞝 1523-7-5
1528-8-1
嚌 192-6-4
195-1-2
216-2-1
219-2-4
1035-8-2

6003

呟 790-5-1
昡 1171-6-3
眩 339-4-2
1161-3-6
1171-7-1
1172-7-1
1173-2-5
暶 472-2-1
嗻 434-1-3
1013-4-2
1223-5-3
噍 374-8-2
376-1-2
553-2-5
1193-2-2
1193-3-5
1481-4-4
嚷 644-8-3
噫 120-5-5

集韻校本 下　集韻檢字表 下

一八一四　一八一三

左半

駐 704-3-2　晏 119-5-4　累 197-3-4　**6022**

驪 1320-5-1　毅 996-8-4　圖 55-8-2　另 854-6-4　1238-7-5　跋 1485-3-4

6032　尉 986-5-2　357-1-3　屌 1383-4-5　四 973-4-3　1490-3-1

1008-2-3　㬎 166-8-4　囚 876-8-1　1370-8-1　躃 1491-1-5

罵 1547-8-4　1399-8-5　173-8-1　1018-8-1　四 48-4-5　蹕 1421-1-3

罵 847-2-3　羆 1037-3-5　1018-8-1　易 959-3-2　見 1160-7-3　蹳 1540-4-2

1220-7-2　1520-3-2　暑 827-6-4　964-5-3　1169-4-3　1541-3-4

驒 1260-3-1　1520-6-3　829-3-1　1538-8-3　1170-5-1　蹦 172-1-2

驚 667-6-3　1520-6-5　萬 1002-8-5　界 987-7-5　园 308-4-2　蹊 1619-4-2

812-5-3　1541-4-3　圜 181-4-2　囷 706-8-5　313-8-4　蹽 48-3-2

813-5-1　戲 936-6-4　圖 925-2-5　1026-6-3　706-8-5　**6015**

驥 65-1-2　**6025**　罰 1362-8-1　异 827-4-4　1026-6-3　國 1577-8-1

驫 38-1-3　晟 504-3-2　胃 1006-4-2　易 447-5-3　545-3-4　戥 1569-4-2

驚 96-2-4　507-2-1　暴 1353-1-1　禺 43-2-2　894-8-5　1570-6-4

667-3-3　507-2-5　暴 860-2-3　151-2-1　囩 1242-7-3　**6016**

6033　1253-4-1　861-7-3　1016-3-2　圉 797-5-2　踣 230-8-1

駃 791-3-4　晟 1384-6-2　1233-6-2　1021-7-1　覓 1575-6-2　567-7-2

國 1571-6-6　羿 164-7-5　1237-4-2　胃 1006-4-3　晃 487-2-2　1019-5-1

思 111-6-3　702-2-1　屬 1058-7-2　圉 891-6-1　憨 1354-7-2　1267-5-1

238-5-3　1021-3-2　纛 287-7-1　1264-4-3　麤 958-5-3　1278-5-2

996-2-1　**6028**　罽 940-2-1　崔 1204-3-2　964-6-4　1574-8-6

圀 518-2-4　昃 1560-2-4　舋 714-4-4　1336-5-1　1019-5-1　踽 1333-2-4

恩 297-3-1　戁 348-2-1　715-2-1　骨 340-2-5　1267-5-1　1337-1-5

悬 318-1-3　363-2-1　**6023**　圈 1577-8-3　1278-5-2　路 1030-3-1

恩 1370-5-4　1132-5-1　圖 1134-8-1　圎 338-7-2　1574-8-6　蹭 1536-5-5

黑 1576-7-2　圙 1354-2-2　1158-2-2　355-1-3　踣 68-4-2　**6018**

矞 449-2-4　**6029**　眾 188-1-2　360-5-3　432-1-3　跨 1106-3-3

愚 151-3-1　� 1320-7-2　景 775-6-3　1176-7-6　661-8-4　蹦 1244-6-3

焄 787-3-3　**6030**　1160-4-1　圃 706-8-3　662-3-3　432-6-5

1592-3-2　圈 519-2-2　晨 243-1-2　1026-6-1　722-3-1　**6020**

恩 1134-8-2　零 521-1-5　243-8-1　罛 13-6-2　847-5-4　罕 887-6-4

罳 111-7-4　888-7-1　245-5-1　395-1-3　1571-2-6

駡 323-7-3　暴(暴) 28-5-3　屝 775-6-5　1279-5-1　罝 111-7-5　雕 151-1-3

羈 164-8-1　**6031**　暴 512-7-4　圃 504-1-3　395-1-3　雛 243-5-6

702-2-2　黮 474-4-3　1160-3-5　雕 151-1-3　麗 1320-7-1　冊 950-8-5

羆 67-5-1　昴 287-7-2　雖 1503-6-2　雖 151-1-3　胃 790-4-1

6034　叢 615-2-1　雛 243-5-6　罘 887-6-4　790-7-1

尋 1107-8-5　農 243-1-1　冊 950-8-5　罘 583-2-3　1173-1-6

㝷 1572-7-5　晨 68-3-4　胃 790-4-1　鼻 902-3-1　**6021**

界 444-4-1　帛 847-1-2　屢 1552-8-6　兄 495-4-2

屌 1414-1-6　麈 1552-8-5

羅 64-3-2　罤 581-5-3

64-3-3

麗 139-8-4

右半

劏 1232-4-1　33-1-1　1253-6-1　1289-1-3　哎 1593-5-6　129-2-3

劉 1204-5-4　疊 96-4-5　星 1450-6-2　1291-8-3　1605-5-3　680-6-5

蜀 207-6-1　666-4-2　里 678-2-4　暗 920-1-4　1631-2-3　1000-1-1

蜀 1347-4-1　730-8-3　囲 1585-3-2　1291-7-2　晬 1099-2-1　1088-2-1

圌 316-6-1　1094-6-3　回 1413-3-3　601-1-2　1088-2-1　1289-2-4

踨 779-7-4　1389-3-1　是 1227-2-1　1029-4-1　嗳 437-6-5　1568-6-3

蹄 197-4-4　1614-8-2　晶 288-8-2　1225-3-7　1568-6-3　1533-7-4

1040-8-4　疊 227-1-4　687-6-2　咳 233-4-3　1533-7-4　曠 842-7-5

蹻 390-5-6　疊 1614-8-3　星 512-8-2　233-6-4　曠 842-7-5　嘘 394-2-5

1206-5-4　晃 381-5-6　昱 1335-6-1　昆 232-5-3　嘘 394-2-5　404-2-5

跨 471-2-1　817-5-1　国 1447-6-6　昳 233-6-2　404-2-1　223-2-2

1241-6-4　**6011**　是 645-1-4　昳 232-8-5　嘰 223-2-4　1261-2-4

踽 1528-8-3　䟻 868-8-4　置 138-8-3　喉 1372-3-2　嚦 1261-2-2　531-3-1

1536-5-3　869-6-4　432-6-3　瞳 930-7-1　曮 531-3-1　晬 975-4-2

1547-4-3　趾 704-4-2　1023-4-3　1605-7-7　晬 975-4-2　1099-5-1

躋 194-4-2　罪 729-2-1　1319-3-3　曠 486-8-3　1099-5-1　**6004**

1035-1-2　疏 1012-1-4　盈 288-8-1　曠 1244-3-5　**6004**　咬 747-7-4

跦 1490-3-2　雎 664-8-1　量 460-4-2　1244-6-5　咬 747-7-4　胶 248-4-3

6013　667-7-3　罝 1049-6-3　1506-2-3　胶 248-4-3　胶 248-5-1

疊 639-3-3　1327-5-3　1079-8-1　1506-4-2　胶 248-5-1　1370-5-1

跡 1531-3-3　雖 88-7-2　1236-7-4　**6009**　咬 389-6-1　咬 389-6-1

罜 722-1-1　蹖 1321-7-4　盎 1354-5-5　晾 1236-6-4　392-3-3　392-3-3

1080-1-4　蹲 778-1-3　1363-5-5　1237-7-3　1466-6-6　824-1-1

蟹 668-2-4　蹱 32-1-2　圍 336-8-5　嗛 869-4-3　1036-8-3　824-1-1

蹤 1013-4-3　37-8-2　盈 491-6-1　噢 1579-1-2　咭 1133-1-1　瞱 1133-1-1

1482-8-4　954-7-4　875-2-3　曦 1619-4-4　1087-2-1　206-8-1

1534-8-4　蹲 786-2-4　圖 1626-4-1　**6010**　瞱 1036-8-3　胶 814-1-1

灑 809-4-3　789-5-3　置 996-8-3　日 1397-2-2　胶 814-1-1　嗓 1201-7-5

815-6-2　雛 1346-5-6　997-5-2　1401-2-3　嘮 1201-7-5　嘷 294-8-4

蹀 458-2-2　躔 346-4-1　置 793-5-5　日 1369-6-1　嘷 294-8-4　哼 225-4-1

861-4-2　802-8-3　**6012**　1572-4-3　哼 252-1-2　252-1-2

6014　蹢 662-6-2　暴 1601-2-4　**6005**　294-8-5　294-8-5

晟 882-7-2　955-1-1　昉 449-6-3　咳 1119-6-3　296-1-4　296-1-4

踤 1223-2-4　蹲 662-6-2　471-1-6　**6006**　461-7-1　461-7-1

跤 390-5-5　1097-7-1　488-7-2　旦 1152-2-2　729-4-2　729-4-2

踔 977-7-1　**6012**　目 1325-7-3　唒 1055-2-4

1387-3-4　昂 1601-2-4　1575-3-4　旦 642-8-3　1092-3-1　1092-3-1

1409-5-7　昉 449-6-3　曡 512-8-1　1097-7-1　1098-5-1　1098-5-1

1410-3-2　471-1-6　日 460-3-2　1575-3-4　1098-7-3　1098-7-3

蹉 1605-3-2　488-7-2　呈 465-2-2　曡 512-8-1　1099-1-2　1099-1-2

508-3-1　日 460-3-2　1099-3-1　1099-3-1

罝 9-2-4　呈 465-2-2　1387-1-3　1387-1-3

920-5-2　508-3-1　1387-4-1　1387-4-1

罝 9-2-4　1422-4-5　1422-4-5

880-2-5　917-3-1

集韻檢字表 下　集韻校本

一八一五　一八一六

罷 432-6-4	964-1-3	1171-8-6	昊 1560-2-3	**6074**
羅 65-8-4	1025-6-3	賺 609-6-2	足 1022-2-1	民 717-1-6
426-1-3	1611-6-1	**6084**	1349-5-2	罠 249-1-1
1215-5-4	罘 71-7-1	睟 975-7-2	昃 827-5-1	**6075**
雞 1343-5-4	210-2-3	賥 708-2-4	戾 877-1-1	罬 906-6-5
6092	暴 1353-1-6	**6086**	883-7-2	罳 231-5-2
羂 790-4-2	景 875-8-4	賂 1119-7-3	1049-8-5	1556-7-4
羈 827-6-5	876-3-1	**6088**	昊 1540-1-2	1557-4-5
6093	杲 373-8-6	賅 232-8-2	702-3-1	罷 742-4-1
羅 790-4-4	1210-1-4	733-2-3	706-3-2	晶 381-5-5
羅 1173-1-5	1353-1-3	991-3-2	是 199-2-2	906-6-4
6094	暴 1208-5-3	晨 1363-7-1	645-1-3	1097-7-2
羿 154-2-4	1315-1-4	曩 991-4-1	258-6-7	**6072**
696-3-3	1344-1-5	**6089**	圓 360-6-4	昂 476-3-1
羼 1204-5-3	1359-5-5	賒 460-7-1	具 119-5-8	1238-4-2
羅 1204-3-3	1361-5-6	1236-7-2	異 997-8-2	昂 476-5-2
6098	1496-6-6	**6090**	昃 119-3-5	曷 1417-3-1
羉 927-1-3	累 985-2-4	呆 831-2-1	晟 1195-1-3	1418-4-6
6099	圜 760-4-4	困 1135-3-4	買 722-6-3	1418-7-5
罙 581-8-4	暴 1315-4-2	困 339-7-5	圓 1128-1-4	1420-2-1
584-5-3	1494-6-1	呆 827-4-3	圜 1498-1-1	昂 395-4-2
911-4-5	暴 1208-5-5	829-2-3	箕 119-5-9	825-7-4
912-4-5	累 1203-7-2	果 840-4-1	圓 360-7-2	邢 900-3-2
1286-7-3	累 1189-5-6	841-2-4	暴 23-6-4	圂 1442-4-1
罞 917-1-3	暴 1208-5-2	846-4-1	暴 23-6-2	**6073**
罽 1264-4-4	1315-1-3	1145-8-2	翼 793-5-3	囩 272-3-5
1336-5-2	1359-5-1	困 263-4-1	799-4-4	279-1-3
罿 315-6-2	666-7-2	746-2-3	799-6-3	圖 418-8-3
罻 311-5-1	累 1130-7-2	罘 106-3-4	1159-2-3	畏 129-4-4
315-6-1	圛 264-2-5	160-8-5	1176-1-4	222-3-2
6101	746-1-4	難 1557-1-3	**6080**	684-6-6
叮 18-3-2	752-3-4	羉 722-7-5	爨 991-4-2	727-3-1
18-8-1	760-4-3	罹 321-5-1	買 1319-3-4	罠 1172-3-3
呎 1374-1-4	纍 95-3-3	累 731-5-4	囚 553-7-5	圂 278-4-3
旺 1238-5-2	730-8-4	累 96-2-3	吳 1229-8-2	罠 1240-7-2
	964-1-4	**6083**	因 258-6-5	裏 354-5-3
	6091	賍 791-1-2	263-2-2	裏 511-4-2
	羅 64-4-1		貝 1069-8-2	曇 589-8-2
	426-5-3		1091-3-4	圜 317-7-1
			吳 150-7-3	355-1-4
			190-2-1	360-7-1
				蟲 866-8-2

186-5-2	晶 670-5-1	1604-1-4	雞 1075-3-6	1471-6-4	孚 1572-7-6	
6066	暑 670-2-2	罍 1352-8-4	雞 1511-1-3	1542-3-2	團 1020-4-6	
品 914-5-5	罟 106-3-3	罝 1372-4-5	罬 497-1-4	1570-4-3	團 313-8-2	
晶 504-3-1	163-8-2	77-5-1	**6042**	眝 1578-4-3	357-2-4	
晶 1362-4-1	561-6-1	**6051**	男 591-5-1	1579-2-1	798-1-3	
瞐 227-4-5	晋 962-8-3	覺 227-6-3	**6043**	1585-4-3	圈 353-1-2	
667-2-1	署 1013-4-4	罬 786-1-7	罬 487-3-1	晏 1143-3-2	黥 1139-7-1	
罬 227-3-4	圕 1033-3-4	**6052**	498-5-2	1156-3-3	黢 1605-4-5	
6067	署 1595-1-2	罟 188-1-3	**6036**	畏 1561-3-3		
矗 1624-8-2	晷 586-6-5	罬 77-6-1	黯 601-1-1	1562-4-1		
6071	615-8-1	罬 77-5-3	618-6-5			
邑 813-3-2	618-8-1	**6044**	嬰 572-2-7			
邑 372-2-1	917-5-3	昇 41-3-3	嬰 311-4-1			
779-7-1	署 920-3-1	昇 527-1-1	769-5-4			
昆 392-2-5	1591-7-4	昇 1186-3-1	938-6-3			
824-5-3	181-4-1	最 1073-8-3	**6038**			
1200-6-2	圕 1131-1-5	1074-1-2	歟 288-7-4			
昆 913-1-3	1184-7-3	1074-5-1	**6039**			
1286-2-4	罬 900-3-1	1432-4-2	罥 493-8-1			
邑 1588-2-4	晷 404-1-4	嬰 1387-7-1	**6040**			
1591-7-3	831-5-2	1457-1-3	田 264-6-3			
囮 296-4-3	1100-2-4	1469-2-3	331-8-1			
764-1-4	1360-1-2	1474-5-4	1612-1-5			
昆 287-5-1	1360-3-8	1233-8-5	罩 1204-2-4			
287-6-3	1361-1-1	數 311-6-4	1366-2-4			
760-1-1	罬 536-1-4	1510-6-5	1366-7-2			
冒 688-6-2	227-3-5	1537-6-1	1585-2-5			
毗 104-6-3	1361-1-2	**6050**	1628-7-1			
毭 160-8-4	667-1-5	945-8-4	旱 832-4-3			
393-7-5	730-8-6	1538-5-4	團 806-7-5			
561-5-3	731-6-2	甲 1629-8-1	裏 573-6-3			
1267-7-5	1095-2-1	罩 989-5-2	900-3-3			
圈 286-2-3	**6061**	罩 832-4-2	因 1585-3-1			
361-4-6	雛 304-1-7	畢 1372-4-4	旱 765-7-1			
362-6-3	雛 667-4-3	畢 1375-7-3	1140-4-3			
754-7-4	**6062**	1372-4-3	嬰 789-5-4			
755-2-1	罰 903-8-2	1007-1-6	罬 1208-6-1			
808-1-2	罰 1406-3-1	畾 670-5-2	1171-2-3			
	6064	罬 1014-7-1	昃 248-4-1			
	罶 154-2-3	圖 1239-8-3	罕 766-1-4			
		罬 691-8-2	昃 1401-7-6			
			1406-8-3			
			圜 1460-8-1			
		6041	畢 1127-3-3			
		罬 1174-8-2				
		暴 1537-3-2				
		罬 1585-7-6				
		冕 758-5-6				
		758-8-1				
		801-6-4				
		圓 723-5-6				

集韻校本　集韻檢字表　下

一八一七

一八一八

左頁（一八一八）

	1571-3-2	踒 1002-4-4	跰 682-6-4	咮 972-3-4	1299-8-5
	1571-7-4	蹺 1010-8-2	1002-4-2	味 1328-2-4	1301-1-3
	1572-1-4	1518-5-5	躍 1180-2-3	1330-1-2	1306-8-5
踏	592-7-1	蹮 341-1-3	躣 155-7-4	1544-3-2	1614-5-4
	593-1-2	躧 787-4-4	躔 422-3-1	眍 664-1-3	晤 972-4-4
6117		**6114**	436-8-2	睽 664-1-1	晤 1034-2-2
			躍 341-1-4	972-4-2	晤 132-8-5
蹢	1331-7-4	跭 1142-5-4	蹒 1259-8-3	喙 632-3-5	瞎 708-1-3
	1354-5-4	1157-2-2	躒 1551-6-1	嘌 1379-5-3	嚌 1585-7-2
	1363-3-6	跋 651-5-4	躧 145-1-4	嘌 376-8-4	1586-1-2
6118		652-6-5	躘 38-7-2	嘌 1197-4-5	矚 521-5-1
頭	772-4-6	跰 334-5-2	637-1-3	矉 377-7-1	
顗	666-2-2	335-4-5	954-5-4	1197-2-3	囀 1608-4-4
顎	653-5-6	337-7-2	矉 1553-7-5	矉 377-8-6	1609-4-3
蹎	646-2-4	788-3-1	躍 65-2-2	820-8-2	囀 1612-1-4
蹶	1060-1-5	1171-3-4	646-2-2	1197-1-4	囓 824-6-3
	1402-5-3	踔 477-1-5	722-8-5	1197-5-1	1607-4-3
	1474-4-5	485-1-3	960-4-1		1612-1-1
顁	284-6-3	踔 811-1-1	**6110**	**6108**	
顲	1319-1-3	1188-5-3	墼 828-1-6	趹 331-7-2	**6105**
顪	653-6-1	1189-1-4	1205-6-3	嗅 740-1-2	吜 447-2-1
		1204-3-1	彎 828-1-5	嗖 774-5-4	847-3-4
6119		1204-6-4		噴 631-5-1	咩 661-4-5
跔	161-8-5	1365-5-3	**6111**	951-3-4	嘎 1435-2-2
跔	1327-8-5	1366-5-1	趵 1032-4-2	趺 1400-5-2	嚇 1049-3-3
蹝	377-8-4	1485-3-2	1034-7-1	1416-7-2	798-6-3
	1197-3-1	踉 352-1-4	趿 120-2-3	趴 308-3-2	賑 1179-1-4
		1318-2-3	阿 441-6-2	距 688-1-2	1220-3-3
6121		1346-7-4	852-1-1	趾 672-8-2	1403-6-6
顳	904-7-1	躇 817-1-1	跬 1026-8-2	跭 1354-3-1	1474-7-1
號	399-6-1	躎 1612-3-3	跬(蹜)	趄 464-7-3	囔 1583-5-3
	1205-5-2	**6115**	1496-5-4	跐 979-5-1	
驢	828-1-4	蹱 1110-6-3	躝 1060-1-6	1378-1-1	**6106**
	1205-6-2	**6113**		顱 1289-6-2	呫 613-4-1
6116		跤 241-5-2	跠 1111-2-1	1603-8-3	917-6-2
6122		距 1535-1-1	跟 459-7-1	1228-6-4	哂 738-2-3
鸚	158-4-4	跕 1613-4-2	踝 1350-7-1	嘵 1068-8-4	咟 1527-3-3
6128		1614-1-4	1255-1-4	顲 246-5-4	貼 607-3-1
顱	43-1-4	踱 1136-4-2	躒 443-4-4	顲 318-5-1	608-4-7
		蹯 1323-2-1	踅 1350-7-4	853-1-2	613-6-4
					1296-3-5
				坏 574-1-3	1299-4-6

	1299-8-5		1031-8-4	
	1301-1-3	嘌	590-3-3	
	1306-8-5		923-6-2	
	1614-5-4	嘾	590-2-3	
	972-4-4		912-1-2	
	1034-2-2		912-7-2	
	132-8-5		1289-4-3	
	708-1-3		1293-4-3	
	1585-7-2	嘵	1075-5-4	
	1586-1-2	嘵	543-1-1	
	521-5-1		564-7-5	

右頁（一八一七）

	189-7-2	矚 254-1-3	874-1-2	564-2-2	729-7-3	呾 688-5-5
吖	1143-8-3	矚 357-6-2	886-5-1	904-3-2	733-8-4	呾 842-5-5
呼	491-5-1	429-2-2	1247-1-4	1016-5-5	1096-3-2	肫 752-6-2
肝	869-2-3	1220-3-5	盰 1174-2-3	眍 754-2-5	眍 737-7-2	盰 697-2-3
胼	201-5-2	眗 1593-5-2	眍 133-6-2	嘵 391-2-4	呾 280-1-3	
	201-7-2	眈 516-6-1	1010-1-1	399-6-4	753-8-2	
	207-7-4	**6103**	786-4-1	瞱 1380-1-1	828-4-5	咩 99-3-1
	1045-5-5	眕 272-1-3	874-3-4	1278-2-6	1227-5-5	117-7-5
呀	336-5-3	760-1-5	887-1-4	嚏 1448-6-4	1515-1-1	971-8-2
	788-7-3	眲 1593-5-3	887-5-4	顲 853-5-1	眹 1612-1-2	978-5-1
	1169-6-4	啄 1318-2-1	888-5-7	眹 564-4-3	眹 570-8-6	979-3-1
咟	110-6-2	1365-8-1	1214-1-2	眹 565-6-5	眹 495-8-7	984-3-4
	994-7-1	賑 242-6-5	414-2-3	1112-6-4	1011-5-1	885-4-1	992-7-3
咩	947-5-2	睽 1397-4-1	415-3-4	1214-1-2	瞕 1626-5-4	1003-7-3
哽	872-1-1	晪 240-7-4	785-1-1	1616-3-4	嚔 394-2-6	1377-8-1
	873-4-1	眼 459-3-3	1174-2-2	嘆 998-4-4	眹 125-2-3	1381-2-3
眲	994-6-3	1235-5-3	862-7-2	眹 462-3-4	258-8-2	1447-4-4
	1511-4-1	眳 786-4-3	874-3-4	瞕 1551-4-2	323-4-2	1448-6-3
	1524-3-3	眼 1235-6-1	1247-6-4	盧 183-1-2	337-2-3	盰 506-5-1
	1563-3-2	1236-2-2	110-6-1	噓 10-7-3	嘘 1486-7-2	1253-2-4
	1572-5-1	噫 1033-7-1	862-1-2	曥 10-8-5	矃 732-6-3	1377-1-3
哽	872-4-3	1502-6-2	874-8-4	629-1-1	1075-2-1	754-2-4
啅	1204-5-5	1506-7-1	啊 415-3-2	瞕 1551-4-1	1101-3-4	眈 1097-4-2
	1364-8-1	噫 1391-4-7	啊 1214-6-3	1553-8-1	1106-6-1	晖 1368-6-2
	1365-7-6	嘆 1486-7-1	眲 111-4-1	曤 1501-6-2	眹 211-6-4	呬 1613-8-1
啅	1365-6-3	瞵 521-5-2	昕 476-8-3	1504-8-4	1081-5-3	呾 1282-2-6
	1366-5-3	**6104**	眹 866-4-3	盧 183-1-1	1229-6-4	咽 1254-4-4
喓	384-4-5	盰 1526-1-1	曥 62-6-1	曥 754-2-6	咟 464-6-2	
嗖	351-6-2	叮 133-6-3	960-4-4	1263-6-3	盰 1263-6-5	
晫	1365-6-2	153-4-3	嚜 348-1-1	1224-3-4	晖 1369-7-2	盰 1368-7-4
嗔	1284-3-4	153-6-3	349-8-4	眹 65-3-2	1379-6-4	1377-8-4
	1345-7-2	1018-3-1	噂 189-3-2	646-5-1	1384-4-2	1449-8-5
	1348-5-1	盱 299-5-4	曥 1220-7-1	718-5-2	暖 757-5-2	呰 443-6-3
嘠	1088-3-4	1140-5-2	曥 1526-1-2	722-8-1	789-3-4	852-8-1
	1091-2-4	1142-3-1	嘵 709-6-3	1082-5-3	1171-1-4	1228-8-2
	1224-2-1	154-4-1	囑 212-8-3	曥 518-4-2	1182-8-1	1487-5-5
嗼	348-1-2	呀 441-3-5	囑 1068-8-3	**6102**	1436-1-1	1502-7-3
	349-8-3	肝 766-8-3	1423-3-2			1513-3-2
	756-3-2	1142-3-4	嚜 170-5-2	叮 516-1-1	晖 1587-1-3	嚁 154-5-4
曖	813-4-3	153-4-4	囑 1062-5-2	町 489-8-2	156-2-4	219-7-4
嗼	189-3-1	153-6-5	矚 71-8-2	490-4-4	167-8-2	230-1-3

集韻校本　集韻檢字表　下

【一八一九（右頁）】

膸 1238-5-1 / 8-4-3 / 763-7-3 / 773-7-4
噅 211-5-4 / 227-7-6 / 228-4-4 / 728-8-4
睍 196-7-2 / 1040-7-3
𥆧 316-3-1
嘕 1056-8-4 / 1092-1-1 / 1465-5-1
噇 1399-6-1
矉 1081-5-4
矉 1335-5-1
嚖 1599-8-6
瞪 490-4-5 / 529-7-2 / 1260-2-2
嚛 1611-1-2 / 1611-4-3 / 1611-3-4

6202
听 121-1-4 / 129-7-2 / 276-7-1 / 745-6-1 / 750-3-4 / 751-2-2 / 1383-3-1
肜 619-5-3 / 1306-5-4
昕 118-4-3 / 274-8-2 / 275-1-5
昕 1444-6-6
哆 586-8-2 / 589-2-1

吒 437-6-3 / 1225-3-5 / 1509-6-6
吡 660-4-4 / 1374-6-6 / 1355-7-4
吼 902-7-4 / 1275-4-1
呍 539-8-3 / 1098-1-4 / 1209-4-4 / 1362-2-5 / 1497-4-4
吡 104-3-2 / 61-1-4 / 73-8-1 / 114-3-5
挑 410-4-1 / 1188-2-1 / 1550-7-2
眦 1083-2-6
跳 810-3-1 / 1188-1-3 / 1198-4-1
眺 810-5-2 / 817-6-5
唾 1219-1-3
呬 909-6-8 / 633-5-4 / 633-7-4 / 634-1-2 / 635-7-1
睡 959-7-3
噁 233-6-7 / 196-7-7
嘊 890-8-2
嘩 316-2-5
嗢 42-4-2 / 232-5-1 / 732-4-3
瞧 863-3-1

敤 1359-7-4 / 1495-1-6
顯 768-4-3 / 841-1-1 / 827-5-4
叫 1190-4-3 / 1285-1-3
𠮿 546-8-3 / 814-2-5 / 819-6-2 / 820-6-5 / 824-5-4
吲 738-2-4
䏬 1178-7-3 / 256-3-6 / 790-1-1 / 1113-3-3
刞 337-5-2 / 340-1-3 / 743-2-3
咧 1468-2-4 / 340-1-4
咻 556-1-4 / 1438-3-1
唎 980-7-4 / 1444-5-2 / 1466-3-1
喇 1424-6-5 / 1424-7-2 / 1053-3-2 / 1053-2-2
瞘 820-8-3
嚹 1518-7-1
叺 1436-2-3

6181
阮 1147-2-5
睫 757-1-2 / 1132-4-3

6198
6200

6182
睻 1061-5-4

6183
賑 737-4-3 / 742-8-3 / 1111-1-1 / 1111-2-5

6184
贉 923-5-3 / 1293-4-4

6185
臢 1462-8-4

6186
貼 1613-3-4
賭 1117-1-3

6188
賟 798-6-2 / 808-5-3 / 1253-4-4 / 883-7-1

6191
瓶 767-7-5 / 853-5-2
就 400-1-3 / 964-2-4

6194
敤 841-2-1

鼆 787-4-2 / 1169-7-2 / 1170-4-1

6153
𪐴 92-4-3 / 249-8-1 / 737-6-2 / 742-7-2 / 1378-1-4

6154
敐 1037-2-1 / 1372-5-1

6164
敯 1209-3-3 / 1094-5-4

6171
斅 407-8-4
黵 589-8-4

6173
饕 407-8-3

6174
妍 1419-4-4

6178
顖 1418-1-6 / 1418-3-2 / 1418-8-2

6180
顠 876-8-3 / 198-1-2 / 717-6-4 / 196-6-4 / 1040-7-2

顥 1503-2-1
顠 1129-8-6 / 1170-4-1

6131
䫲 1004-4-4
黿 323-2-3 / 1551-8-2 / 182-8-1 / 49-6-1

6134
黚 766-8-6
黰 1348-5-2

6135
臁 1427-2-4

6136
點 607-2-3 / 935-2-1 / 1215-4-2 / 1300-6-1

6138
顯 1098-3-1 / 1101-1-4 / 238-5-4
顠 787-3-2 / 1169-8-2

6142
黷 1489-1-5

6144
敨 837-2-1 / 1140-6-4

6148
顋 881-3-2

6150
嘈 1583-7-1

【一八二〇（左頁）】

睠 352-2-4 / 785-1-3（1342-1-4 / 1501-8-2）
瞵 1481-7-2 / 1551-4-5
瞁 339-3-2 / 360-3-2 / 790-8-4

6210
𥊑 1284-7-3
劅 1600-6-5
劅 1365-3-7
劙 1615-5-3

6211
乿 985-8-1
砒 1265-1-2
訨 1415-8-3
趒 646-8-1 / 648-5-1 / 649-2-3 / 723-6-3
趒 366-2-3 / 409-8-2 / 810-8-4 / 1189-3-2
趒 1601-1-5
蹱 633-6-1 / 954-2-2
躚 197-4-3
躍 228-4-1
躓 591-4-1
蹬 532-6-3 / 1261-5-5 / 1262-1-1
躇 1600-1-3
躏 773-7-7
躦 1611-2-1
氈 1615-1-3

1096-4-1 / 1407-7-3
唔 1607-4-6 / 1607-6-1 / 1608-1-2 / 1610-6-4 / 1626-6-2 / 1627-4-3
嘈 383-5-1 / 384-2-1 / 1626-7-2
瞤 384-1-3 / 813-4-4 / 818-4-5

6206
咶 1090-6-2 / 1230-2-4 / 1443-2-2
听 1273-4-1
跀 1167-3-1
嘆 201-6-2
膝 205-8-3 / 206-2-3 / 983-6-2
昳 1427-6-1 / 1437-2-1
唗 720-1-1 / 202-7-4
瞨 1314-8-3 / 1343-6-2
唒 1360-6-1
噴 1368-5-1

6209
嗦 103-3-2
喋 214-7-1
啄 1137-8-2
嘹 1204-2-2
喋 1083-2-7
噪 649-8-6
噤 1621-3-2
曝 1599-7-2
嗪 1311-2-1

瞩 1193-2-5 / 1481-5-2
𥉁 504-7-4
瞤 1192-8-2 / 1481-3-3
嚷 621-7-3

6205
睸 879-2-1
嘰 126-2-2 / 131-2-2 / 985-6-3
瞬 1113-5-5
818-4-5

6206
咶 1270-2-4 / 1470-5-3
眭 1230-2-4 / 1443-2-2
听 902-6-2 / 902-7-1 / 1275-3-7 / 1443-2-3
眭 1427-6-1 / 1437-2-1 / 1443-4-4
眭 1275-6-6
啑 1087-2-1
嗒 1596-2-4
瞡 290-2-2
睸 1437-2-2
嗜 216-1-5
睸 248-5-2
喙 290-1-2
嗜 1440-6-2
嘈 283-5-1 / 285-7-3

664-1-2
嚖 343-2-2
呍 1389-2-3 / 1470-4-3
呼 560-6-1 / 561-4-3 / 562-5-6 / 574-1-6
吸 1147-8-1 / 1148-3-2 / 1148-7-1
吸 227-7-7
唑 888-6-3 / 1181-8-1
肝 326-8-3
販 319-6-1 / 408-3-1 / 418-1-3 / 657-1-1
噯 1270-2-4 / 278-8-4 / 279-5-1
呼 189-1-4 / 391-3-5
嘴 725-5-5 / 753-8-3 / 1145-1-4
噯 280-1-4 / 754-3-2 / 774-5-3 / 279-6-2 / 754-2-1
哳 765-8-6 / 767-4-3
哎 16-7-3 / 630-8-2 / 945-8-2 / 1085-8-2 / 773-7-6
膃 242-4-3
嗳 1076-4-2 / 1076-4-3
噯 1107-6-4
嗤 1410-3-4 / 1432-8-3 / 729-7-5

762-1-4
嘶 1399-6-2 / 273-2-1 / 1464-1-1 / 1464-3-1
嘶 1542-6-4

6204
昕 1464-3-2 / 1542-7-1
喘 797-1-1
瞆 154-1-2 / 697-2-2
嘭 489-3-2
嘶 193-3-6 / 384-8-2 / 386-5-6 / 388-1-4 / 1195-7-3
嘑 82-2-4 / 82-7-1
嘴 1147-7-4
嘖 1173-8-2 / 649-8-5
嘴 1604-1-2 / 854-1-4 / 1513-7-4 / 1518-2-3
瞤 60-2-5 / 207-7-3 / 668-2-5 / 983-4-1
嘴 716-5-5 / 207-5-3
販 319-5-1

6203
吆 371-7-3 / 1627-8-2
呱 187-6-3 / 446-7-4
眅 51-2-1 / 55-2-3 / 972-4-5
眨 1627-5-4
眤 446-3-1 / 446-5-1
賑 1519-5-4 / 1545-6-2
嗞 342-5-1 / 348-8-1 / 1547-1-2
噻 109-1-3
瞤 109-2-6

昕 1053-3-1 / 1464-1-1 / 1464-3-1
晰 1542-6-4 / 1464-3-2 / 1542-7-1
1053-3-1

6309
咏 1249-3-5
脉 1519-5-5
眽 96-3-5

6310
卧 1019-3-5
　 1575-1-2
眲 1037-3-3
　 1459-2-2
瞌 1557-5-3

6311
陀 425-5-4
豌 753-1-1
　 1217-1-1
跐 194-4-5
　 1035-1-4
蹴 1327-5-1
　 1327-8-3
　 1328-7-1

6312
踊 176-7-2
踹 328-7-4
　 329-3-1

6313
跟 460-8-1
　 468-7-4
　 1236-7-3
　 1241-1-3
踪 852-7-2
蹱 1230-7-2
蹩 1576-5-4
蹉 787-2-1

6314
跋 1070-2-3
　 1429-5-3

6308
吷 1109-3-2
欥 789-7-1
　 790-1-2
　 884-1-2
肕 1384-5-1
　 1455-3-3
　 1457-4-6
唉 117-8-4
　 120-5-2
　 216-6-2
　 232-2-3
　 234-2-2
　 679-1-4
　 724-7-5
　 733-5-3
　 1107-7-1
喉 1043-3-2
　 1450-4-2
睺 108-8-2
噳 272-4-1
　 751-4-2
嚛 1257-1-4
睰 1450-2-1
瞍 763-1-2
嗅 744-5-2
　 805-1-3
　 1181-6-4
瞩 1113-5-4
膄 503-5-2
瞍 377-2-4
噳 1522-7-5
瞓 246-1-2
　 246-8-4
嚅 1328-2-6
嚘 1132-6-5
　 1420-7-3
嚘 1422-4-2
瞩 1375-3-1
　 1376-6-1

哦 1583-2-1
喊 937-8-3
臧 1543-7-4
喊 593-4-5
　 918-2-1
　 921-1-4
　 1294-4-2
瞯 1583-2-2
嚱 1371-6-4
　 78-2-1
　 966-7-3
　 604-4-3
　 1298-8-2
曠 929-8-5

6306
哈 232-1-1
胎 116-5-3
　 980-4-3
　 997-2-1
　 1260-1-3
　 1260-2-1
嗒 904-3-3
嗒 922-3-2
喑 948-1-2
咯 1512-4-3
嘈 1074-7-1
　 1441-4-5
喀 637-5-2
瞔 1441-5-3
暗 1457-4-5
　 1457-6-3
睯 1590-4-4
嘈 1289-1-4

6307
喧 316-2-4
嘘 1591-6-1
瞔 1375-3-1
　 1376-6-1

嘈 1494-2-2
　 1496-2-4
嚊 1495-1-1
睃 907-1-1
　 918-2-1
喊 96-7-3

6305
喊 1022-7-2
　 1386-6-2
賊 1426-8-3
喊 1086-7-2
賊 1384-5-2
噮 1054-6-2
　 1063-6-1
哦 415-4-3
　 837-7-4
啤 412-3-5
賊 242-6-4
　 1472-1-1
眸 568-3-1
喊 1340-3-5
　 1527-8-3
　 1528-3-4
　 1570-7-6
睋 415-8-1
喊 617-7-3
　 618-2-2
　 918-4-2
　 925-6-5
　 937-8-4
　 938-1-3
　 1294-4-1
賊 1569-3-3
臧 239-1-1
　 239-5-2
賊 593-7-4
　 938-3-4
　 1304-8-1
　 1625-2-2
喊 1593-6-1
哦 1518-4-3

嗲 619-5-4
　 921-2-5
　 939-2-3
　 1292-4-5
睒 619-5-2
　 1292-4-1
嚓 522-2-2

6303
哴 468-6-4
　 1236-4-2
眼 866-3-5
　 1240-6-4
眼 468-7-1
　 866-5-1
　 837-7-4
　 1236-6-3
　 1237-7-2
　 1240-6-3
　 1472-1-1
　 1235-6-4
　 735-7-4
嗹 1230-8-2
嚓 321-4-3
　 345-1-3
曃 1169-2-6

6304
呶 1406-5-3
晊 1269-7-1
咬 1143-3-1
　 1419-8-5
呟 422-8-1
　 1224-4-3
賦 1558-7-4
畯 1117-1-1
　 1117-8-3
畯 354-4-1
畯 1117-7-4
咳 396-4-1
　 1271-3-1
　 1331-6-3

　 768-2-2
　 776-1-4
　 1443-6-3
腕 753-5-2
喧 279-2-6
腕 308-2-4
　 752-8-2
　 768-2-3
　 1147-2-3
　 1428-7-3
　 1236-4-2
喧 279-2-3
腕 753-3-1
　 1131-3-1
眲 279-6-1
喹 1377-4-2
　 1447-5-1
嚨 810-5-5
監 1460-2-1
噸 1327-6-1
　 1328-2-2
　 1328-7-5
　 1590-1-3
　 1593-5-4
嘻 806-3-4
瞠 1447-4-4

6302
哨 1472-5-2
　 1475-4-1
眝 693-3-3
　 693-4-2
哺 177-2-5
　 700-5-4
　 1027-1-1
哼 501-5-3
哺 177-2-2
晌 338-4-1
　 360-6-1
　 1172-8-3
　 1173-5-1
眴 952-1-2

集韻校本

集韻檢字表 下

6292
影 875-8-5
　 359-8-2

6294
髳 1023-6-3

6300
卟 201-3-3
　 719-5-2
盱 712-2-4
泌 989-7-1
　 1373-6-4
　 1374-5-4
　 1375-7-1
　 1459-3-2
眣 990-3-4
　 1376-8-1
　 1438-6-3

6301
吮 739-7-1
　 794-2-2
　 798-2-2
　 806-2-1
吃 1081-4-1
　 1526-7-1
咤 437-6-4
　 1029-1-1
　 1225-1-6
　 1491-5-1
眵 74-2-4
眬 47-6-3
皖 776-2-7
　 767-6-4
　 776-2-3
喳 45-3-3
　 45-7-1
瞼 1035-8-3
睕 47-6-2
睕 323-6-4

　 1418-8-5
　 1441-8-2

6280
則 1576-3-1
剆 1557-3-1
赳 195-7-3
趣 54-5-1
剷 1091-4-3
　 1576-3-2

6282
斯 1444-7-1
　 767-5-1
䞍 773-7-2
賻 665-4-1
賻 855-1-1
　 968-6-3

6283
貶 937-3-1
　 942-1-1
　 1632-2-3

6284
販 1133-4-1
賑 93-4-1
販 1133-4-2

6287
賄 1628-6-5

6290
剝 840-6-3
剝 809-5-4
　 815-3-3
　 833-1-1

6291
皩 1615-2-1

黶 1260-2-4

6232
驪 1547-1-3
　 317-4-2
　 1492-5-4
　 1551-5-6
　 358-8-3

6233
懸 764-1-1

6234
䠄 1433-8-5
　 1629-2-3

6236
黚 1595-2-2
　 1596-1-2
黵 760-2-2

6237
黜 1387-8-4

6238
黩 1314-5-4

6240
影 847-1-3

6241
別 1476-1-1
　 1476-3-1

6250
犅 1036-5-4

6261
氈 1209-8-4

6270
　 815-3-3
　 833-1-1
剔 1465-1-4

6271
氊 1417-4-2

6220
剔 1039-4-1
　 1533-6-3
　 1542-2-3
　 1549-1-2

6221
劘 1195-1-5
氈 137-1-3
　 158-1-1

6222
影 847-1-3
別 1476-1-1
　 1476-3-1

6226
罨 897-6-4
　 1183-8-3

6230
劂 493-8-3
劀 787-5-1

6231
氉 1572-4-1
氊 216-6-3
　 1005-8-3
　 1436-2-1
　 1369-1-2

跱 1470-2-1
蹊 83-7-2
　 88-3-1
　 417-7-4
　 1216-8-4
蹍 291-1-4
踚 88-3-2
蹾 1430-3-5
　 1430-4-4
　 1432-3-1

6216
踤 764-4-4
　 271-1-2
　 284-6-4

6217
蹈 41-8-5
　 1398-2-1

6218
跐 102-5-5
　 983-7-4
　 202-7-3
　 719-8-2
　 1313-7-2

6219
蹻 397-6-4

　 1195-2-3
　 1212-3-4
踏 774-1-6

6212
彭 1371-1-2
踗 1421-8-5
跰 1057-4-3
　 1058-5-2
跨 583-2-2
踹 797-7-1
　 1154-6-2
踽 696-8-1
　 697-3-1
蹐 1531-2-1
　 1532-8-2
蹉 371-6-4
　 386-3-5
　 387-7-3
　 819-6-1
　 1353-2-6
　 1486-2-3
　 1486-5-3
　 1487-1-3
蹋 418-7-1
蹈 1601-5-5

6213
跂 636-2-4
　 941-8-4
觚 445-7-4
鼄 289-3-5
蹯 762-1-1
齹 105-2-1

6214
骶 215-1-3
　 645-3-1
跻 1491-1-4
　 1534-5-5
骶 91-8-6
　 1038-2-5
踶 343-2-3

　 1629-2-4

集韻校本

集韻檢字表　下

一八二三

	1454-1-1	446-7-1	**6386**	1140-7-4
曉 813-7-1		1080-3-4	戡 1583-1-2	
暳 986-2-1	咾 835-4-4	**6388**	**6328**	
1047-1-4	睚 58-2-1	貽 116-6-2	戲 602-4-1	
1454-1-6	76-4-1	998-2-4	1297-7-4	
嘯 1076-3-4	89-3-1	**6360**	1603-5-5	
1088-3-3	99-5-4	**6389**	**6330**	
1091-2-2	207-7-2	賕 541-6-2	黔 1314-5-5	**6355**
1418-2-3	210-7-1	1266-2-3	戩 1177-5-5	**6315**
嘰 429-5-2	966-1-3	**6364**	**6331**	
曉 564-4-4	1049-8-3	**6400**	戣 538-4-6	
565-6-4	唵 920-3-3	叶 1617-5-3	雊 47-5-2	
824-5-5	畦 58-2-1	**6365**	戵 1399-6-4	
1199-8-4	76-2-1	叶 1617-5-2	1403-8-2	
1200-6-3	206-1-2	嘖 1410-3-5	1405-7-3	
曍 1076-2-4	207-5-2	**6368**	戰 1177-6-1	
嚏 236-7-2	唵 920-1-2	賸 1093-1-4	**6332**	
736-1-1	1291-7-3	**6401**	黔 921-7-1	
嚌 1421-7-1	啿 924-2-4	**6380**	**6333**	
矆 503-5-1	睦 1325-8-1	叱 1230-4-4	慰 602-3-4	
嚯 306-3-1	唵 933-8-3	1369-3-3	燃 796-6-1	
1144-7-3	1623-3-1	1371-3-5	**6334**	
1155-1-2	暁 871-2-4	1360-6-7	默 1566-2-3	
1145-5-2	嗑 1598-4-2	**6381**	駿 1386-8-5	
曈 361-7-2	1599-2-3	吐 708-6-1	**6335**	
1157-5-2	1630-8-1	1029-5-3	臧 1340-3-2	
6402	啤 591-1-2	吡 418-6-5	1569-7-1	
呐 1384-7-4	唵 920-3-4	445-3-1	1570-3-4	
1412-2-3	1623-5-4	**6382**	臧 618-4-2	
1466-3-1	晥 474-4-2	吮 922-7-3	619-1-3	
1470-6-3	477-8-3	呭 1063-5-5	920-5-3	
呦 543-2-4	睡 206-7-1	1462-4-1	929-1-4	
574-3-3	雁 1504-7-3	呲 429-5-4	938-7-4	
910-5-2	睚 1598-8-3	眈 590-2-5	**6338**	
1200-7-1	雁 1355-6-1	590-7-3	默 1575-4-1	
呐 1335-2-5	1500-7-5	**6384**	**6345**	
呞 1336-5-4	1501-6-3	914-8-4	賊 1576-4-2	
1340-6-1	曉 370-7-3	915-2-5	賎 1175-6-2	
呀 854-4-2	喧 1047-6-3	922-5-2	臧 473-3-1	
呦 893-6-2	1088-3-5	923-6-4		
		1382-2-2	**6385**	
		哇 206-2-1		
		211-4-1		
		211-8-2		
		212-7-3		
		213-2-6		

右欄最右列：1431-1-4／跨 255-2-3／264-4-4／293-7-1／294-1-2／趺 701-5-1／**6316** 跆 236-3-3／蹜 1331-5-1／**6317** 踣 1144-2-2／**6318** 趹 1324-6-1／1574-8-4／趻 1319-8-6／跌 1042-4-3／1411-8-2／趺 1319-8-5／**6319** 趹 1388-1-3／跣 541-2-3／蹜 460-7-4／**6321** 蹝 700-3-6／**6325** 趭 449-1-6／戲 157-7-4

一八二四

暎 631-5-2	喑 1222-3-1	530-7-1	嚘 998-4-3	952-8-1	昑 154-4-2
唊 929-1-2	1516-4-1	睟 884-6-3	嚓 1170-7-2	嘅 654-1-2	189-7-4
1618-4-1	1516-8-1	晡 867-6-3	瞒 1156-5-6	1086-8-1	445-6-2
1625-8-2	1522-4-2	嘷 677-8-3	1171-2-4	1423-3-1	喲 392-3-1
暔 631-7-3	1531-2-3	瞕 867-6-4	瞘 1171-1-5	瞑 292-6-3	812-7-1
噇 998-6-3	瞕 849-3-1	嗻 187-7-1	嚥 1065-5-5	310-7-1	824-5-6
暎 41-4-1	晧 827-4-1	嗳 1504-2-2	嚢 1092-4-1	330-5-3	910-3-4
暎 931-1-3	829-8-3	1506-6-6	嚌 391-3-7	762-8-1	呦 1622-1-2
1605-7-5	睹 708-2-2	1513-8-3	瞘 656-8-1	777-3-3	1622-5-5
1607-4-4	1013-5-3	**6404**	嘹 835-1-2	噶 391-3-7	呦 910-5-4
1616-3-7	暗 1529-5-3	吱 51-6-4		瞙 656-8-1	唏 127-1-3
1625-7-5	嗒 1594-6-3	652-7-5		嚜 835-1-2	668-6-4
1627-5-5	1595-7-2	瞕 1397-3-6			679-3-5
1629-2-2	喢 186-3-1	曖 1489-6-2	吥 1007-4-1		683-2-1
暎 1245-3-2	睹 708-1-4	嘺 546-3-4	1404-2-3	吢 498-2-4	984-3-5
暎 1624-2-2	嗜 972-2-5	547-7-3	吃 1420-7-2	呿 134-5-2	986-5-1
暎 494-6-4	喭 1343-3-2	睻 1488-1-4	咁 1422-4-3	430-1-2	1003-8-1
1245-5-1	睹 100-8-3	1489-4-4	咛 763-5-4	1010-2-2	1086-7-5
嘆 1497-6-4	109-8-3	1515-3-3	時 109-5-3	1622-1-4	跨 153-7-1
1507-8-2	972-4-3	瞕 546-2-2	哼 391-3-1	1623-6-2	189-7-3
嗔 242-7-1	嘻 117-8-1	547-6-5	827-1-2	咊 1227-5-2	喃 837-3-1
332-4-3	120-6-3	**6405**	1199-4-2	噅 966-1-5	1214-1-5
暝 1497-4-2	998-4-2	嗶 1525-8-4	1356-2-2	嗛 41-5-5	晞 127-3-1
嘆 302-1-3	暗 118-2-2	嗥 1473-7-5	哼 1095-7-3	嗺 570-1-2	唷 389-1-2
1152-8-3	679-4-3	嗤 132-2-1	1096-6-6	907-2-3	呦 1622-6-5
暝 1497-4-3	暟 118-3-1	679-4-3	684-6-3	1281-2-1	晞 127-1-1
嗔 87-2-3	嘈 921-6-2	1006-7-2	畈 67-2-3	1317-3-4	喃 591-7-2
242-6-3	922-2-5	嘩 444-5-5	104-1-4	噠 1422-8-1	620-4-6
250-2-1	瞕 22-4-5	暲 684-3-2	842-6-1	1440-6-4	925-2-3
333-1-4	535-4-4	暷 1449-7-3	睫 1096-8-1	睺 966-1-2	畸 79-4-3
1111-6-4	**6407**	暷 1585-7-3	嚏 1409-1-2	噠 1423-8-2	晭 591-8-1
1111-8-2	咁 621-1-4	1604-1-3	嗶 1246-7-3	瞵 41-4-2	晭 925-2-4
1167-3-2	喵 1387-8-2	哹 1096-8-1	1420-7-4	嚎 14-3-5	畸 77-6-6
暵 766-2-5	**6408**	曮 1604-2-3	睟 1422-4-4	嚜 1621-6-1	79-5-6
1141-6-2	吹 1068-4-3	曘 1460-2-3	時 673-1-4	噯 1038-1-1	嗡 1621-6-1
暵 1244-1-4	哄 18-8-2	**6406**	673-7-3	呶 1512-1-2	嘀 1038-1-1
嗔 291-5-2	41-5-4	咕 1381-2-4	678-2-2	瞲 13-4-2	呐 19-1-5
1124-5-2	948-1-3	1383-5-6	994-3-3	630-1-2	31-1-4
1125-3-3	唊 221-4-7	1384-3-2	嘩 832-3-2	瞞 1512-1-5	628-6-4
1137-1-2		1434-6-3	睽 529-5-4		946-8-3
嗟 140-7-1		晧 1205-7-5			948-2-4
		晙 1119-6-6			

6403（嗶欄）：喃 1420-7-2／1422-4-3／咘 498-2-4／哹 134-5-2／……

6409
嘹 367-7-1　　1189-4-3
嘹 367-6-4
嚓 916-7-3　　1288-3-2
曘 1603-4-2　　1612-7-3
嘹 367-6-3　　811-3-4
嘆 766-3-1　　1141-7-1
嘖 1283-1-2
嚌 978-2-5　　1037-8-6
曊 1024-1-2　　1081-5-5　　1082-5-1
嚖 300-5-6　　1151-4-4　　1422-2-5　　1422-4-1
眯 1383-4-4　　1384-6-3
咻 391-5-2　　538-8-4　　696-4-3　　1016-7-7
啉 591-2-1
咪 220-7-1　　238-4-2　　736-2-4　　1104-1-3
　　212-7-2　　653-5-4　　1445-6-2　　1614-1-2　　1614-6-5　　1631-7-2
眳 238-3-1　　1103-8-1
嗪 182-4-4
眽 235-3-2　　237-4-1　　1610-2-4　　1612-7-4　　1614-7-3　　1620-3-1
嗪 1391-6-5

6410
跀 527-1-5
跗 161-8-2　　1020-4-4　　853-8-1　　854-2-2　　970-1-1

6411
跐 915-1-2　　1054-3-2　　1057-3-2　　1063-3-1
　　66-5-4　　212-7-2　　653-5-4　　1445-6-2
　　1614-1-2　　1614-6-5　　1631-7-2
　　1334-6-6　　997-5-3　　934-3-3　　1592-1-2
　　1604-8-1　　1623-5-1　　1626-3-1

6412
跔 1412-3-3　　1602-6-2
跨 445-5-4　　723-8-2　　853-8-1　　854-2-2　　970-1-1
蹐 677-7-1
踦 293-8-3
跤 534-4-1　　889-8-2　　1230-4-5　　1262-4-2
跨 77-6-2　　79-2-1　　79-8-4
　　634-7-3　　654-5-2　　655-2-2　　655-4-4　　656-4-3　　967-7-2

6413
跊 855-1-4　　583-6-1　　914-8-5

6414
跐 51-5-2　　74-6-2　　75-3-2　　80-2-1　　965-2-1
　　1518-8-3　　419-8-1　　842-2-4

6415
踔 1230-5-1

6416
蹜 424-1-2　　850-5-4
踏 1480-4-2　　1530-6-2　　1531-3-4　　1532-3-4　　1532-8-3
踏 849-3-4　　1226-4-3
蹜 1478-7-2　　1484-1-1　　1489-8-2　　1511-2-5

6418
踦 685-4-4
跣 181-7-1
踡 1452-1-3
跱 120-1-1　　122-4-1
踔 669-3-3
蹎 331-1-3
跮 181-7-2
蹬 1012-4-4　　978-2-4　　312-8-4
踔 422-3-2

6419
蹀 1613-7-4　　1616-1-3
踪 587-7-5　　1288-6-6

6421
跧 1354-7-3

6422
跠 722-5-1

6424
踐 62-7-2
踏 1594-5-3

6431
默 914-7-3　　922-5-1
甄 920-2-2　　934-3-4　　938-8-1
黜 941-1-3
黜 914-6-2　　915-5-2　　923-3-2　　923-7-3　　931-3-5　　939-8-2　　1293-2-5
黻 208-3-4　　235-2-2　　236-5-4　　1103-7-1

6432
驕 1617-6-2
黝 100-1-2　　574-6-1　　891-7-2　　893-7-4　　910-2-1　　1196-3-3
黼 935-7-4
驪 1091-7-4
驢 1400-1-1

6433
默 1067-5-1

6434
驌 291-4-2
驤 1572-7-2
驐 942-2-2

6435
驖 588-5-4

6436
點 1434-3-1　　1626-2-6
黠 1223-6-2
黮 118-5-2　　1533-7-1　　1567-6-2

6437
黇 588-5-2　　611-3-5　　612-2-2　　1291-5-3

6438
黝 1068-5-1　　1323-2-2　　737-4-2
黝 1318-6-4

6439
縣 1444-3-2　　65-1-3　　238-2-1　　1104-1-7
黟 1614-2-1　　1615-6-3　　1616-3-3

6440
黚 1580-8-1

6441
購 1061-5-5　　1068-6-2　　1134-2-2

6444
賄 1140-7-1
嫩 311-3-5

6454
賝 677-7-3
鞁 1373-1-2

6458
勖 1337-2-2
勖（勗） 1352-2-1

6462
勖 96-3-1　　227-4-2　　1094-5-3

6464
戮 78-8-3

6472
勖 1418-1-1　　1441-6-5

6480
財 239-7-2　　1106-1-2　　238-2-1　　1104-1-7
腿 684-1-4

6481
肔 74-1-1　　964-6-2

6482
賄 725-5-1　　1101-1-2

6484
貶 969-6-2　　970-1-2　　990-4-1

6486
賭 708-2-3

6487
跰 599-6-1　　1291-2-2

6488
贖 1023-8-4　　1348-1-4

6491
戮 579-6-3　　580-8-3　　583-8-3　　1287-2-4

6494
羰 1359-5-2

6500
咩 956-7-1
吽 565-2-2　　586-4-3　　902-7-3
呷 242-3-3　　244-5-2
嗶 1412-1-1　　36-6-5
咻 495-6-2　　1462-4-2　　242-4-2
　　1111-8-1　　1123-4-1
啤 1389-2-1　　1327-4-2　　1369-3-4
曭 1316-8-4

6501
吨 295-5-2

6502
聏 1070-1-3
㗿 1376-3-3　　1394-6-3
肺 1070-1-2　　1072-4-3　　1430-6-5
㗏 124-2-1　　1277-1-3

6503
㕵 762-4-1
嚏 346-8-3
嚏 570-1-1
嚖 1049-2-3
嚖 1102-7-1　　1103-5-3
聽 1160-1-1
聴 30-1-2　　49-6-3
噧 1527-3-2
膿 1527-5-3
嘘 1116-3-1
賧 763-8-3
肭 1144-6-3
肫 294-7-5　　1113-3-4　　252-2-2　　1113-2-3
胼 258-7-3　　1243-5-1
暗 1243-7-1　　1291-2-2
賧 655-3-2　　967-4-2　　677-7-4

6504
嘍 1098-7-4
嘈 566-7-1　　1277-1-3
键 282-3-3
嘍 572-7-3　　909-4-3
購 1276-5-1
轉 357-5-2
曬 172-4-1
曬 572-6-4
嚕 1180-5-3

6505
857-6-2　　870-1-2　　1245-5-2
映 546-8-6　　1377-8-3　　1400-2-4　　1449-8-4
映 97-6-2　　196-7-5

6506
咄 952-2-4　　1352-6-5
嘮 1187-2-1　　1327-4-2　　1369-3-4
嗒 739-5-4
暗 739-5-3

6507
嘈 1049-2-1
嘈 1049-2-4

6508
映 1455-6-2　　1457-4-3　　1465-4-6　　1472-1-2
映 463-4-1　　473-8-2　　870-2-5
映 1378-2-1　　1381-1-2
映 1455-3-4　　1456-5-4
映 870-1-1　　1245-3-1
映 1449-7-5
咦 98-3-4　　99-2-2　　118-5-3　　221-1-2
映 474-3-1
嘈 376-2-3　　407-1-3　　1211-2-1
嘈 407-4-2
嘈 1593-6-2
曊 1298-8-1　　1302-3-1

集韻校本　集韻檢字表　下

一八二八　一八二七

左葉

蹴 1595-8-1
　　 1596-5-4
躤 425-3-2
蹜 328-8-1

6614
毁 490-7-4
踔 766-1-3
踠 1572-7-1
踣 103-2-2
　　215-3-2
　　329-8-2
　　660-1-4
　　660-7-1
　　660-8-2
　　672-4-2
跫 490-7-3
躅 1073-7-2
蹯 1488-3-4
　　1489-1-4
　　1541-8-4

6615
跰 1630-4-1
蹲 988-5-3
　　989-4-4
　　1373-2-2
蹲 838-3-4
　　1215-4-1

6618
跟 1070-2-1
　　1072-5-3
　　1072-7-1
踵 1331-7-5
蹼 1541-5-2
　　1556-7-2
蹬 62-8-5
　　101-3-4
　　197-4-5

6613
蹀 645-6-2

6610
跚 332-5-4
跔 442-2-5
里 1224-2-3
奰 426-8-2
　　1154-3-5
跗 760-6-2
跦 62-8-4
鼆 262-1-3
曑 510-3-4

6611
踁 508-4-3
　　1255-1-5
跽 1171-4-1
罷 956-4-2
跪 209-5-1
　　1036-5-3
　　956-3-7
踶 157-5-1
躧 1215-7-2
蹠 1615-4-1

6612
踢 1448-6-2
　　1482-1-3
　　1485-5-5
　　1548-5-5
踼 455-4-2
　　465-7-1
　　468-3-3
瞇 866-3-2
曄 1239-6-2
踢 1596-4-3
　　1601-4-2
　　1601-5-4
躑 1350-7-2
　　1367-1-1

6613
躞 1173-2-2

　　1209-5-1
　　1279-5-3
　　1336-8-1
曙 1013-5-2
曝 1360-4-6
曝 1495-1-2
曎 1201-5-2

6608
唄 1091-5-1
唉 695-8-3
呪 1349-5-4
眼 1515-1-2
嘖 54-6-3
　　110-1-5
　　196-8-3
瞑 1557-6-1
嗅 951-8-5
　　1264-6-3
瞑 1539-8-5
睼 196-7-3
　　1039-7-4
　　1167-3-3
嗊 722-7-1
瞤 213-6-3

6609
睺 841-8-3
噪 1191-4-3
　　1191-5-1
睺 1161-2-3
矅 96-3-4
　　220-4-1
嘹 876-7-3
噪 1210-1-5
曝 1201-8-6
　　1209-1-1
　　1359-8-1
　　1360-4-5
曝 1315-1-6
曝 96-3-3

嘖 850-4-1
睟 827-5-3
曙 789-3-3
　　1156-4-1
　　1171-1-3
　　1057-2-4
　　1091-8-5
嗶 399-7-2
嚀 1539-3-2
曤 1073-6-5
曎 1538-6-4
曎 1533-3-4
　　1534-6-2
　　1538-6-1
嚶 497-1-1
曘 497-4-2
嗷 611-5-3
　　621-7-2
曤 936-7-2
曤 936-6-3
　　1294-3-4
曤 1489-6-3
曙 1488-1-5

6605
呷 1630-7-2
睥 1036-8-1
嗶 1373-6-5
嗶 302-1-4
　　343-4-1
　　424-5-2
　　771-8-1
　　772-4-7
　　794-7-1

6606
唱 1233-8-1
唱 831-6-5

瞷 1397-1-3
　　459-8-1
　　1205-7-3
　　1235-6-2
　　1236-2-1
喝 1271-7-3
　　1281-8-4
　　1319-7-2
　　1346-4-2
　　1365-8-2
曬 330-3-1

6603
　　785-2-1
嘿 1326-4-3
　　1575-4-2
　　1576-8-3
嘤 1040-1-5
　　1094-3-4
　　1595-3-3
嘤 1173-4-1
曚 1412-7-1
嘬 1592-3-1
眼 317-4-3
　　801-3-1
　　805-4-1
曙 1587-1-2
曘 1581-3-1
　　1587-1-4

6604
啤 696-3-2
晡 776-4-1
眸 765-8-5
　　776-1-3
嗳 1570-8-1
唱 1579-2-2
脾 715-7-3
睥 67-7-2
瞷 1579-1-3
曷 1600-7-3
暘 1583-2-3
暘 1441-5-4

曈 1575-5-2
　　1018-1-3
　　1235-6-2
曞 426-4-4
　　447-4-2
　　839-5-2
　　1215-6-4
曜 159-1-1
曜 839-5-6
　　1365-8-2

6602
喁 385-6-3
　　400-2-3
　　902-8-3
　　1205-7-2
罘 1502-7-7
喝 1542-6-3
　　1533-4-1
　　1538-4-1
喝 465-5-2
喁 43-2-3
　　151-8-1
　　695-8-4
　　904-7-6
喝 1075-5-5
　　1088-3-2
　　1091-2-1
　　1417-6-1
　　1418-2-2

唱 986-5-3
　　1084-2-1
　　1084-4-6
嘮 1503-1-3
暘 1533-3-5
暘 447-6-1
喟 152-1-1
暍 1405-5-2
　　1418-3-1
　　1420-2-3
喝 1600-7-3
暘 448-2-2
睄 1441-5-4

右葉

　　1153-5-2
晛 1239-3-4
睨 1238-8-1
哩 1450-6-5
睨 788-7-2
　　1169-6-3
呢 1588-5-2
　　1591-7-2
晲 787-6-1
　　788-7-4
　　1169-2-5
　　1169-4-4
唍 212-1-2
眲 880-5-4
睨 788-7-5
　　1169-6-2
喗 1415-8-2
　　1437-2-1
嗄 1335-5-2
　　1585-7-1
睪 479-8-1
　　486-5-1
　　486-8-1
　　871-3-2
睯 759-6-2
喧 289-4-4
睴 505-1-5
　　1255-7-4
嵬 103-2-4
睚 513-4-3
　　879-7-1
睸 987-1-6
睨 870-7-4
　　871-1-3
　　77-4-1
　　966-5-4
　　983-7-3
嘤 990-1-3
　　992-3-1
　　1098-3-3
　　1575-5-1

6584
購 567-1-3
　　1276-7-3
賵 1283-6-3

6586
賭 747-3-2

6588
賏 857-4-2
賏 785-8-4

6600
囝 279-2-4
　　353-3-2
　　953-8-6
胆 279-3-3
呫 521-2-5
　　979-4-1
　　983-5-1
　　984-1-3
　　992-7-1
咽 262-5-3
　　337-2-1
　　340-2-3
　　1170-7-1
　　1454-1-4
呴 1114-8-2
胆 156-5-4
　　1017-4-4
咽 184-5-3
咽 746-3-2
胂 926-7-3
喊 1528-3-3

6601
咀 1422-6-1
　　1440-6-3
　　1442-4-2
咀 772-4-4

6531
魖 1144-2-8
魗 295-2-3
　　763-7-2

6533
魋 1093-4-2
　　1102-7-3
魖 1089-3-4
　　1091-1-4
魖 39-2-5

6538
魖 1530-4-1
　　1543-5-1

6539
魖 1073-3-1
　　1097-5-4

6548
魖 1472-5-1

6555
鰆 1102-8-3
　　1345-3-6

6580
趚 717-3-6
　　717-7-2

6581
賸 1248-6-3
賵 1116-5-1

6582
賭 505-2-2
　　1252-5-5

6583
賵 982-1-3

　　739-6-1
　　796-8-5

6517
踏 32-6-2

6518
跌 161-8-3
跌 1049-5-2
　　1049-8-1
　　1456-2-2
跌 1411-6-4
　　1448-5-1
蹺 93-7-1
　　97-5-3
踺 1606-6-1
　　1620-4-4
蹸 1281-5-1
蹟 1531-3-2
蹟 226-1-1
　　986-8-3

6519
跌 1073-2-3
　　1097-8-5
　　1426-3-2
跦 1095-1-1
跦 1531-2-6
跌 171-3-4
　　172-2-1
　　546-5-2

6521
魃 242-2-1

6530
賮 982-8-4

昧 1073-2-2
　　1097-4-3
昧 1425-4-1
　　1460-7-2
昧 649-8-4
　　1280-5-4
　　1347-1-1
　　1362-5-5
昧 1094-8-2
昧 627-5-3
昧 1424-2-6
眛 1102-7-2
嗉 1028-1-1
睞 303-8-4
　　779-6-1
　　7-6-1
睞 963-3-3

6510
踕 786-2-3
蹀 1281-5-1
蹟 1531-3-2
蹟 226-1-1

6512
跎 1001-7-2
　　1070-2-2
　　1431-2-3

6514
蹺 1132-1-1
蹲 1410-8-2

6515
蹲 1345-4-2

6516
雞 982-1-3
蹲 252-4-2

　　1040-6-5
嚏 1593-3-4
　　1593-5-5
　　1605-8-5
　　1631-2-2
　　1631-8-2
　　1280-5-4
咦 786-3-1
映 785-8-5
睫 1605-5-5
睫 1606-3-3
曖 1281-1-2
睫 1605-5-4
　　1605-7-6
　　1607-4-5
映 786-2-2
嗜 1522-3-2
瞵 1522-8-1
嘖 986-5-3
　　1084-2-2
　　1084-4-5
睛 605-4-2
　　1522-3-4
睛 1007-7-1
嘖 770-7-3

6509
味 1000-5-2
　　1089-3-3
　　1098-1-2
　　1098-3-3
昧 1426-2-1
昧 1073-3-4
　　1097-4-1
昧 1425-7-2
咪 168-5-2
　　170-5-4
　　546-2-3
　　1023-5-4
　　1024-8-2
　　1271-7-4
　　1281-8-5

集韻校本

集韻檢字表　下

嗡	1413-6-2	嘲	397-8-2	啕	410-3-5		993-8-2		696-4-2		1047-8-3
唿	1413-6-5	啁	441-3-2	陰	491-5-4		1215-3-5		902-7-2	瞑	873-4-3
嗑	1190-4-5		851-7-4	眴	1172-4-3		1225-4-1		1016-7-4	睟	1246-4-4
喋	1049-3-4	唧	323-4-5	睌	1312-1-5		1226-1-1		1277-1-4	睡	1566-7-1
	1055-3-2	嚀	1401-3-2		1313-2-2		427-2-1		1338-8-4	瞳	570-8-5
	1110-3-1	嗃	1385-7-4		1355-2-5		1215-8-2	峒	108-7-3	曜	1362-2-6
	1281-8-6		1389-7-7	喞	185-5-3		1451-2-1		109-2-3	睧	495-8-4
嘐	1210-1-6	鵙	364-8-4	晛	897-5-3	昫	153-7-2		114-6-2	曨	1582-4-5
嗂	406-1-1		571-3-3	晫	897-5-2		156-5-5	眹	1035-6-5	曜	1550-7-4
嘰	758-7-2	嘐	549-7-1	唷	1437-7-3		159-3-2	明	492-1-2	瞕	489-4-2
嗌	416-8-1		1337-2-1	嘧	1486-7-4		565-6-3	昒	1098-2-2		878-4-3
	418-5-2		1342-3-2		1518-1-2	聊	825-8-2		1392-3-3		1246-4-5
瞩	950-1-2	喟	441-3-1	瞄	446-2-5	峒	112-3-3		1425-4-2	曜	1195-1-1
瞻	132-8-2		837-1-3	睭	1270-1-3	峒	8-7-2		1437-5-3	曜	1195-1-8
			851-7-3	瞞	1338-4-1	眗	159-2-2		1438-6-4	嚐	1087-4-4
6704			1227-4-3	鳴	191-8-3		566-2-1	昀	248-5-3	嚏	619-6-4
吸	1586-1-1	晌	254-1-2		1033-7-4	唉	1312-3-1		332-4-2		622-6-1
呼	676-3-4		358-1-3	啄	1201-4-2	唧	1371-8-3		336-7-3		930-3-4
吸	1604-6-1		1113-6-2	嘵	168-2-2		1390-8-3		339-4-3		934-4-4
	1622-8-5	朏	321-7-5		1628-8-4		1562-3-1	昀	153-7-2		939-5-5
呶	170-5-3	暣	1160-7-2	嘮	1505-6-3	踊	637-5-3		638-3-4		1306-4-4
	570-7-4	曈	1384-6-1	嘮	1506-4-3	峒	8-8-1		696-3-4		
取	753-5-3	睭	1455-3-2	嘲	1362-6-1		628-3-1		1016-6-2	**6702**	
	766-1-1	鵬	491-8-1	暗	1413-1-2		946-8-2	昀	254-7-1	叩	903-2-2
	768-2-1	嘱	1120-6-3		1436-8-4	昫	254-5-1		256-3-3		1276-4-1
	776-6-1	嘖	927-2-7	唎	411-8-4		256-7-2		260-4-2	邜	903-3-2
	1092-6-1		1295-7-3	曙	547-6-3		1113-6-1		260-7-2	叨	407-8-5
珊	1056-7-5	嘖	303-5-1		557-1-1		1171-7-2		332-4-1	吗	919-5-3
唆	398-7-1		773-4-1	鳴	491-8-3	眵	51-7-2		791-1-5	勺	1359-8-2
	439-4-2	鵬	158-3-6		1248-5-2		53-5-4		1167-6-2	旳	1547-2-2
取	1428-8-4	曚	321-3-1	嘮	390-1-1	喇	433-2-5	野	146-5-3	吻	747-7-1
眠	330-2-3	鵬	818-5-2		391-4-2	唎	1340-3-6	峒	8-8-2	昀	1121-7-4
	741-6-2	鵬	491-8-2	喃	393-8-1	眴	254-7-2	哃	254-2-5	叼	1112-6-3
	785-2-5	曚	1294-3-3		394-7-4		256-3-4		1370-4-2	明	491-5-5
	800-8-3	嘱	1346-4-1		412-6-5	喝	212-5-1	昀	18-7-2		1246-5-4
嗒	242-3-5	嘱	1346-4-6		1201-6-1	唄	397-8-1	吩	1392-2-4		
哣	166-4-1				1267-2-2		407-8-2		438-1-4		1413-6-4
	907-2-2	**6703**		睧	546-8-4		546-2-4		644-4-1	昀	260-5-1
暖	577-5-2	啱	999-7-1		1548-7-3		560-3-6		838-3-3	响	154-5-5
啾	1328-2-3	眼	764-8-1	郎	1504-8-3		1188-4-3		848-5-2		566-1-3
	1330-3-2		779-6-5		1506-4-1		1189-2-2		855-1-3		567-2-2

	99-3-4	**6677**		礕	496-8-3	**6641**			936-6-2		651-1-5
	984-2-1			罍	984-5-3	**6666**			1302-5-3		1040-8-3
呷	99-8-2	罍	984-5-3	罍	496-6-3	覿	1486-4-4	嚴	615-6-2		1265-1-4
呷	992-7-2				1254-2-1	**6642**				蹊	1265-2-4
	99-8-1	**6678**				罍	812-2-2	**6630**		蹊	1284-7-1
6701		罍	1405-5-4	**6680**			1179-4-2	貗	650-3-2	蹊	1563-6-3
叱	1382-8-2			哭	1311-4-4	貗	1190-6-1		665-2-2		
叱	1366-1-3	**6680**		臭	883-4-2	罍	386-3-2	**6631**		**6619**
叫	899-7-6	哭	1311-4-4	臭	876-8-4	罍	984-5-2	罍	1422-6-3	蹊	853-4-2
吧	430-8-5	臭	883-4-2		884-2-2	罍	262-1-2	覿	1171-5-1	蹊	1211-1-2
	431-6-3	臭	876-8-4	賵	263-5-5	罍	323-5-6	罍	1135-8-2	蹊	1208-6-2
訆	1251-3-1		884-2-2	買	385-6-2	罍	226-7-6		1139-6-5	**6621**
咀	689-7-2	賵	263-5-5		403-3-3	罍	685-2-2	**6632**		咒	1269-8-5
	690-5-2	買	385-6-2	賵	196-7-1	罍	385-6-1	刜	556-1-3	覸	1195-1-4
咆	394-2-4		403-3-3	趨	1141-7-5		403-3-2		1330-1-1	覶	1198-5-1
	1202-4-5	趨	196-7-1		1144-8-1	罍	685-2-4	賜	1231-8-2		1533-7-3
呢	96-7-2	趨	1141-7-5		1040-7-1	罍	1141-7-4	覶	1405-7-2		1534-6-1
	652-1-1		1144-8-1	**6681**			1144-8-1	罵	497-2-2	罍	896-1-3
	666-3-4			睨	1238-8-3	罍	306-2-6		771-6-5	罍	205-5-2
呵	498-7-4	**6681**		覿	213-6-4	罍	1249-2-2	**6633**		覷	1503-1-1
昵	719-2-2	睨	1238-8-3	覿	1118-7-4	罍	666-7-3	思	1017-8-3	瞿	157-7-2
	1369-7-1	覿	213-6-4	**6682**		罍	226-8-1	愚	1153-5-5		1017-5-1
	1379-6-5	覿	1118-7-4	賜	960-6-2	罍	227-1-6		1154-3-4		1017-8-2
	1384-4-1	**6682**		**6686**		罍(罍)		**6634**			1567-1-1
	1558-5-3	賜	960-6-2	賵	950-4-3		96-4-1	罷	1432-5-1	**6622**
呱	1518-4-2	**6686**		**6688**		罍	227-5-2	**6655**		罘	872-7-1
昵	1202-3-3	賵	950-4-3	賵	497-3-3		667-4-4	翠	205-8-4		883-8-6
	1361-5-3	**6688**			510-1-2	**6671**		**6639**			1017-4-6
眲	97-6-3	賵	497-3-3		1245-3-3	罍	496-6-4	罸	374-3-2	嚊	984-1-4
	196-7-6		510-1-2	**6699**			1254-2-2	**6640**			991-1-1
	1040-6-6		1245-3-3	睨	56-2-1	罍	303-1-3	罕	1502-7-6	臂	881-3-1
睏	1455-4-1	**6699**			220-5-2		425-2-5	臂	852-2-2		330-3-2
晚	758-2-4	睨	56-2-1	睨	779-8-2		1178-4-1	婴	510-1-1		515-5-4
	220-5-2	晚	779-8-2	晛	720-4-3	**6660**			1245-5-3	罍	386-2-1
睨	56-2-1	晚	720-4-3	喔	1310-7-3	晉	1264-6-5		1254-1-3	**6624**
	220-5-2	喔	1310-7-3		1357-8-4		1271-8-4	曩	1488-2-4	嚴	615-6-1
晚	779-8-2		1357-8-4	**6700**		罍(罍)			1488-4-4		621-6-2
晛	720-4-3	**6700**		叱	85-8-1		490-7-2		1336-6-5		

集韻校本　集韻檢字表　下

左半

字	號
鄭	286-1-3
	311-7-1
	1134-3-5
	1149-4-6
鄁	1503-3-1
鶉	766-5-2
	1075-3-5
	1141-1-2
	1142-2-2
	1417-7-2
	1418-7-4
鷯	1156-5-4
	1171-1-2
鄭	510-2-3
	881-2-2
鷯	1156-5-3
鄻	1486-3-4
	1488-4-3
	1489-2-3
鷯	1511-1-2
鷯	497-1-3
鷯	1488-8-2
6748	
歡	1538-1-4
歟	881-3-3
6750	
擎	1147-1-1
擎	1485-6-2
6752	
冊	1629-5-6
鄆	301-6-3
	424-1-1
6739	
緑	1320-5-2
6742	
鸒	303-2-1
	1041-4-3

字	號
	1030-4-3
6733	
煦	153-8-3
	696-4-1
煦	154-7-4
	538-8-5
	638-3-6
	696-4-5
	1016-6-1
照	1193-6-4
煦	153-7-3
懸	1110-4-3
6734	
齣	1572-7-3
齣	1168-1-3
6735	
齛	300-5-2
齡	46-7-1
6736	
齠	926-6-4
	927-1-4
	934-5-5
6738	
歔	441-4-5
歟	1575-4-3
	1576-8-2
歔	1592-7-2
顫	1545-7-1
歟	287-7-4
野	692-6-3
駡	875-2-1
6721	
黟	100-1-1
	203-8-1
鸒	238-6-3
6722	
鷺	183-8-1
	1014-7-5

字	號
	399-8-4
鄘	151-2-2
鄂	1503-3-2
	1513-6-2
鄂	1503-1-5
嗣	996-4-1
鶵	385-1-3
鷯	391-4-3
鄻	1486-4-1
	1489-1-2
鷯	448-6-2
鷴	151-1-2
鷯	1503-6-1
鷳	243-5-5
鷯	158-3-2
6730	
鸒	100-1-3
6731	
黗	323-2-4
黗	1403-8-1
黗	1310-8-1
	1358-2-2
鸒	1399-6-5
飄	1260-7-2
	1263-4-1
鸒	620-2-2
6732	
鄘	676-1-1
黔	1483-1-2
	1547-7-5
滕	366-2-4
蹀	1281-5-4
6716	
踔	46-3-5

字	號
	1010-4-3
躃	93-7-2
	143-5-1
	438-5-4
蹈	1615-4-3
	1619-4-3
蹹	606-6-5
	1299-4-3
	1486-1-3
6717	
踵	1398-5-1
6718	
跂	89-4-3
跟	157-2-2
	362-5-4
歗	922-3-3
	1347-2-1
蹀	793-5-4
	799-4-5
	1130-7-1
	1176-1-6
	1183-7-2
蹈	166-6-3
跐	1327-8-4
	1549-6-2
踑	1062-8-1
	845-1-4
蹼	1321-7-5
	1351-2-2
踩	557-2-6
	898-2-6
	901-5-2
	1270-5-4
6715	
蹯	906-2-1
珊	300-3-1
蹯	1493-5-1
蹏	134-6-2

字	號
	297-2-2
跂	669-2-4
蹹	15-2-4
蹀	1180-7-1
蹀	1210-3-5
蹼	346-4-2
	802-1-3
	803-6-5
鹽	1486-1-3
鄒	1347-2-4
	1350-4-2
鴫	771-7-3
	1152-5-1
砰	1578-8-3
跋	1231-2-3
殷	1282-2-2
跟	249-5-1
	741-7-4
跟	803-6-6
路	1484-6-3
路	100-6-1
	102-5-4
跂	166-6-3
跛	440-6-2
蹺	309-6-5
蹺	1233-1-1
踃	906-2-1
蹯	1350-7-3
踔	1367-5-1
6713	
蹏	1029-8-3
	1493-5-1
跟	288-7-3
	297-1-3

字	號
	1353-5-1
踊	637-4-4
鄒	489-4-4
	492-1-1
蹯	445-8-1
蹦	535-4-1
蹈	1337-7-1
	1339-4-5
鄒	1347-2-4
	1350-4-2
跂	186-3-3
踾	637-4-5
蹯	166-1-4
	559-6-3
蹯	1283-8-2
踉	398-4-3
踶	547-4-3
踸	1390-5-5
蹳	1536-5-4
踸	1120-1-2
蹯	941-8-1
蹯	303-3-2
	303-4-3
鴫	1346-5-5
	1474-5-3
	1347-3-4
	1347-7-1
	1367-3-1
蹯	1601-5-6
踾	1402-5-4
	1403-4-2
蹯	1350-4-3
	1350-7-3
	1367-5-1
鷯	1615-7-3

右半

字	號
跪	84-1-2
	658-6-1
	659-7-1
	659-7-4
躍	691-4-1
躍	1358-1-2
躍	1478-7-1
躍	1307-2-2
6712	
郘	881-4-1
	1254-1-4
郢	678-3-2
趵	1201-5-3
	1359-6-5
	1363-7-4
	1482-8-3
野	692-6-2
	695-5-5
	851-3-1
郢	289-3-4
跼	1446-1-5
趵	1400-5-1
	1416-7-1
	1429-3-5
	1430-1-1
	1443-7-5
趵	156-6-2
	157-4-4
	696-8-3
趵	13-1-2
蹋	1452-7-3
踘	8-3-2
趵	854-6-2
踌	62-7-4
	424-2-1
	1067-6-3
	1215-2-4
	1377-6-2
踤	427-4-1
蹋	157-4-5

字	號
	1507-1-3
矖	370-6-5
瞭	1035-6-4
	1053-8-6
	1057-7-4
躍	1439-4-3
瞭	1451-7-3
瞭	200-8-2
	1043-6-2
6710	
盟	491-6-3
	503-5-3
	875-2-2
	1246-5-3
	1248-5-1
	1568-8-2
竪(睯)	280-5-2
堅	692-6-1
	851-3-2
鹽(睍)	491-6-4
鼆	1193-6-7
盟	491-6-2
6711	
矵	1335-3-4
钯	432-1-2
	847-4-3
	1221-7-6
睶	138-1-4
	690-7-1
	691-8-1
瞹	1242-2-2
晪	847-8-4
	1012-4-3
	1222-7-1
跑	394-3-5
	1343-8-3
	1361-1-6
跙	96-7-4
跰	1338-3-4

字	號
噢	696-1-4
	697-1-3
	893-6-4
	1016-5-4
	1207-7-1
	1340-2-5
嗷	1397-5-1
噢	1340-1-6
暾	1397-3-4
嗷	1418-2-1
嗷	1437-6-4
噢	147-4-1
嶷	680-5-1
	1000-3-1
	1568-2-1
嗷	1091-2-3
嘈	919-7-2
嚌	336-1-1
	336-3-5
嗷	1154-3-2
噢	378-1-4
	491-6-4
6709	
嗁	1320-4-2
暻	1351-1-1
嗓	540-1-3
	1270-6-5
	1320-8-2
	1321-1-2
	1351-5-2
嗓	868-2-4
噢	814-5-1
曝	1242-2-2
暵	557-4-1
嗓	370-2-4
	1222-7-1
	833-5-2
	1190-4-4
暝	330-2-4
	606-8-1
	885-7-4
	1174-1-5
	1255-6-3

字	號
6707	
唅	927-2-4
	940-8-1
	1295-7-1
嗝	595-4-6
嘔	1413-6-1
	1415-2-6
晻	1291-1-1
	1625-2-3
嘱	1627-7-3
6708	
吹	53-7-1
	959-5-3
吹	1265-8-2
欥	1380-3-1
	1389-4-3
歐	259-6-3
	985-8-4
唤	1144-7-2
映	1145-1-2
喫	1081-1-2
	1086-6-2
	1555-4-3
暎	1145-1-3
	1270-6-5
暤	1223-7-3
喉	563-4-1
睐	563-5-1
	566-1-2
	1274-6-3
嗷	1270-8-2
	1280-3-2
	1362-5-4
	1255-6-1
瞑	514-8-2
	515-1-1
	1439-6-2
	1446-1-3
	1174-1-5
	1255-6-3

字	號	字	號
暉	759-7-3		1544-3-1
	1135-6-1	嗳	1055-5-3
	1136-1-3		1055-7-3
	1080-7-1		1055-8-3
	1062-6-4		1062-6-4
	1065-2-2		1065-2-2
	1465-6-1		1465-6-1
	1469-3-2		1469-3-2
6706		喽	1271-1-2
昭	381-4-1	嗳	441-2-2
昭	379-8-3		441-5-2
	380-5-3		1226-8-3
	816-4-1	嗳	1055-8-1
	1193-6-6		1062-6-5
喀	1492-2-1	昭	1469-5-3
	1502-4-4	瞍	363-5-3
昭	816-2-3		907-1-2
略	886-1-3	睮	440-8-4
昭	752-2-4		1227-2-3
略	506-1-1	嗳	1166-8-4
	882-6-1		1168-4-5
	886-1-4		1492-5-1
略	1485-8-3	嘮	1555-4-4
	1492-5-1	嗲	1025-5-2
略	1485-6-1	嗞	665-1-1
喈	747-7-3		685-6-4
睊	990-1-1	瞍	338-7-3
	1435-7-3		1172-7-3
晻	742-3-4		1251-2-1
喑	919-2-2	**6705**	
睊	247-3-1	呷	607-7-2
			931-6-3
		喟	1578-7-4
		嗒	1589-7-2
		嚕	598-1-5
			607-4-2
		瞻	1297-6-3
		瞻	606-8-1
			1299-6-2
		嚕	710-1-3
			763-5-5
		嗸	120-7-1
		暉	127-6-5

6753
韞 802-6-1

6754
眲 591-6-3
601-3-3
608-1-4

6758
䀹 1630-7-5

6760
瞖 1428-7-2
1445-1-5

6762
郘 694-7-1
鄙 670-4-3
鄙 227-5-4
鴡 455-8-1
鶥 1209-7-1
鷗 227-5-1

6771
罷 1445-1-4
驪 1419-1-1

6772
鴫 288-4-5
翻 359-8-1
鷊 1417-7-1
1500-4-4
鸇 355-2-5

6778
歇 1109-8-1
1404-4-2
1418-4-1
1442-4-4

6780
叕 74-3-4
78-6-2
127-6-1
翾 54-6-2
110-1-4
鶗 54-5-4
198-6-4

6781
賉 1386-3-2
脆 855-1-2
968-7-1

6782
郹 828-1-2
鄍 1557-2-2
眗 248-8-2
昫 1276-8-1
眴 248-8-3
510-8-1
511-7-1
512-3-2
524-2-1
睭 555-6-1
睛 689-4-2
691-2-1
鴡 958-2-1
鄮 179-8-2
瞟 398-4-4
鶪 1541-5-3
1557-1-2
鷃 722-7-4
鵬 497-4-3

6784
睟 511-7-2
瞍 1055-5-5

6785
瞱 751-7-5
1129-4-5

6786
路 1030-1-2
踞 134-8-1
瞻 1299-6-3

6788
吹 78-6-1
211-4-2
眨 691-1-5
1020-1-3

6789
睬 583-5-1

6790
槊 845-2-4
繄 1485-8-4

6791
皰 825-5-2

6792
夥 724-3-1
841-5-2
鄒 374-4-1
405-6-4
406-2-1
592-4-4
1210-7-2
鴉 1596-8-2
鷂 1343-5-3
1495-1-3
鶲 1208-8-2
鷸 1359-8-4

6798
歎 1597-1-5

6800
叭 1438-4-1

6801
吃 1396-1-1
1396-1-3
1404-8-1
盵 1004-7-4
眊 1004-8-3
咋 1224-5-2
1224-8-3
1517-1-2
1517-3-2
昨 1499-4-5
咣 1237-7-1
眭 354-2-3
355-4-2
358-3-2
睆 1471-5-4
唫 586-7-1
587-4-1
916-8-1
睉 423-4-2
423-5-3
843-7-3
1092-5-3
睆 1237-7-4
嗑 291-7-4
1124-4-2
嘑 52-7-6
嗟 429-2-3
432-3-4
嘑 73-6-3
瞌 840-1-4
嗌 1047-6-2
1081-4-3
1358-5-3
1526-6-2
1537-1-1
瞑 1004-8-2
嗟 421-7-2
432-6-1
噬 1054-1-3
1064-5-2
嚂 598-5-4
925-7-1
1294-4-3
1296-6-2
矙 621-3-1
1306-2-3

6802
吟 720-6-2
吩 1086-2-3
1214-1-1
吟 586-4-5
917-5-5
1289-6-1
吩 1137-1-4
昤 916-6-5
盼 269-3-1
盻 720-5-2
779-8-1
1044-3-1
1047-8-1
眕 1085-6-3
1528-5-2
盼 319-5-3
1161-5-2
眄 1161-5-3
盻 1085-4-2
盼 749-2-2
眕 737-2-1
737-5-4
742-7-1
眕 240-7-3
737-7-1
咈 196-8-2
睇 196-4-1
196-7-4
1040-6-4
喻 175-5-4
1018-6-2
睔 759-6-1
760-8-3
764-6-4
1135-5-3
1157-5-1
喻 180-5-6
睔 744-1-2
嗡 20-7-3
20-8-4
632-8-7
睮 173-7-2
317-4-4
瞈 632-6-3
瞈 632-6-4
嗡 1586-6-2
瞈 1586-2-4
暘 454-7-6
嘀 1371-7-4
1390-8-2
瞈 1586-3-2
1612-7-5
睔 1195-1-7
1479-3-6

6803
吣 20-5-1
32-2-2
953-8-5
吟 518-6-1
昑 518-4-1
唸 1166-8-3
1301-1-6
嗯 1137-1-3
唹 133-4-3
689-1-3
嗞 113-3-2
嗛 614-6-5
621-1-3
936-1-1
936-2-2
1618-8-3
唵 520-7-1

嗞 113-5-1
瞞 614-2-3
嘸 699-6-4
702-6-1
噁 114-3-1
瞴 69-6-1
164-7-1
569-4-5
701-8-3
706-5-1

6804
吹 699-3-3
700-5-3
700-7-1
昨 714-2-1
1034-2-3
畋 332-1-1
1167-7-1
哶 1519-2-1
瞅 555-3-1
嘷 596-7-1
暭 1142-3-2
嗷 402-5-1
噉 927-2-5
1295-7-4
瞰 1294-5-1
噋 294-8-6
296-1-5
噂 763-3-3
噉 1245-6-2
1249-2-4
瞰 1294-3-2
噋 294-7-4
矙 1467-7-1
嗷 370-5-5
1190-4-2
1190-6-2
1555-4-5
1556-3-3
噂 1138-4-3
嗷 814-4-5
828-2-3
瞰 1555-8-4
瞰 107-1-2
123-4-5
嗷 1024-3-4

6805
眻 448-2-1
1231-7-2
晦 1100-7-1
晦 1326-4-1
晦 906-2-3
咩 449-2-3
453-7-5
咩 449-2-2
473-4-5
嗶 1375-5-3
曦 78-3-2
嚱 78-3-1
曦 78-7-5

6806
哈 1589-7-1
1590-1-6
1591-3-1
1592-4-2
1595-3-5
1626-5-7
哈 1312-2-3
唅 593-4-1
1290-7-1
眙 1625-7-4
晗 595-5-5
眙 1312-2-1
嗆 452-7-2
493-2-3
喑 1495-4-4
噌 499-7-1
500-7-3
529-2-5
536-4-2
噌 536-5-4
噲 1078-7-3
1090-4-2
1090-5-2
1091-1-1
1428-5-3
瞎 795-2-3
矰 536-6-1
瞷 891-1-1
瞺 1079-1-3

6808
咲 1191-8-2
眹 108-8-1
912-2-1
1113-5-6
眹 743-2-4
噴 923-3-1
嗾 569-8-5
907-2-1
1218-1-1
1280-4-1
1281-1-3
1317-3-3
嗾 355-3-3
瞛 34-7-2
35-5-3
暶 355-2-3
噞 611-4-3
937-1-5
1302-4-4
瞼 933-1-4

6809
唋 849-3-3
除 180-5-2
瞭 71-8-1

6811
跪 425-5-5
跧 255-5-5
317-8-2
353-5-3
356-1-1
358-3-1
跧 965-1-5
踁 1218-3-4
跐 623-2-4
蹉 54-2-2
421-4-1
1214-8-2

6812
跒 914-2-4
915-1-1
939-6-5
跰 268-6-1
跈 250-5-5
786-7-2
787-2-2
793-1-3
803-6-4
踶 196-3-2
踚 258-1-3
296-5-2
踰 171-8-4
173-4-2
382-2-1
705-8-1
蹌 1596-4-2
踚 1478-7-3
蹯 1478-7-5

6813
跉 508-6-5
518-5-5
跎 1617-1-4

6814
踍 329-5-2
882-5-3
1250-1-4
1257-8-2
歗 1365-3-5
蹴 1458-3-4
蹴 1467-4-1
1467-7-3
蹲 255-3-2
255-6-4
293-8-2
312-8-5
747-5-4
763-4-3
763-6-2
蹾 1190-4-1
躞 102-5-2

6815
跘 453-5-4
踇 906-2-2
蹕 1375-7-2
蹺 79-4-2
蹣 341-1-5

6816
跆 1587-5-3
1622-5-3
1622-7-3
1625-7-6
踏 552-2-5
1327-7-1
1327-7-4
蹌 452-4-1
1233-1-2
踏 1594-5-4
蹭 529-1-3
1263-1-4

6818
跐 1176-5-2
蹤 35-3-4
蹤 35-3-3
蹠 1317-3-1

6819
跦 851-8-4
1029-8-1

6821
䠎 1526-5-5
蹩 107-1-1
123-4-4

6824
敫 964-5-4
敷 447-7-4

6828
歙 465-5-3

6831
黬 618-5-2

6832
黔 588-4-4
612-1-4
616-5-1
616-5-4
933-2-3
黲 1111-6-1
鷌 455-1-4
鸔 588-5-3

6833
黱 112-6-2
黛 182-7-3
黳 1093-4-3

6834
黥 917-3-2
920-1-5
934-1-2
938-8-4

黷 926-1-4
929-5-1
938-8-2
941-2-1
1306-3-3

6835
黵 580-5-1
618-4-1

6836
黔 1351-7-1
黯 1263-3-4
黵 1079-2-1
1090-7-1
1090-8-3

6838
黭 933-2-2

6844
數 1149-1-1
數 182-4-3
1029-2-2
1029-7-1
1538-1-3

6854
敭 715-7-4
敳 988-4-5

6881
貤 959-3-1
䝪 982-4-4
賹 1081-5-2
贉 1296-8-4

6882
貶 737-4-4
1111-1-2

6883
賺 609-6-3
1305-3-4

6884
敗 1091-3-1
1091-3-2
賆 329-6-6
瞰 978-7-6
贁 1091-3-3

6885
賄 725-5-2
1101-1-3

6886
贈 1263-3-3

6888
瞼 929-7-2
937-3-2
1293-4-5
1303-1-2

6889
賒 433-3-4

6894
敹 1216-5-3
敹 406-1-4

6901
晄 870-4-2
871-6-2
眺 479-2-3
睠 1183-8-1
睉 526-7-2
嗺 1481-4-3
瞠 459-6-1

468-2-6
489-7-5
874-3-2
1247-3-3
1247-4-4

6902
吵 396-6-3
821-6-1
826-5-5
1203-7-4
眇 821-5-4
1197-8-4
哨 373-3-4
405-7-5
1192-3-5
1193-4-2
1194-5-2
1203-4-7
1266-8-1
睄 372-7-2
睎 1458-6-4
睄 1203-4-2
嘮 391-3-9
398-2-3
411-4-2

6903
吣 1462-6-4
瞇 661-7-1
1037-6-5
噝 397-2-2
560-2-4
曭 865-6-3
矘 865-7-1

6904
嘍 1250-4-4
瞜 1247-4-3
瞜 1619-8-1

6905
畔 1148-6-2
噒 333-6-4
瞵 251-6-3
瞵 250-8-3
333-5-4
743-6-1
1119-8-1
瞵 250-7-2
743-4-4
1120-1-5
嘩 1367-8-3

6906
喒 875-7-1
噜 873-3-1

6908
吙 429-5-3
瞅 345-2-5
啖 927-2-3
1295-8-1
啾 397-2-1
553-3-3
555-2-1
睒 928-3-5
930-6-4
1296-2-3
1299-2-4
啖 597-5-3
瞛 489-7-4

6909
眯 71-8-3
671-7-5
715-4-4
989-8-5
瞸 468-2-7
489-8-1
1247-3-4

1247-4-5

6911
躚 362-2-3
蹚 468-3-4
490-2-3
490-4-2

6912
䟓 172-2-2
踃 372-7-3
1192-4-3
踹 1458-5-4
𨂐 860-1-3

6915
跘 309-7-1
769-8-5
1161-8-4
蹸 251-5-6
743-6-2
1120-1-1

6918
䟲 928-2-1

6919
蹸 891-1-2
蹼 490-2-4

6921
蹏 865-1-1

6932
䵲 1192-5-3
鷔 378-7-3
鷺 10-5-2
29-7-1
534-2-1

6980
尟 791-5-2

1021-7-4

6981
眺 1238-8-4

6988
睒 927-4-5
1296-2-1

7002
鷿 1037-3-1

7010
堊 449-5-3
450-3-2
壁 1544-4-1
璧 1540-4-1
甓 1540-5-1
鐾 1037-3-2

7021
阬 475-8-2
485-3-2
1243-3-2
肮 475-5-4
477-3-2
1242-5-5
肚 704-5-6
肱 1586-8-5
1597-2-6
隹 225-3-1
729-3-2
730-2-2
院 805-7-5
脽 85-7-2
颹 1236-5-3
脽 87-4-4
87-5-4
556-4-3
骯 868-7-1
869-3-1

朧 1322-4-5
膧 777-8-4
朣 8-7-3
8-7-4
49-5-1
雕 364-1-1
雕 257-5-3
膻 342-6-8
772-6-1
臃 42-8-4
639-7-1
颹 460-6-2
1236-6-2
颾 391-7-4
䬅 467-2-4
龐 1352-3-3
飋 1370-3-4
朣 49-4-5
臛 1545-4-2
臃 420-7-1

7022
防 450-1-2
450-3-1
1232-8-1
肪 449-6-2
450-5-3
隔 827-8-3
𨻵 488-6-1
1241-5-6
腣 195-6-1
199-3-4
1038-1-2
隭 40-4-1
膈 1206-3-5
膀 470-5-3
471-1-4
𦡉 37-8-4
腩 851-2-4
1083-3-4
1523-8-3

1535-4-1
膀 1520-6-1
1544-8-1
騰 60-5-1
793-7-5
髈 1540-2-4
1546-3-1
1555-6-2
1557-5-2
隮 90-8-1
194-4-3
1035-1-3
臂 969-3-3
髜 391-7-1
髈 471-1-5
867-3-5

7023
陈 128-8-3
683-8-4
胘 336-4-1
339-3-5
颴 1361-4-4
骸 761-7-4
膲 374-7-1
膝 736-5-1
隊 400-3-3
臁 610-1-3
臆 680-6-4
1568-2-2
隳 812-3-5
臕 379-1-1
臁 458-1-3
861-2-4
髓 1568-2-4
髏 842-8-3
臠 1540-6-3
1544-5-3

7024
胶 388-5-1

陣 1506-3-2
脝 295-3-2
485-5-2
腋 1535-3-2
1537-6-2
腑 700-2-1
1020-4-1
脺 975-4-1
1051-3-3
1409-7-3
1463-1-3
辟 70-4-2
660-4-2
661-6-3
882-4-4
969-2-3
969-4-5
1036-8-4
1520-2-1
1540-2-5
1540-7-2
1541-1-4
1544-6-4
1544-7-4
1545-5-5
障 456-1-1
456-4-2
1234-1-2
膵 296-1-1
骹 390-4-2
390-5-3
391-7-2
824-8-2
1199-1-2
1199-7-6
1418-6-1
膟 1370-4-1
1388-8-4
陵 1608-2-1
𩨜 1409-7-4
1410-3-1

髀 1545-1-5
1545-3-2
髀 969-4-2
1540-4-3
1541-3-1

7026
陪 230-8-2
陪 586-4-1
920-1-3
1289-3-1
脴 567-5-1
905-6-1
1278-6-4
隚 466-8-2
腤 596-1-4
920-2-5
膅 467-2-3
膪 1225-6-2
䯨 1568-2-3

7028
陔 233-1-1
胲 232-6-4
732-8-3
骸 216-7-2
232-6-5
隫 1505-8-2
膹 1245-1-1

7029
陳 474-7-1
膴 420-6-4
髍 420-6-2

7031
駫 870-3-5
駐 1024-7-1
1025-4-2
骯 478-4-1
騅 85-2-2

驪 1322-1-1
騹 777-6-2
驊 10-5-3
驙 302-4-1
302-8-5
345-5-2
1179-8-2
驩 1492-7-3
驘 428-3-3

7032
騁 490-5-4
驕 64-8-4
騯 471-3-4
487-6-1
488-6-3
867-2-4
驈 1523-8-2

7033
駭 339-5-3
1171-6-4
懸 1545-1-1
驤 451-5-4
458-2-1

7034
駁 267-1-6
駮 1355-5-3
1359-4-2
騂 505-3-4
510-8-2
512-3-1
䮔 975-8-1

7036
駱 1120-7-3
騰 466-6-1

7038
駭 724-4-1

驥 479-3-1

7039
驃 1583-6-2
驟 526-5-4
1259-3-3

7040
燮 1109-6-1
嬖 969-4-1
1037-1-2

7044
𢍉 1540-3-2

7050
擘 1520-1-2
1545-4-4

7054
辥 1541-1-5

7055
𨐨 1540-3-1

7060
礕 1545-2-1
譬 969-2-2

7061
雝 249-2-2

7071
巳 450-2-1
𠫓 1158-2-5
1161-3-7
雎 75-1-4
雌 86-8-2
雎 249-2-3
雎 906-4-1
雃 893-2-5

集韻校本

集韻檢字表　下

一八三八　一八三七

胏 613-8-5	1298-1-1	厬 1155-1-4	1603-8-4	� 605-2-3	釘 516-6-5
陌 297-4-5	1603-7-5	厦 898-8-4	厲 1551-7-4	屬 1403-4-5	厔 902-2-1
脣 241-4-1	釁 929-4-1	907-6-3	蠆 1060-2-4	虆 329-1-3	剾 1058-5-3
253-7-2	敽 1553-8-4	庋 898-8-5	1402-7-2	330-4-2	1059-1-2
1111-4-4	隔 1585-2-4	膪 145-2-1	屬 1552-2-8	骭 153-3-3	腩 856-8-4
厝 1028-3-2	膌 1609-1-2	腰 872-1-4	厴 1061-2-2	厲 1552-8-4	腩 866-3-6
1498-5-3	1609-5-4	厦 1224-2-4	1069-5-1	厲 1402-8-3	1403-5-1
唇 243-8-3	1628-7-3	骭 779-2-5	1092-3-4	隋 896-2-2	
脜 557-3-2	歷 1347-6-1	曆 1141-2-5	屪 1541-6-2	1220-8-2	
隔 1571-1-2	**7125**	1142-5-2	277-8-3	隔 1525-3-5	
脢 1572-2-1		1157-2-1	308-4-4	隔 1556-1-3	
厗 670-3-2	厈 641-6-4	骭 153-3-2	辰 68-7-1	臂 1078-8-5	**7123**
膌 253-4-6	厒 1312-5-2	豛 720-3-4	辰 242-8-3	1101-5-2	
曆 1551-2-4	1353-3-1	腰 941-8-5	厈 1622-2-4	1107-2-4	
臢 578-3-4	庫 1222-8-2	斂 556-4-2	辰 242-8-4	隋 1132-2-4	
592-6-2	1223-3-2	廐 586-6-4	辰 683-7-2	733-5-4	
605-5-2	戻 415-6-1	587-4-2	929-1-3	屬 1061-2-1	
厤 1551-7-6	儀 81-3-2	615-7-4	938-7-2	屬 1069-4-4	
厤 1553-2-4	83-8-2	919-1-4	1061-7-5	1101-8-2	
膌 929-2-1	130-3-1	925-8-3	**7124**	1468-8-3	
1603-7-1	舝 1113-3-5	925-8-5		陝 243-7-3	厲 1552-2-2
7127	摩 929-2-4	926-5-1	斤 766-2-4	253-2-1	厲 847-7-4
	1603-7-3	927-2-2	253-7-3	1222-2-5	
厎 1590-4-1	1613-7-5	腰 384-3-2	贋 987-6-6	1222-2-5	
1622-2-5	1617-3-4	膝 275-6-1	庭 1377-2-2	厲 1402-4-4	
厴 1590-4-2	1630-7-1	282-1-2	反 757-6-3	1403-2-2	
臚 1446-1-6	陣 180-5-4	殷 979-2-1	阡 1141-4-3	厲 853-3-1	侚 414-1-4
曆 1551-4-4		厎 853-3-1	豚 295-7-6	1227-6-5	
7128	**7126**	底 196-1-3	豚 764-4-7	1139-3-4	膈 1525-4-3
		氐 663-4-5	豚 1139-3-4	鷹 1156-7-3	
仄 1560-1-2	居 708-4-1	978-8-4	服 459-7-3	1235-3-3	
庆 1560-1-4	712-6-2	1038-2-4	1235-3-3	斷 486-1-2	
庆 562-7-2	后 1535-4-3	712-6-4	豚 1318-1-2	爾 719-3-2	
庆 1624-2-1	阽 601-7-4	肝 299-2-3	1366-1-1	隔 110-8-2	
1626-2-3	1300-8-2	肝 154-8-2	屬 738-5-1	屬 1551-3-2	
庆 1560-1-3	厖 1560-2-2	厚 1275-3-4	741-3-3	厲 1551-2-1	
灰 73-6-1	唇 1590-5-1	庠 197-8-1	1112-2-1	屬 1403-4-6	
陝 111-5-6	眉 663-3-3	肝 491-4-2	愿 278-2-1	1473-5-5	
527-7-3	陌 1507-2-1	502-6-6	1130-1-3	膈 110-7-2	
909-7-3	囷 1531-7-4	1545-1-2	厚 1108-2-4	170-6-1	
隋 507-6-2	脂 1028-8-2	屛 335-2-1	屬 278-1-1	413-2-4	
	1491-6-3	髖 872-1-3	厚 902-2-2	膝 774-7-1	
		膵 589-7-6	厚 252-2-6	1487-2-3	
		1293-1-1	厚 1487-2-3	1139-8-1	
		1293-4-1	摩 184-4-1	愿 602-3-3	
		腰 602-4-4	胂 994-7-4	1213-4-4	
				隋 1368-8-1	

隴 636-8-3	隨 757-1-3	1081-5-7	789-2-4	1520-6-2	雕 757-3-2
飀 1379-4-3	1132-2-3	肮 769-3-2	甌 1379-8-5	1520-6-4	甓 1520-2-3
歷 1552-2-11	陞 259-4-2	陋 1283-5-1	1564-8-3	1541-4-2	1545-2-3
瞿 1403-5-2	厲 1598-8-1	庬 47-3-1	**7118**	1544-4-3	雕 1278-1-4
軀 156-1-1	1599-5-4	厤 1012-7-4		**7091**	雕 85-3-1
167-7-5	雁 1156-8-1	肛 506-6-1	頭 139-1-2		軂 1544-5-2
臚 144-2-1	甌 476-1-3	胚 229-4-1	頭 785-5-3	雞 777-8-3	
朧 10-8-6	虓 276-3-2	瓶 953-3-2	788-4-5	**7072**	
629-2-1	脛 1229-3-1	陌 1282-1-2	頸 571-3-4		
歷 1197-2-1	腓 124-8-2	陘 523-4-2	**7110**	舫 449-5-1	
魘 1553-2-1	1002-5-6	1254-5-2		齲 198-8-3	
歷 1554-1-3	颪 18-3-4	厞 125-5-1	厂 615-7-2	墾 1004-3-3	
飀 1391-4-1	陲 682-8-5	1002-5-1	766-2-3	腦 65-5-3	
魘 929-2-3	厥 1065-6-3	厜 55-8-3	1141-8-1	1107-3-8	
1603-5-1	慌 308-3-3	59-7-3	**7121**	暨 985-3-1	
軆 1552-4-1	脛 337-2-4	84-2-2		1005-3-1	鬟 1540-4-4
軅 182-8-4	腥 346-7-1	87-6-2	厄 419-1-2	1005-7-2	鬟 1190-1-1
飀 1551-2-5	颷 441-4-1	厡 1527-1-4	1526-2-3	1085-7-6	**7074**
隨 521-7-1	甌 155-7-1	1556-6-4	尾 1509-6-5	1382-3-1	歟 267-3-3
7122	565-1-3	坌 588-4-2	釭 17-7-1	1396-2-2	1124-2-1
	陞 208-8-1	612-5-3	阬 224-3-3	鹽 985-5-1	
厊 515-8-2	209-4-6	1288-5-5	1400-1-4	998-7-1	**7076**
阞 823-4-1	厬 1058-7-4	甌 9-1-5	1416-8-1	1004-5-2	喑 663-4-4
厊 586-8-3	厤 1584-2-5	眶 464-7-2	毛 1005-2-2	1004-7-5	暗 985-1-3
588-4-3	飀 931-2-4	1239-5-1	阮 130-1-4	1005-5-3	鹽 466-6-5
肝 1256-3-2	腥 564-5-2	腥 1263-4-6	277-3-3	1005-7-6	**7077**
兩 875-1-1	1278-2-4	脛 738-3-5	752-5-1	壘 262-1-4	
阿 414-5-1	臚 436-1-5	脛 87-1-1	陌 1081-1-6	929-2-2	凸 1352-4-4
837-5-4	厤 1552-2-5	978-7-2	1526-2-5	1297-8-4	
陋 110-8-1	厤 1551-2-2	1377-5-3	1603-5-6	1603-5-6	**7081**
庸 161-3-1	1552-4-3	俳 230-8-3	阯 672-8-3	1613-7-6	雞 1351-8-6
177-1-2	陘 523-6-4	682-8-4	阯 508-2-2	1617-3-5	**7090**
陟 1563-1-4	臚 835-6-5	1002-5-3	斥 849-5-3	1630-4-5	鑿 1403-3-5
1572-8-2	飀 632-4-3	厤 422-1-2	850-2-1		鑿 1519-8-3
腩 110-6-5	飀 1397-3-3	甌 1608-8-3	応 1585-1-1	**7113**	1545-5-1
胇 476-7-4	1414-1-3	脛 116-5-1	1597-3-2	肛 18-2-1	鑿 969-3-1
486-1-1	歷 1554-1-5	脛 1282-5-4		45-2-1	鑿 969-3-4
872-5-5	臛 1600-2-4	脛 884-5-1		45-6-3	鑿 1519-8-2
1246-2-1	歷 1603-5-2	1246-3-2		阽 419-7-1	蠱 136-2-3
脣 253-4-3	臚 1259-7-4	1255-1-3		厓 81-3-4	688-7-5
扁 784-4-3	飀 1571-6-5	陘 1624-1-4		211-4-3	蠱 757-4-3

集韻校本

集韻檢字表 下

一八四〇　一八三九

	840-1-2	頤 1358-7-2
	840-2-2	頤 564-3-2
鬈	493-1-5	頤 1451-6-1
	500-6-4	1554-7-2
聲	235-3-1	**7179**
	533-1-2	馼 812-1-5
鬣	598-6-2	**7180**
	623-4-2	尰 643-1-2
	1296-8-3	**7174**
7211		**7190**
髭	44-1-5	櫱 1003-8-4
髭	58-8-4	櫱 266-2-3
髭	834-6-1	1583-4-5
	1212-3-2	1583-5-4
髭	862-8-4	**7210**
鬣	607-6-5	敔 904-2-4
7212		敔 1314-4-1
斯	1365-1-1	斛 514-5-4
髟	421-1-2	餌 674-2-4
	422-7-3	**7176**
	434-8-2	駘 1535-7-1
7213		騔 190-7-4
屹	623-8-4	**7177**
	1308-2-1	鄉 550-5-1
螠(螠)		**7178**
	93-3-3	劉 598-8-1
鬑	405-5-3	621-3-3
7218		940-7-3
髟	974-3-1	1296-7-1
7220		1306-3-1
厂	1063-2-2	疃 115-4-1
刖	1400-4-3	鬲 436-4-5
	1416-6-4	鬣 471-5-2
	1420-8-1	488-7-4
	1429-3-3	867-2-1
	1443-3-4	鬣 422-2-2
		647-1-3

	132-3-1	匜 384-2-5
醊	1188-7-7	至 355-8-5
厬	196-3-3	医 1618-5-2
甌	670-1-4	匽 756-7-4
匬	472-7-2	1132-5-2
醴	1041-8-2	匜 366-6-2
	863-6-2	匵 1565-8-3
	1236-3-1	匯 82-5-1
長	459-6-4	217-4-5
		726-5-1
攺	677-1-2	1100-1-4
	678-7-3	匦 609-2-6
歐	249-1-4	匱 987-3-1
敏	1111-2-3	匱 301-5-2
敀	155-8-2	匱 353-8-5
	904-2-3	689-6-2
	978-4-2	匷 1380-1-3
醻	1121-6-3	1564-7-3
	1420-1-2	1573-3-2
甌	564-4-1	匪 124-1-3
	904-5-3	268-6-6
廠	609-2-5	682-2-5
醨	702-6-3	匜 705-3-3
廛	770-8-4	匣 660-4-1
	799-7-2	匰 1413-8-2
廣	1319-2-1	甎 670-2-1
廛	1252-7-5	瓵 459-8-2
廛	328-4-4	1236-1-2
魧	278-2-3	1236-3-3
匵	1266-1-5	瓵 117-2-2
廛	1565-8-4	匱 155-6-3
匵	738-5-3	157-3-1
	1112-2-2	539-6-1
廱	757-3-4	564-3-5
	807-3-4	566-2-3
廬	949-1-1	575-3-1
廬	917-8-2	1275-8-6
匜	572-1-3	廬 99-2-1
	922-8-6	705-4-3
	738-2-5	匵 784-2-1
鑪	1553-1-4	匜 99-2-1
鑪	184-1-3	匜 1564-8-4

	1440-3-2	厓 331-4-2
頠	292-4-4	厭 1398-3-2
頤	248-6-1	厥 1402-1-5
	289-8-4	厔 675-8-2
	292-4-3	678-8-1
		顧 627-7-3
匚	450-1-3	顧 253-4-4
	720-1-2	1111-4-5
	1232-3-2	1565-8-2
	1354-6-1	厲 1553-2-3
匹	1373-8-1	厱 1143-5-2
巨	136-8-2	1156-7-4
	687-7-1	膪 1402-6-3
巨	842-4-4	厬 1603-6-3
	1266-1-4	厲 277-1-2
匜	72-8-1	**7131**
	425-7-4	馸 688-4-1
	652-2-1	馸 842-5-2
匡	464-2-6	駔 103-7-1
医	700-3-3	105-8-3
匵	229-2-3	978-4-6
臣	243-4-2	1046-5-3
匠	1233-3-2	駔 1034-6-2
臸	595-5-6	1348-2-5
匜	17-3-2	厭 1618-5-5
	355-2-1	1612-4-3
	355-8-1	1129-8-4
匈	1413-8-3	1147-5-1
匵	1352-6-4	920-5-1
匵	1283-4-2	顧 916-6-4
臣	116-3-6	駏 155-8-1
	240-4-5	539-8-2
匜	1629-4-2	1017-1-1
	1630-3-5	駏 133-5-4
匞	1518-2-2	駵 144-8-1
医	1046-4-4	駳 11-6-2
匤	799-7-3	12-3-2
匜	492-1-6	954-6-4
陞	1186-3-3	**7129**
	1564-8-4	陕 230-1-1

廮	1402-6-1	105-8-4
	1403-7-1	騄 1204-7-1
7142		1365-6-1
		騏 812-8-5
畀	498-6-1	騂 589-8-1
	1022-8-1	935-5-2
	1023-3-5	1301-4-2
		駿 124-1-2
7144		682-1-1
舁	1346-7-3	驪 1612-4-4
7148		**7135**
頝	1407-4-1	騧 1060-3-4
	1415-7-4	1110-2-1
7150		**7136**
頄	1386-1-1	駢 1507-6-1
	1594-6-5	駢 191-1-3
		駢 106-3-1
7152		670-6-6
甪	1583-6-5	671-5-6
7158		駱 1571-6-1
駱	458-3-2	**7137**
顡	607-6-3	駍 550-4-3
7160		**7139**
醫	984-8-1	驒 277-5-1
醨	1603-6-4	驃 1197-5-2
醨	1603-5-3	1197-6-3
醟	243-2-1	1198-6-1
	1076-8-2	**7140**
7164		髮 863-6-3
敜	742-2-2	嬰 414-5-2
餌	506-2-1	837-5-5
餌	267-4-3	233-7-3
7168		317-6-1
頤	1420-8-3	791-1-1
	1426-7-2	1171-6-5
	1429-2-3	

麻	1551-1-4	916-6-3
腰	1379-5-2	932-6-4
膘	378-2-2	937-5-2
	815-5-4	821-1-1
	821-5-1	1111-4-5
麇	1060-3-3	厥 1553-2-3
膐	1143-5-2	顧 842-2-1
	1402-5-2	130-3-4
	1403-2-4	765-4-4
麇	1554-1-4	1126-1-3
麇	929-3-4	膹 1402-6-3
髀	376-6-1	隦 1603-6-3
麐	277-1-2	顧 446-2-3
	1583-6-1	顧 1400-2-1
		頭 221-7-1
駈	688-4-1	290-5-1
駆	842-5-2	240-3-2
駈	103-7-1	798-5-1
	105-8-3	1139-8-2
	978-4-6	陔 510-8-6
駈	882-8-1	882-2-2
駉	1609-5-1	厥 1012-7-5
願	1612-4-3	厭 602-3-5
	1129-8-4	610-8-3
騂	124-1-1	920-5-1
	124-5-3	顧 929-4-3
駆	155-8-1	938-7-3
	539-8-2	1297-7-3
	1017-1-1	顧 1298-3-1
駲	133-5-4	1588-5-5
駷	144-8-1	厲 1156-8-2
	11-6-2	1603-5-4
	12-3-2	1630-5-1
7129		廮 1553-5-4
騮	65-1-4	廠 593-6-1
	93-5-1	598-8-2
	200-5-1	616-3-1
陕	230-1-1	胚 562-3-4
	230-7-1	618-1-1
胚	115-3-2	621-4-2
	237-5-1	621-5-2
原	277-1-3	937-2-4
	308-6-1	顧 624-4-7
原	1030-6-7	914-4-3

集韻檢字表 下　　集韻校本

一八四一　　一八四二

7221

厄 842-1-1	尼 695-1-3	阤 71-5-1	105-3-1	厄 50-7-1	79-4-1	肶 179-8-4	437-7-4	1028-4-3	腶 850-8-4	肶 104-8-5	209-6-2	陜 651-3-3	髡 290-5-3	1415-1-2	1416-7-3	716-1-7	腥 633-5-1	403-7-4	988-2-2	肝 913-3-5	228-1-5	屋 902-3-2	陛 715-8-5	颰 1471-8-1	髡 290-5-2	臁 223-1-1	232-6-3	胜 234-7-1	732-5-3	383-8-2	810-2-1	811-3-3	1188-1-1	1188-3-3	1194-4-4	1194-5-1	陣 55-3-3	陣 38-4-2	屁(屄)

7222

腪 220-4-4 ／ 颲 1275-1-2 ／ 胜 716-1-4

（右半部，自 1246-6-1 起各欄）

1246-6-1	肜 26-6-3	臑 1051-3-2	87-6-3	939-2-2	1443-7-4
1249-7-2	肜 26-6-4	1055-5-2	94-2-3	1295-3-3	刚 446-3-2
胼 1464-4-1	吊 642-6-2	1463-1-1	220-4-5	剮 778-1-4	刪 1128-3-2
鬐 395-6-3	所 276-3-3	1463-5-2	538-4-2	鬤 490-6-3	剛 1359-3-4
826-3-4	所 690-8-1	膤 533-4-1	960-1-2		刖 743-2-2
1203-1-4	胏 1173-7-2	顫 1467-6-2	963-8-3	**7221**	744-5-5
鬶 1039-3-4	脆 131-1-4	980-7-3	陛 129-8-6	厄 842-1-1	1121-1-1
鬌 1353-7-1	1126-4-3	1062-4-2	130-5-4	尼 695-1-3	刷 1444-4-3
鬤 1040-3-4	脆 1464-4-2	1379-4-2	233-5-2	阤 71-5-1	1466-6-1
1040-5-3	1465-2-5	1421-5-4	234-5-2	105-3-1	剛 475-3-2
1529-6-2	髮 364-5-2	懂 959-8-1	736-6-3	厄 50-7-1	剮 854-6-5
1533-6-4	236-8-3	顫 1542-7-3	1106-3-3	79-4-1	534-8-4
1549-2-5	534-6-2	鬜 55-7-6	1106-7-2	肶 179-8-4	364-5-3
臑 535-3-2	厥 365-5-4	56-3-4	1108-4-1	437-7-4	1060-1-2
364-6-4	373-8-3	222-4-8	1028-4-3	陜 1398-3-3	
366-4-3	534-8-3	109-4-1	651-3-3	腶 1474-6-4	
548-2-4	腨 797-3-1	飀 1468-3-4	髡 290-5-3	肶 1310-7-1	
1270-1-1	797-6-3	種 633-8-6	1415-1-2	209-6-2	1358-2-1
膚 318-3-3	酬 534-7-3	飀 1424-7-1	1416-7-3	716-1-7	剾 1051-5-5
鬡 63-6-2	鬏 1083-5-1	飀 574-6-2	腥 90-8-6	988-2-2	1064-7-2
76-7-6	1095-5-2	體 234-5-1	228-1-5	肝 913-3-5	1407-1-3
93-8-1	綦 1085-4-6	臘 1601-8-3	730-2-3	屋 902-3-2	剮 196-5-4
844-3-4	髳 861-8-6	1611-5-5	陛 715-8-5	650-4-1	
844-8-3	臍 1530-8-3	畺 227-8-3	颰 1471-8-1	廇 56-8-3	剮 193-6-1
845-6-5	1532-5-4	728-7-1	髡 290-5-2	199-5-1	剮 1060-1-1
1219-7-1	隔 81-8-2	甍 571-1-1	臁 223-1-1	650-6-2	1065-6-2
鬐 1444-4-2	82-3-2	657-6-3	232-6-3	胜 538-4-3	1402-4-3
鬒 342-2-1	657-6-3	顫 501-2-3	胜 234-7-1	胜 365-7-3	剮 778-8-4
792-6-1	968-3-1	飀 1205-3-2	732-5-3	383-8-2	794-1-5
1175-2-2	鬍 861-8-7	翟 480-4-2	飀 632-8-3	810-2-1	795-4-1
尉 1449-7-6	犖 13-1-1	550-3-5	飀 1397-8-1	811-3-3	1118-8-3
1549-1-5	404-3-3	900-6-3	陛 230-6-1	1188-1-1	1134-6-5
鬵 400-5-7	568-2-3	飀 1611-3-3	陛 1261-5-1	1188-3-3	1159-6-1
鬵 311-2-1	髯 110-4-2	1553-6-3	髻 1224-7-2	1194-4-4	剮 1062-3-4
1134-1-4	骹 732-1-1	蠹 144-1-7	鬒 1338-5-5	1194-5-1	剮 1552-2-1
脂 320-7-1	骼 812-5-4	182-8-2	倮 60-7-2	陣 55-3-3	髡 1226-5-2
344-8-5	815-3-3	**7222**	962-2-2	陣 38-4-2	髡 582-1-1
1418-8-1	818-4-1	腪 220-4-4	1083-3-3	屁(屄)	582-4-1
1434-5-2	睸 647-3-2	斤 275-2-2	颲 1275-1-2	827-3-2	592-1-1
脂 322-6-1	797-5-3	275-5-1	1126-2-2	胜 55-5-8	599-2-4
膌 60-2-3	肜 488-8-1	肛 716-1-4	骴 61-8-5	619-4-4	

（左半部，自 驪 1602-4-4 起各欄）

驪 1602-4-4	隙 1386-6-6	1437-1-2	髮 970-3-2	1133-4-4	60-5-2
1611-4-1	陳 1589-3-1	衙 563-3-1	脡 516-7-1	斥 1491-5-4	653-3-6
	1621-3-3	1277-6-1	懷 729-4-5	1510-2-5	驚 709-6-1
7232	髟 539-1-5	循 1428-1-1	靆 568-2-2	1534-3-2	鬐 330-5-2
斯 1126-4-1	縣 761-5-4	膌 284-7-4	鬈 402-3-2	阡 326-5-4	髻 718-6-4
驨 313-5-4	縣 759-7-1	310-2-3	纛 1429-5-1	1166-2-2	斯 1350-2-1
驫 156-7-3	孏 1599-6-4	420-1-5	鬏 1201-3-1	阺 645-2-4	
385-8-5	腦 359-1-6	臄 506-6-3	**7225**	阪 757-7-3	**7223**
386-5-3	**7230**	**7227**	靜 877-5-3	777-1-1	爪 826-6-2
386-6-5	馴 253-4-2	胐 681-8-3	隣 250-6-3	阺 92-8-1	1204-1-3
387-8-5	253-6-3	729-7-4	臇 125-8-3	瓜 717-1-4	瓜 445-7-2
819-8-2	255-8-5	734-1-3	130-7-4	辰 1039-2-3	辰 188-4-2
1196-6-1	260-4-3	1096-3-1	732-8-4	版 1148-7-2	187-5-4
驤 207-2-1	1128-4-3	1383-1-3	虀 714-6-1	叒 491-1-2	446-3-3
7233	鬇(鬏) 1462-6-1	1407-6-1	虃 1034-8-3	胍 87-1-2	1031-2-1
瓹 446-1-4	髮 521-4-2	1410-4-3	1462-5-5	91-8-4	瓠 705-5-4
戀 238-5-2	鬒 12-3-4	1414-7-2	**7226**	瓠 705-5-4	胍 1038-7-3
995-7-3	**7231**	1440-3-4	后 902-4-1	脈 1519-5-2	脈 1519-5-2
孌 15-7-3	魟 1491-3-3	眉 241-8-2	1275-3-3	胝 1428-2-2	酤 1428-4-2
30-4-3	1492-7-4	腦 835-6-3	脡 887-4-2	陉 89-2-4	胝 913-3-7
630-7-3	1506-7-2	腫 1627-5-2	888-4-3	脒 913-3-7	陸 109-3-5
孌 551-2-3	1510-1-4	**7228**	盾 739-6-6	陸 109-3-5	665-8-3
懸 339-3-1	耗 404-4-5	膜 101-5-2	745-3-4	888-4-3	隱 749-4-1
鑾 957-1-4	1611-5-4	102-4-1	764-2-1	脡 343-1-1	1122-3-3
7234	髇 365-5-3	膜 210-8-3	膪 613-8-6	345-7-1	1126-7-3
馸 831-3-2	410-7-4	陝 1313-4-4	脂 84-5-1	肘 804-3-4	臑 273-3-2
駭 1588-7-2	817-8-1	隣 1313-5-1	663-4-2	1434-1-1	1128-3-1
騞 1072-2-4	834-4-3	臁 1368-5-4	階 215-6-1	1470-1-3	鑿 610-1-2
1219-8-6	1212-3-3	礎 34-8-1	隨 739-7-4	胖 393-6-3	614-1-1
1433-8-6	臁 51-7-4	630-7-4	腦 995-3-1	脥 729-5-3	蠹 13-1-3
騂 1143-5-3	60-3-2	㒰 1360-6-2	脂 216-1-3	731-3-3	鬣 39-3-2
1157-1-5	91-1-3	隘 1334-2-2	724-6-4	陵 16-8-1	49-7-3
驕 291-3-2	647-3-4	聱 1114-3-2	腈 298-7-3	腰 731-4-4	948-1-1
駿 15-7-1	骿 124-5-4	**7229**	腈 764-4-6	腋 1486-8-1	957-2-3
驋 1494-7-3	髀 985-2-2	脉 528-4-4	1139-4-4	胲 16-3-3	臘 429-7-2
驀 1138-3-3	顟 1546-5-2	腺 421-5-1	1410-6-3	1139-4-4	**7224**
駸 1429-7-1	鐙 533-4-5	734-7-1	1411-3-3	陣 730-6-3	反 283-3-3
1430-5-3	1262-2-1	1105-6-3	胏 835-6-2	舐 717-1-5	757-6-2
			骼 1426-5-4	1038-1-4	700-6-3
			1428-1-2		777-2-2
					1019-8-1
					1133-3-5

集韻校本

集韻檢字表　下

一八四四　一八四三

左半（頁一八四四）

第一欄

字	編碼
	1470-5-4
	1494-8-3
	1495-2-2
脺	674-4-2
	973-7-4
	1114-8-5
膩	980-8-6
髖	709-1-1
膗	560-3-3
髆	1494-1-2
	1496-1-2
7325	
陝	507-3-2
戉	10-3-3
臧	1253-3-4
脺	568-6-4
臧	1569-3-1
陵	793-2-3
威	635-1-2
臧	129-5-3
朘	301-1-1
	778-6-3
	1151-4-2
臧	1348-6-2
威	1475-7-4
臟	1328-3-1
臟	1558-3-1
臟	1583-2-7
髖	619-1-2
膿	78-3-5
臟	603-5-1
	603-8-1
	929-8-4
	934-5-4
	939-3-3
7326	
胎	235-3-3
膌	539-1-3
	541-3-2

第二欄

字	編碼
	700-2-2
	1027-3-3
	747-1-5
	784-8-3
	700-6-1
	1496-1-1
臑	784-7-1
7323	
腹	866-3-4
腴	446-7-5
脋	860-6-5
䐁	461-3-2
	468-7-3
	1328-3-2
7324	
胈	947-2-4
肢	1072-8-1
	1394-3-2
	1431-2-6
陵	1116-7-1
賦	702-5-1
	1019-8-2
胺	1420-1-4
賦	1573-1-4
朘	60-1-4
	228-5-2
	353-1-3
	354-3-3
	423-3-3
	665-1-4
陵	907-6-4
猷	1565-6-7
骸	1109-4-1
	1431-3-1
歲	1073-2-1
	1109-4-4
	1406-5-1
膊	161-5-2
	230-1-2

第三欄

字	編碼
	948-7-3
7298	
腕	1147-1-2
骶	429-6-4
颲	1386-7-2
颰	1394-1-4
7299	
	1406-1-1
	1431-7-1
颲	1401-6-2
颸	73-8-4
颲	1372-7-3
	1458-3-1
	1459-6-4
	1571-6-4
	1572-2-5
	1384-7-1
	1144-3-3
	542-3-6
	460-6-3
腔	19-7-1
	45-1-1
膖	290-5-4
	306-8-5
	1528-4-2
	1570-7-1
	1042-6-1
	31-2-1
	558-5-5
	1326-7-4
	1355-7-2
	290-5-5
	306-8-4
7322	
隋	790-8-3
陠	176-5-2
	177-3-3
	1026-4-1
	1027-5-2
腩	177-8-4

第四欄

字	編碼
	945-5-4
7310	
墜	1116-6-5
7320	
胇	1376-3-7
	1458-8-1
	1459-2-1
骹	1438-7-2
7321	
阬	731-5-3
	745-2-2
	794-4-1
	805-7-4
陀	425-4-3
	838-7-3
阮	1081-1-5
	1526-2-4
肮	538-4-4
院	304-7-3
	752-8-1
	1183-5-3
陰	194-4-6
脆	47-6-4
	630-3-2
	640-4-1
	642-1-1
7293	
脘	305-7-1
	769-3-1
	776-4-2
	1144-3-3
腔	45-2-3

第五欄

字	編碼
	1421-8-2
鬖	1150-6-2
7290	
禾(禾)	
	201-2-4
桼	539-1-6
	974-4-1
桼	106-3-5
	229-6-1
	701-4-2
	718-6-5
	844-3-5
	831-3-3
鬘	7-6-4
	946-4-1
	734-6-1
	1105-5-4
	30-8-2
	48-7-1
鬖	1001-1-2
	1314-1-5
桼	557-2-3
	1516-1-1
墜	749-8-5
	1126-8-1
	974-3-2
	378-2-5
	820-8-1
	821-4-7
	1197-4-3
鬢	1460-8-4
鬖	539-1-4
鬖	1150-4-3
鬕	1315-2-3
鬖	14-6-2
	30-4-1
	34-4-3
	34-8-2

第六欄

字	編碼
7277	
岳	1358-6-2
昏	1427-5-2
	1443-2-5
昏	612-5-1
	1291-4-3
	974-4-1
桼	106-3-5
	229-6-1
	701-4-2
鬕	919-6-6
鬠	48-8-4
桼	718-6-5
	844-3-5
7278	
馭	830-2-3
	7-6-4
	1207-6-4
歔	203-1-1
驟	734-6-1
	1314-2-1
7280	
兵	490-8-4
質	971-3-4
	978-2-1
	1368-4-1
髦	41-4-3
髮	1616-2-3
劅	978-2-2
	1368-6-1
髮	1434-5-3
	1435-6-7
	1442-7-1
髻	165-2-5
鬘	1221-1-2
	1497-7-1
髻	737-4-1
	1111-7-3
鬟	1314-1-4
鬟	986-6-1
	1007-6-3
髮	990-8-1
	1003-5-2
髮	770-5-4

右半（頁一八四三）

第一欄

字	編碼
駢	820-1-4
鷿	1441-6-3
鸘	1610-7-2
7273	
鬖	14-6-1
	30-4-2
	34-4-4
	34-8-3
聚	1365-2-2
聚(爽)	
	1317-8-5
鬤	317-4-1
鬚	457-5-2
	490-6-4
	861-3-3
鬣(驤)	
	1241-3-2
7274	
氏	50-8-4
	504-5-4
	643-4-2
	645-2-3
氏	92-1-3
	195-2-1
	663-6-1
	716-4-1
	971-8-4
	1038-7-2
孵	160-4-1
孵	1143-8-4
舜	186-1-2
酐	517-5-2
䟈	1257-1-1
騛	1109-4-3
	1431-5-4
7276	
鸙	285-1-4

第二欄

字	編碼
剮	297-2-5
剮	564-6-2
	565-4-3
7271	
髟	978-1-4
	1040-6-1
	1529-6-3
跳	834-5-1
	835-7-1
髦	1213-5-1
	395-2-5
	404-3-1
	568-2-4
髢	431-1-2
	1221-7-3
睡	647-4-1
	959-4-1
髫	1040-3-5
髱	1202-4-4
鬈	464-5-3
	361-5-1
	362-8-4
	755-3-3
	90-6-4
	429-3-1
鬑	1603-3-2
	57-1-1
	193-5-3
	198-8-2
嚴	1610-7-1
7272	
髟	377-1-2
	574-8-2
	576-5-3
	622-1-4
	1197-4-4
斷	565-1-1
	565-5-1
喘	959-4-2

第三欄

字	編碼
	554-8-5
髻	699-5-6
鬮	290-7-4
鬠	1597-1-1
	160-6-3
	612-5-1
	1291-4-3
鬵	974-4-1
鵖	1626-8-4
鬕	836-3-7
鬠	919-6-6
髻	48-8-4
鬃	718-6-5
	844-3-5
	831-3-3
鬘	7-6-4
	946-4-1
鬚	734-6-1
	1105-5-4
	30-8-2
	48-7-1
鬟	1001-1-2
	1314-1-5
	557-2-3
鬟	1516-1-1
墜	749-8-5
	1126-8-1
	974-3-2
	378-2-5
	820-8-1
	821-4-7
	1197-4-3
鬢	1460-8-4
鬖	539-1-4
鬖	1150-4-3
鬕	1315-2-3

第四欄

字	編碼
刪	300-5-3
	315-7-1
舉	493-1-4
	500-6-3
	501-2-4
7251	
挑	607-6-4
7252	
	739-4-1
鬚	256-7-1
	1113-6-3
髻	1267-3-3
鬙	101-1-1
髻	1441-6-2
	1442-4-1
鬐	39-5-1
鬖	535-8-2
	1267-3-4
	1323-8-2
醫	1394-4-6
	1077-2-1
	1077-8-5
	1426-3-1
	1427-5-4
7264	
鬘	548-2-3
7265	
昏	87-3-1
	289-6-1
昏	290-3-3
昏	608-5-1
	613-4-4
鬐	366-4-1
鬙	235-6-5
	1045-8-2
	1381-4-2
	1381-7-3
	1451-8-4
	1453-6-4
齷	1352-6-6
醫	1426-7-1
	1427-1-2
7250	
牟	1403-1-1

第五欄

字	編碼
鬠	603-2-2
	615-4-4
鬖	841-7-3
舉	1083-4-3
	1098-4-4
	1099-1-3
	1410-1-2
	1410-3-3
聲	33-8-4
鬖	15-7-2
鬖	569-4-3
	311-1-5
	319-3-3
7238	
駄	812-8-6
駱	102-2-1
	167-1-3
	1457-2-2
驊	51-7-5
	647-3-5
驟	201-2-3
	202-7-6
驦	1369-1-6
驤	78-1-1
7239	
驌	526-5-3
鬖	529-1-4
	319-1-1
驦	770-1-1
驟	1148-7-3
鬖	17-1-2
鬖	1432-5-2
7240	
劅	1306-6-2
髮	1108-8-2
	1405-7-5
聲	33-8-5
	995-1-2
羋	106-4-1
氂	1040-3-6

第六欄

字	編碼
7235	
驒	200-5-3
7236	
騙	1596-6-4
騸	216-8-4
騨	836-3-5
7237	
馳	1410-5-4
騶	1607-7-4
	319-1-5
	1628-2-4
騾	409-3-5
髦	1338-5-6
蚝	140-1-2
	166-8-2
髦	922-8-1
	923-4-4
	47-6-1
髦	1307-2-1
7242	
彤	28-7-4
7244	
舜	1420-7-6
鬖	309-6-1
	319-1-1
	770-1-1
	1148-7-3
鬖	17-1-2
鬖	1432-5-2
7245	
髦	23-2-5
鬖	1518-4-4

集韻校本　集韻檢字表　下

左半

7429
脄 539-1-1
陳 238-3-2
膜 231-3-2
朕 1609-1-1
　 1610-2-2
膝 1370-6-4
膝 367-6-1
　 369-5-4
　 412-4-3
　 1194-6-2
縢 178-5-3

7430
騆 1020-5-5
騆 1020-6-1

7431
馳 62-7-1
　 425-8-4
馱 922-7-5
　 1292-5-5
駝 266-2-2
騱 1334-7-2
驍 478-4-2
騅 1355-5-1
　 1359-2-1
　 1500-6-1
　 1505-2-5
　 1506-8-3
驍 369-8-3
驒 306-4-1

7432
驕 1004-4-1
騎 79-7-1
　 967-3-4
騳 1419-3-6
鸞 75-7-3

胭 1294-1-3
階 1595-2-4
膳 142-7-1
腊 1529-4-4
骺 188-8-3
膡 972-3-3
隓 970-6-4
膪 406-5-2
　 407-1-1
膳 437-4-5

7427
隓 61-6-3

7428
陕 17-6-3
陡 908-3-4
陝 930-8-3
　 1624-1-3
　 1626-1-2
拱 631-5-3
朕 231-4-1
　 1097-5-1
　 1104-5-4
脥 928-8-4
　 1618-1-7
　 1618-6-3
　 1621-5-4
膜 176-1-1
　 1497-4-5
膜 242-7-3
隕 270-3-5
骹 231-4-2
膡 481-2-1
　 487-3-4
隥 691-6-6
膪 125-5-5
　 682-7-4
　 748-6-2
隨 1319-4-3
膽 1318-8-5

　 628-4-5
破 1524-2-4
破 1510-4-1
陵 530-1-3
脖 1408-7-1
骹 80-2-2
骹 390-5-4
腨 1600-5-3
骹 662-5-2
　 662-7-5
　 970-5-1

7427
隓 833-5-6
靜 391-7-3
膟 187-5-5
骹 534-4-2
膡 547-4-1
髖 867-8-3
膊 1495-2-3
髖 868-5-1
　 1242-4-1

7425
膊 1525-4-4
膞 1448-4-6
膊 1006-8-3
臟 1242-4-3
髓 1426-2-4
　 1438-7-3

7426
肸 188-8-1
陷 1342-6-4
　 1343-1-1
陷 527-1-2
陼 182-1-2
　 692-4-1
肢 50-3-3
敁 627-7-2

骑 655-3-1
膌 649-5-6
膔 1187-2-2

7423
陆 134-3-2
肱 537-5-3
胞 915-4-5
　 1287-5-4
肱 134-3-3
　 687-1-6
　 1010-2-3
勖 1414-4-5
　 1621-5-2
　 1622-2-1
胝 993-2-5
隆 653-3-4
隨 899-5-3
　 900-1-5
隊 14-3-6
飐 1449-4-5
膻 649-5-8
朦 13-3-1
　 13-3-3
　 630-1-1
　 642-1-2
鹼 667-8-3
　 845-6-4
髓 649-5-5
　 962-6-1
髓 962-5-5
隆 667-8-4

7424
胑 693-1-2
陂 67-4-2
　 68-6-5
骑 854-2-1
　 419-3-3
　 419-7-2
膊 1038-1-3
勵 1061-5-3
膡 1419-7-1
肢 1601-8-4
隋 649-5-7

　 1032-3-4
　 1230-5-5
胸 1330-8-4
胁 487-7-4
　 538-2-2
勖 1398-6-3
陭 80-6-1
　 129-1-1
　 655-5-4
　 967-5-1
　 967-6-4
勛 1414-4-5
　 1437-3-4
肋 1621-5-3
腈 92-4-4
隆 746-8-1
隆 750-2-1
　 1125-7-3
隋 61-4-1
　 76-6-3
　 89-2-1
　 427-7-3
　 844-7-3
　 845-3-5

7422
防 1574-2-3
刼 275-1-1
　 750-2-3
胸 967-2-1
腩 1201-7-4
脯 590-3-2
腈 925-1-1
腩 845-1-2
膝 437-4-6
　 437-5-3
　 1225-5-1
肭 1334-8-3
膦 1412-2-5
　 1230-5-4
胯 155-3-3
　 192-1-1
445-5-2
　 723-7-3

飐 1498-3-4
　 1516-2-4
疆 75-7-2
　 206-7-2
飀 486-7-4
隆 53-5-1
　 75-7-1
饒 371-2-1
　 371-5-3
　 391-6-5
髖 649-5-4
　 1437-3-4
權 363-2-4
膧 306-7-2
　 362-1-3
飐 367-7-2
飀 409-7-3
　 548-3-1
飐 499-1-2
　 537-4-3
飀 363-6-1
髖 362-1-2

7422
　 962-6-4
　 966-4-3
胸 750-2-3
脯 1123-1-4
　 1126-3-2
　 1574-3-3
肋 275-6-2
　 1573-8-1
勵 903-4-3

一八四六　一八四五

右半

陸 76-2-4
　 845-4-3
陸 1046-8-2
膪 1024-4-4
膛 925-1-3
膪 871-1-4
曉 817-2-2
雁 1311-2-2
　 1342-2-1
　 1501-2-3
　 1505-2-1
颮 893-7-5
　 910-4-2
雎 206-5-1
雁 206-4-4
　 721-8-5
　 1079-7-2
雁(鼬) 721-5-1
颮 1381-2-5
颲 18-7-3
颲 1421-5-5
颮 1616-2-1
　 1618-1-3
隆 76-2-5
曉 370-7-1
　 575-1-1
　 813-7-4
膪 1047-3-2
臞 627-5-5
颮 1514-5-4
颮 1408-2-2
颮 1626-8-1
颮 534-3-3
颮 494-5-2
　 876-2-6
隋 447-5-2
颮 1603-4-5
颲 1042-5-5
雎 1359-7-1
膽 481-2-2

　 905-5-4
　 1020-1-4
　 1268-2-3
附 161-8-4
　 164-1-3
　 1020-4-2
胕 1020-8-5
尉 1007-8-2
　 1399-5-1
斠 365-1-1
　 373-8-1
尉 1007-8-1
　 1399-5-2

7421
阤 643-7-1
　 651-1-2
　 652-6-2
　 838-7-2
肮 541-4-1
肚 708-3-1
　 708-8-4

7412
胏 1144-2-5
胞 644-1-2
　 650-5-2
　 652-3-5

7413
肮 923-1-2
　 1292-6-4
肚 674-4-3
陛 527-1-3
胜 202-6-1
　 205-5-4
陂 178-8-3
　 689-5-5
　 707-4-3

7420
升 1581-8-1
阴 527-1-4
斗 908-3-3
　 1604-7-1
　 1623-1-1

　 1496-8-2

7375
驤 1050-5-3
鹹 1447-3-3
鹻 620-2-1
　 622-5-5

7378
驅 1266-5-2
歐 1411-6-3

7410
監 923-1-3
墮 76-2-6
　 845-2-2
　 962-6-5
　 966-4-4
鑒 66-7-3
　 68-1-3
監 188-1-1

7414
蠱 1008-3-4
蠱 1008-3-3

7420
腍 1563-2-3
腕 610-6-2
　 616-4-3

驥 1583-6-3
驧 1447-8-4
　 1449-2-4

7336

7332
駈 338-8-4
　 791-3-1
　 1172-1-5
　 1172-6-5
　 1174-6-1
駔 176-6-4
鷺 1519-7-3
駿 592-3-3
　 1292-4-3

7333
駸 461-1-1
　 469-5-4
驟 245-6-4

7370
卧 1217-1-4
　 1012-5-3

7371
跎 424-4-6
　 425-1-3
跋 634-7-6

7373
　 689-5-5
　 707-4-3

7374
　 1495-5-1
駴 1109-4-2
　 1431-5-3
駉 1569-7-5
　 1570-6-2
駓 617-3-1
轉 1494-7-2

805-8-5
陀 424-5-3
駝 1491-3-4
駋 47-3-2
駈 81-1-2
7332
駈 235-7-3
　 236-2-2
　 723-5-1
　 735-5-6

7328
肰 345-2-3
陡 195-3-3
　 197-7-3
隁 263-3-1
　 360-8-2
　 745-6-3
　 1128-2-3
腺 1042-4-4
腙 1410-6-4
膟 762-8-5
臕 260-2-1
膝 377-2-1
　 378-2-1
膪 247-1-5
　 741-2-5
　 747-1-4
膟 505-8-3
髓 741-2-4

7329
脉 1519-5-3
脉 539-1-2
　 541-3-1

7330
駈 989-6-2
　 1374-7-2
　 1376-3-1

7331
駃 538-7-3
駄 256-1-1
　 745-3-1

腤 27-3-2
髂 1227-6-4
髒 1074-7-3
駞 424-5-3
駝 1491-3-4
駋 47-3-2

7327
輕 45-4-2

7328
脂 769-3-2

7334
駿 1432-2-1
駿 1117-2-2
　 1118-1-2
　 907-5-4

7335
驛 735-2-2
7335
駋 24-5-2
駉 724-4-4
　 733-7-1
　 1086-4-7
駃 416-1-4
　 837-8-4
駲 1569-7-5
　 1570-6-2
駖 617-3-1
駖 1449-2-5

集韻檢字表 下

集韻校本

一八四七　一八四八

	151-6-2	颮 1383-3-5	腒 746-3-4	1370-8-3	350-5-2
	224-2-3	䶅 761-5-2	腷 1135-1-1	1549-1-4	驦 144-8-2
	565-2-3	腌 104-8-4	膃 1527-7-2		573-6-1
	904-6-3	209-6-1	1528-2-4	**7571**	
胸 306-5-1	腕 583-5-3	1578-1-2	髄 492-5-2	**7536**	獄 1448-4-4
1058-2-1	1287-4-1	臅 1528-2-5	1248-6-2	馳 1272-6-1	隁 225-8-1
腗 1006-4-4	厴 400-2-4		1252-1-2	騒 1045-1-3	膿 1522-6-1
腭 818-4-2	覝 723-8-3	**7621**	**7572**	1049-4-1	膿 222-8-4
腸 1510-5-2	724-8-4	胆 302-8-1		1514-3-3	1093-6-3
1524-1-2	覾 1047-8-5	772-6-2	帥 1109-2-1	1519-6-4	1100-3-3
1528-8-2	腥 427-2-3	1422-8-2	1109-5-1	1542-3-1	髄 986-7-1
1529-2-6	飀 209-8-4	1406-4-2	陻 1474-3-1	1549-2-7	1101-7-3
1529-6-4	膃 830-2-4	鷌 504-4-3		驕 739-5-1	
1543-2-2	愧 1101-6-5		**7576**	**7537**	**7529**
1548-8-1	飀 448-4-1	院 789-1-3	陻 1588-4-3	鷌 32-7-2	陳 169-6-4
腐 1347-3-3	1231-8-1	陻 678-3-3	胆 429-6-2		肤 1426-1-3
膖 1346-6-3	飀 1006-7-1		**7578**	**7538**	腴 1532-5-5
1347-2-2	1383-3-6	覟 1526-3-3	腥 508-6-1	駛 1377-1-3	陳 250-2-4
1349-1-2	1397-1-1	腥 1450-6-3	1448-4-1	1119-4-2
觸 21-1-2	飀 109-4-3	脱 1287-4-2	駪 1449-3-4	1456-7-1
151-6-1	111-7-3	胆 1623-1-2	駛 857-6-5	腺 1349-3-2
224-2-4	覝 323-1-2	隍 480-5-3	礩 1522-7-4	870-3-1	膝 1028-2-1
904-6-2	覝 321-7-6		**7579**	駛 1380-6-3	膿 1213-6-2
髃 1106-4-4	779-6-3	1249-6-1		1449-2-2	**7530**
1404-5-2	801-3-2	陵 83-1-4	昧 1426-3-1	駛 98-3-2	駛 674-8-1
1417-5-1	1160-7-1	224-3-2	肆 973-5-1	駗 175-5-2	駛 995-5-3
膊 986-3-1	1171-1-1	727-5-4		駛 458-3-3	駟 1385-8-1
989-2-1	籠 716-1-5	腿 286-5-5	**7580**	859-3-1	1390-1-3
991-1-2	飀 1372-7-2	288-2-7	贇 335-7-1	**7539**	**7532**
991-5-4	覝 1062-1-4	759-8-5	**7611**	駄 1426-2-5	駘 1072-5-3
髑 1319-1-2	膃 1017-8-5	陘 105-3-2	覝 (覝)	駛 630-4-2	駘 880-4-1
7623	飀 405-4-2	208-8-3	138-4-4	635-5-3	駘 1327-3-1
	飀 447-4-3	覝 1519-6-1		907-5-3	1331-7-1
限 222-1-1	**7622**	1545-6-1	**7620**	駛 7-6-3	**7533**
1101-8-1	陽 447-5-1	膃 1416-1-1	陽 333-1-2	驤 1491-3-5	熙 763-8-2
隐 1562-1-1	隅 151-5-2	1437-7-4	胎 1494-1-3	1492-7-5	駄 1027-4-4
腜 727-2-2	隂 1085-4-4	腥 513-2-4	1255-7-1	1508-5-1	**7534**
膝 487-3-3	腸 1503-3-3	腲 223-7-4	1496-1-3	肆 973-5-2	
飀 866-1-2	腸 459-7-2	725-6-1	1508-5-1	982-2-1	翟 282-2-2
膿 1561-7-3	膃 21-1-1	胭 337-2-2	1508-8-2		
隰 1580-3-1			731-7-3		

704-7-4	體 680-8-4	1119-3-3	**7472**	驪 480-8-2
909-3-2	717-2-2	**7518**		驪 291-3-1
膡 567-3-3	飀 1326-7-3		勖 464-5-1	驪 1319-6-4
640-8-3	1331-5-4	眏 1455-8-2	勖 813-1-1	驟 285-6-1
膊 253-2-6	**7522**	**7520**	勖 564-8-2	**7439**
356-7-5				
357-3-5	肺 1072-4-4	陰 879-2-3	**7473**	駃 237-7-1
357-5-1	1109-1-1	陰 250-2-5	裂 1008-2-1	1104-1-5
797-3-2	肺 674-4-1	胏 36-6-1	1101-8-4	驤 1603-4-6
797-7-2	肺 1109-1-2	46-6-4	**7474**	1628-3-1
膔 172-4-2	1376-3-6	956-6-2		**7440**
550-3-6	睛 504-7-3	胂 97-6-4	陂 249-1-3	婆 931-1-1
573-1-2	鵃 513-6-2	242-4-1	741-5-2	墮 1219-4-4
膢 797-8-1	膛 558-4-1	250-2-3	鼓 74-8-5	**7444**
臚 647-3-3	1187-2-3	陣 1119-4-3	鑄 109-7-5	
797-5-4	**7523**	**7521**	鑄 833-8-3	鰧 1031-6-2
1020-4-3	陶 17-6-4			1488-1-3
懷 572-6-2	949-3-2	肬 252-2-4	**7476**	1489-3-5
7526	艇 629-7-2	253-2-5	鮎 187-7-3	1506-5-2
膳 739-4-3	飀 295-6-5	295-6-1	**7477**	**7448**
747-3-4	飀 1449-4-2	728-8-6	墮 844-8-2	横 313-7-3
膳 911-6-2	飀 1449-4-3	739-1-1	845-7-3	**7450**
1285-8-2	膃 797-7-3	1113-3-2	墮 844-8-1	犖 1008-3-1
7528	1179-1-3	1465-7-3	845-7-1	擘 1008-2-1
陝 1455-5-4	膃 1048-8-4	胜 492-7-2	**7478**	**7460**
1457-3-5	膃 30-2-5	513-2-5	鑄 269-6-1	罌 76-4-2
1571-1-1	膃 983-3-3	1252-2-3	748-8-3	975-6-3
肤 161-7-7	**7524**	1255-7-2	**7479**	**7471**
肷 1050-3-2	陟 1300-4-4	歂 657-1-2	璙 368-2-2	
1456-3-3	陵 194-4-7	968-5-4	811-2-2	
陜 97-4-6	腱 350-2-4	颭 296-4-1	**7480**	馳 838-1-2
肷 46-4-3	腱 275-5-5	飀 1455-6-5	熨 1399-5-5	848-1-3
463-6-1	282-1-1	1471-8-2		818-3-5
474-2-2	282-5-2	颭 1394-1-3	**7513**	**7438**
857-2-3	756-1-2	鍵 (颶)		
870-2-4	756-2-5	93-3-4	鼈 429-3-3	馱 1068-5-2
肷 1448-4-3	1132-1-3	飀 569-8-1	432-4-1	1215-4-3
胅 97-7-1	膊 797-8-3	飀 633-3-5	墼 250-6-1	838-2-2
陝 785-8-2	陵 572-4-3	飀 1613-2-1	742-8-2	122-5-1
		飀 314-2-3	747-6-2	馱 331-2-2

7433

慰 1008-1-1
隱 1219-4-6
驤 458-5-2
472-6-1
驤 13-7-4
949-8-4
馱 337-2-5
1170-8-2

7434

駁 51-1-3
75-1-2
958-6-3
965-4-3
駁 842-3-4
842-5-1
駢 1361-2-2
1408-7-5
駿 530-4-3
1262-3-4
驟 832-3-1
驤 1519-4-1
驫 833-7-1
1211-5-1

7435

驊 444-5-2

7436

駘 1381-3-3
駘 848-8-3
1628-5-2
駘 1567-8-2

集韻校本　集韻檢字表　下

一八四九

		7672	130-1-3	陞 54-6-4	1620-1-4
337-3-4	1218-5-1		226-3-6	195-3-2	膘 1586-8-1
盥 186-4-1	屋 199-6-2	朗 892-7-1	987-2-3	197-7-2	髏 1292-1-5
盤 120-3-4	盅 953-3-1	暘 865-1-2	驪 159-1-4	210-6-5	1586-8-2
闥 1598-3-1	盤 13-4-5	顯 1058-2-2	**7632**	腿 195-6-2	**7624**
闥 232-3-2	聖 91-4-6	1076-2-6	駇 448-7-3	**7629**	
732-5-1	1371-4-3	**7674**	駵 43-1-5		陣 69-8-1
1106-7-1	1562-3-4	晛 1073-8-1	駬 1419-3-5	腠 853-8-3	70-6-4
闥 1081-5-1	1562-8-1	晠 757-3-3	駬 1601-2-5	1216-4-2	213-6-1
闥 1167-8-2	坚 816-6-4	**7676**	駬 1319-6-3	隊 1580-3-3	1140-8-3
闥 455-6-2	堅 333-7-3	闥 66-2-1	1354-4-2	隙 1454-6-4	服 1094-2-2
466-1-4	塑 908-8-5	**7678**	**7633**	**7630**	脾 70-8-3
468-2-1	閏 1113-8-2	覷 190-7-6	駬 112-2-1	駔 1369-8-3	220-3-3
盥(盥)	閏 887-6-5	疑 1349-3-3	**7634**	973-7-1	666-8-2
30-2-4	閏 901-6-1	覷 1554-7-1	駉 1140-3-2	**7631**	660-1-5
盛 200-3-6	堅 1141-5-4	1556-8-1	駿 1156-4-2		716-1-6
盬 1454-2-1	閏 771-7-4	**7680**	驛 1538-3-3	驪 288-3-5	腈 1579-3-3
盥 1527-6-4	772-3-3	覰 642-8-4	**7635**	驅 289-1-2	1583-2-4
壆 1122-3-1	盟 1024-5-2	**7700**	駪 196-1-1	驊 464-1-3	障 400-3-2
1124-3-2	聖 450-7-2	門 291-8-1	302-3-5	480-8-1	脾 370-8-4
疊 1122-2-1	1232-5-4	1357-2-1	303-1-1	**7628**	386-3-1
1124-1-1	墅 203-7-2	**7702**	331-3-1		髀 660-1-3
聲 97-4-2	1047-2-2	号 522-8-4	333-1-1		661-1-3
259-8-2	閏 205-3-1	**7710**	424-7-1		661-6-4
闥 1330-4-6	閏 1369-1-3	卪 847-8-2	**7638**		672-4-1
1336-2-4	1447-6-5	卩 847-8-3	驟 195-5-3		716-1-3
盟 153-5-3	1449-1-3	且 138-1-3	198-7-2		膵 1490-4-4
7711	閏 1570-3-1	138-6-2	**7639**		**7625**
疣 96-6-2	豎 703-5-3	179-5-2	駛 355-6-2		胛 1630-2-2
199-6-4	堅 1147-2-1	689-6-1	驟 428-3-4		脾 1036-7-3
開 316-1-3	鋆 1353-1-5	847-8-1	**7671**		陣 794-8-4
322-7-6	堅 333-8-2	皿 873-5-4	硯 210-3-4		803-7-1
闥 1569-8-2	1170-5-2	875-1-2	硯 210-3-3		301-6-4
1570-3-3	墅 204-1-1	望 843-6-3	330-6-3		脾 988-7-4
殂 570-8-4	舉 1015-4-1				**7626**
開 316-4-5	盥 769-1-2				陷 1536-6-2
闥 1599-8-4	1146-5-6				臗 730-7-4
闥 567-2-3	壆 1355-6-3				480-8-1
575-8-3	1357-6-5				**7628**
910-7-1	墅 1167-4-4				肬 50-3-1
	聲 703-5-4				
	闥 259-4-7				

一八五〇

1169-2-4	1243-1-1	393-6-2	1379-7-3	966-4-1	**7712**
骰 66-3-3	鼬 1519-5-1	394-2-3	尻 134-7-1	970-7-2	
膲 526-8-1	脫 215-2-3	560-7-1	尻 400-6-3	毀 657-8-3	郎 138-4-1
1259-2-1	颭 376-4-2	1201-7-3	阢 266-4-3	闥 979-7-3	138-7-1
1260-5-3	12-5-1	脫 400-6-5	1111-8-3	闥 657-6-1	邱 539-6-2
飂 1018-2-1	576-6-4	風 21-6-1	1115-2-3	齷 26-3-5	571-2-1
飅 398-1-4	颭 988-6-3	624-3-3	1123-5-1	29-3-1	鄧 1281-7-2
1270-1-4	尾 663-8-4	950-5-3	尼 711-7-4	29-7-3	闋 1224-3-1
飂 1397-3-1	屜 1058-3-5	尾 85-6-1	尼 973-4-5	47-1-1	137-8-4
1414-1-2	隉 1282-1-1	972-2-2	肌 100-3-4		鷖 203-5-3
飅 681-5-2	肥 1221-5-3	屋 1310-6-1	1005-4-3	**7715**	1046-6-1
覽 1046-5-1	屋 1310-8-4	見 12-7-3			1454-4-4
耀 1195-6-4	1358-1-3	1210-1-3	鳳 1326-6-1	國 1569-8-1	1595-8-6
1203-4-5	脇 509-1-2	肌 22-4-2	兜 664-5-4	1570-3-2	1601-5-3
飅 363-6-2	颲 1397-3-2	風 1397-8-2	肌 22-4-2		1601-6-1
1270-7-5	屄 681-3-3	1344-3-3	**7716**		1602-4-3
飅 564-1-1	陲 1471-3-5	胹 1445-4-4	尾 988-6-2	闋 1427-2-5	1582-5-5
1275-1-1	胞 394-6-3	陲 1193-7-2	尾 681-3-2	1437-4-3	1586-4-3
飅 499-1-1	824-6-5	胞 1051-3-1	阻 691-2-4		1601-8-1
飅 405-4-1	825-5-1	1409-7-2	1012-4-5	**7720**	550-6-1
1210-2-4	1202-4-1	1463-1-2	尸 85-5-3		鷗 598-8-5
飅 550-3-4	鼠 950-4-4	鳳 950-4-4	孕 887-8-3		
飅 558-6-1	屍 1614-5-2	屍 1614-5-2	孕 515-8-6	阮 222-1-2	**7713**
隥 623-1-1	1360-8-2	400-6-4	516-6-4	1338-5-1	
1307-4-2	骳 400-7-5	兜 570-7-3	兒 56-1-2	闋 549-1-4	蚩 787-7-4
覺 1200-2-1	星 1338-6-4	腕 758-4-1	肚 899-4-2	1553-5-3	闥 248-3-7
1354-7-1	鳳 950-6-1	1124-1-3	901-2-4		267-5-1
麑 1399-4-3	颰 900-6-2	1134-1-5	1270-6-4	**7721**	311-8-5
飅 367-7-3	颮 376-4-1	臁 669-2-5	1330-8-2		125-3-1
550-3-3	394-4-3	肥 124-8-1	1335-2-1	几 668-7-5	682-5-1
1273-6-5	凰 1202-3-1	670-5-4	肥 124-8-1	爪 859-1-1	1003-2-2
1334-2-6	颮 1360-4-2	凲 398-2-1	風 21-6-4	670-5-4	1325-6-2
疊 1015-8-1	1362-1-1	399-3-2	屄 295-8-4	1339-2-1	蚩 1047-3-3
矕 1357-3-3	颰 381-4-2	鳳 1480-8-4	凡 623-7-4	1353-3-4	蝨 267-5-3
1358-4-5	屢 138-4-2	屋 1310-6-2	1168-4-6	凡 623-7-4	蟊 1003-6-3
飅 409-7-4	1011-7-2	扉 1002-3-6	阢(阢)	麗 802-3-4	蟲 1375-1-2
548-3-2	雁 1463-3-1	雁 1039-6-6	101-3-1	蠱 267-5-4	
飅 1389-6-2	闋 769-3-4	尾 669-1-3	尿 681-3-1	鳳 737-3-3	闥 267-5-2
雇 1551-4-6	骹 446-8-3	陲 1454-6-3	屄 134-7-2	1111-7-2	蠱 1043-5-3
闥 346-5-1	颲 1042-5-4	隁 21-8-4	隁 78-3-7	蟲 267-5-4	
麗 52-8-5	麂 1045-6-1	隆 26-1-4	658-7-3	尼 97-2-5	**7714**
	閻 1120-5-4	閲 475-2-4	659-3-3	244-2-4	
		胞 393-3-1	胆 137-8-1	尼 96-5-4	毀 657-8-2
			1011-5-3	97-2-6	
			胞	719-1-4	

集韻校本 下　集韻檢字表 下

一八五二　一八五一

集韻檢字表 下（右半）

7722

字	號	字	號	字	號	字	號	字	號	字	號
	398-3-3	闢	639-1-1		487-5-1	胴	628-6-2	局	1353-4-2	闌	1553-7-6
	1189-6-4	膈	1390-4-2	胴	212-4-2		947-2-1	陶	155-1-3	蠹	574-8-4
臇	1312-6-3		1455-7-1		428-7-3	胸	739-4-4		159-3-1		574-8-5
	1341-2-4	闔	173-7-4		445-8-2	胗	439-1-3		696-5-3		575-2-5
	1357-1-5	幕	1546-1-3	屏	351-3-1		644-7-3		698-5-4		
	1357-3-1	髑	445-6-1	陽	713-4-5		838-3-5			**7722**	
	1358-8-3	骨	1310-8-3		1033-6-4			郎	9-6-3	冂	524-4-1
鵬	257-5-2		1341-3-3	胸	373-8-2	岡	475-3-1				525-3-6
膘	604-7-7	鵬	1358-6-2	闖	524-3-3	岡	451-3-1		883-3-2		
鵬	106-6-2	墨	271-3-5	腳	1486-5-1		862-2-5		942-3-2		
闌	1166-7-5	腳	1370-6-5	郎	182-1-1	咼	212-5-2	阝	1313-2		
鵬	57-3-1	臀	296-1-3		438-5-5	屁	564-1-5	凡	1446-4-3		
	196-4-4	鵙	1111-4-3	陽	810-1-1		902-6-1	月	831-6-4		
	199-4-2	鵬	1551-6-4		833-5-4		1274-6-1		1279-2-2		
臉	303-7-1	閶	636-2-5		365-5-6	朋	535-1-4	冃	1209-1-2		
聲	296-1-2	屬	386-5-2		710-3-5		747-7-2	冋	243-8-5		
屬	1022-8-4		1486-6-1	胸	1015-6-3		1089-1-2	月	1400-4-1		
	1024-1-1	鄘	1551-6-5	胁	1120-8-4	胸	739-4-5	邡	668-8-2		
	1346-3-3	闥	860-5-1	脊	551-5-2	用	555-5-1	孕	528-1-4		
	1347-5-1		1237-4-3	脐	570-6-2	帮	1568-2-6	同	524-4-2		
闌	661-4-2	閵	687-3-2	膓	1024-4-3	邦	651-1-4		883-3-3		
羼	1260-8-4	闦(闦)	29-8-6		1024-6-1		1212-3-5		883-6-1		
鵬	181-7-3	鸡	204-7-3		1271-4-2		845-4-2	用	953-2-1		
鵬	322-1-2		1527-1-2		1445-4-3	脚	1486-5-2	凶	862-2-7		
鵬	322-1-1		1556-4-4	脯	1483-8-2	骨	1415-1-4	邡	624-2-4		
鵬	1520-3-4	鵬	534-8-5	膈	408-7-4	帛	1048-4-2		8-4-5		
	1540-6-1		535-2-1	翩	410-1-1	肋	1126-8-6	凸	854-6-3		
霤	1002-8-4	鵬	1325-4-3		1211-8-2	周	556-4-7	网	862-2-4		
蘭	1002-8-1	鵬	364-1-2	鳮	85-7-1	扁	1283-3-3	邱	275-1-2		
闌	1479-5-1	鷗	135-4-1	鸡	1560-4-3	郎	1310-8-2		281-7-3		
覺	1122-1-2	鵬	1397-6-4	闐	837-3-5	屏	157-6-2	卯	1179-5-4		
鸞	584-4-4		1398-3-4	闔	862-3-3	郎	107-2-1	孖	689-3-1		
		闌	212-6-7	鵬	306-4-4		992-1-2	冋	890-6-3		
7723			217-5-5	膠	389-7-2	腎	738-3-2	胴	973-7-3	网	862-2-8
屍	1584-3-1		657-5-4		390-6-2	郎	1348-5-3	屑	1409-4-2	网	856-6-3
	1604-5-6	鶺	1412-8-3		400-3-1	附	1044-6-1		322-7-5	肊	1359-6-4
爬	431-8-2		1415-5-3		824-1-2		1087-6-4	周	555-5-2		1487-3-2
胞	1360-6-6		1436-6-5		827-3-3	闩	321-6-2	陶	1339-2-5		1544-6-2
	1361-5-1	膠	367-6-5		1200-3-4		322-7-5	郎	56-2-1		1547-3-1
限	764-7-4		381-8-3	腳	461-6-1	闔	212-6-6	閉	450-2-3	204-8-1	肋 1112-4-1
	779-1-2				44-2-4						

集韻校本 下（左半）

字	號	字	號	字	號	字	號	字	號
屌	63-3-3	屏	949-4-3		525-3-6	屨	60-1-5	髄	953-5-1
	438-6-1		956-3-1	履	429-4-6		228-5-3	屖	802-1-1
腦	549-3-3	犀	88-6-2	屋	690-1-3		423-3-4	屟	304-2-3
腦	919-7-4		193-5-2	屜	173-2-1	陝	166-4-4	廆	29-8-4
骼	1502-4-1	顧	1039-6-7		1025-4-3		559-5-3	颦	861-2-3
	1512-7-3	腪	751-8-3	屨	225-6-2		570-4-4	飄	378-4-1
膈	1584-2-1		1128-2-1		228-6-1	障	896-1-5	屬	802-3-3
	1610-2-5	閬	1406-4-4		428-2-2		1268-2-2		
屠	536-4-5	屭	721-3-3		853-5-5	**7724**			
	536-4-6	羼	777-7-3	陣	578-7-5	殴	241-5-1	晨	243-4-1
臁	1299-4-5		1162-2-2	屢	666-1-5		243-5-2		738-5-4
	1306-7-4	**7726**			718-5-4		266-6-2		742-6-4
膽	926-6-2	陷	1193-7-3	屢	666-1-6	閉	1037-1-1	叞	1324-3-2
閶	452-8-4	居	119-6-3	腢	578-6-1		1458-6-1		1562-7-2
闟	466-2-1		134-6-1	骰	1469-7-2	屏	666-2-4	胗	676-4-1
闠	601-6-2		1010-7-3	屢	1017-2-5	閉	441-5-3	屢	1318-1-3
	932-8-1	屆	1085-7-5		1025-5-1		1229-7-2	豚	747-5-2
	1299-4-4		1435-7-2	骰	1227-6-6	级	1593-1-3	队	804-1-5
	1303-5-1	路	1502-4-2	嫠	1357-4-2	脓	744-2-4	服	1590-2-5
7727			1513-2-4	膝	664-8-3	腋	1052-2-4	屐	343-5-7
屈	1085-7-4	眉	663-3-4		975-7-4		1062-2-2		1150-7-1
屈	1384-1-2	眉	984-2-4	毿	404-3-2		1432-7-3	晨	243-2-2
	1397-5-3		1086-7-4	纛	1234-3-5		1469-4-1		1324-3-3
	1398-3-1	屏	982-7-2	闢	1540-8-2	屏	320-6-3	膛	963-8-1
	1398-8-2		1045-5-1		1541-2-1		320-8-2	膁	46-6-2
	1402-1-2	眉	106-4-3	**7725**			342-2-2	豚	764-4-5
	1402-8-4	胳	1502-3-1	陰	935-1-4	叙	1466-5-5		1139-3-3
胎	225-1-8		1511-5-2		935-7-2		344-7-1	腿	729-4-6
	729-3-1		1512-7-4	册	597-8-3	屐	1315-1-1	羸	405-1-6
陷	1304-1-1	屠	144-1-2	降	31-2-4		778-7-4	膝	525-7-3
胎	1290-7-3		181-4-3		45-8-4		799-2-2		1331-8-4
	1291-2-5	腊	747-7-5		956-1-3	髮	744-3-3	闌	1514-5-2
	1295-1-1	腊	253-4-5		956-5-4	骰	571-7-3		1353-7-3
	1304-2-6		741-4-2	胕	906-1-3	腹	1154-5-3	腼	438-1-2
膕	1414-7-3		747-8-1	删	300-2-3	腹	1270-7-4	朕	132-8-4
屍	1398-8-3	脏	135-4-2	脖	46-6-1	服	443-1-5	閪	1318-2-4
屆	1582-6-2		136-2-1		47-1-4	腩	1250-2-5		1366-4-1
	1607-5-6		1010-5-2	屢	225-6-1	殴	1166-8-2	開	337-1-3
	1626-7-3	屚	663-8-2	履	1518-7-7		1167-4-3		349-3-3
	1627-3-2	屝	669-1-2	靜	500-3-1		1301-1-4		1009-8-4
						胼	733-7-4		1251-4-5
						犀	193-3-1		1405-6-4
									1419-7-3
								履	343-5-6
									771-2-3
									1150-6-5
								髄	94-2-4

集韻校本

集韻檢字表 下

一八五四　一八五三

左半

	434-1-2		623-4-4	**7750**		孁 898-7-3		405-7-2	駿 1155-4-3
	434-2-1		931-4-1		擧 322-3-2	擧 1015-7-2		558-5-1	駿 559-1-2
闐	1489-8-1	冊 1159-3-7		334-7-3	犀 779-2-1	孁 1583-5-1		906-8-7	駿 577-2-2
闓	455-6-1		1159-5-5	**7741**		787-7-5		婴	572-2-8	駿 440-5-1
	468-2-3		1521-4-4	闌 1330-4-5		1170-4-3	婴 123-7-3		577-8-1
礜	1357-8-3	冊 1521-5-1		1336-2-3		1451-6-3	婴 1025-4-6	**7735**	
礜	26-4-1	閘 1159-3-6	**7742**		744-3-1	堅 322-4-4		驒 128-5-1
	29-7-2			閔 339-5-4	鄭 405-6-3		287-2-2
	952-7-2	**7760**		790-6-3		558-2-3	閔 248-4-2	驪 200-5-6
闔	875-7-3	晉 568-1-6	閘 1599-3-6		742-1-2	**7736**	
闔	586-3-3	晉 201-8-1		1630-6-1	婴 116-6-1		駝 380-2-2
	596-3-1	晉 289-6-2	**7743**	婴 117-6-3	駱 1492-7-2
	920-4-5	曹 1521-6-1	閈 569-6-3	閘 497-8-3	閜 1250-4-2	驪 550-4-2
	938-6-4	留 548-8-2	閨 1466-4-4		499-5-1	驪 100-1-5	驪 1580-4-1
	1291-8-1		900-7-3	擧 146-2-5		537-8-1	婴	203-7-1	1585-8-5
闔	289-8-5		1273-4-4		687-3-1		1046-7-3	**7737**
醫	120-3-3	問 1123-7-1		1010-8-1	聞 267-4-1
	680-6-2	曽 568-1-7	**7744**		997-8-4		1123-7-2	駒 893-4-1
	1047-4-1	碧 496-1-4	異 116-7-1	閘 517-7-4	驪 1397-8-3
醫	203-6-3		877-4-2		131-7-2	段 1154-4-3		888-6-1	
礜	146-4-2	晉 779-1-4	擧 687-2-5		1155-1-3	**7738**
	1015-5-5	閭 1239-7-4	擧 658-2-1	異 146-2-3	婴 384-3-3
礜	1312-7-1	閜 608-7-2	擧 825-5-5		687-6-4	婴 572-2-6	驃 1168-1-2
	1341-3-1	留 211-3-3	閈 343-4-3	段 852-3-2	閘 686-6-2	**7739**
	1342-1-2		721-7-5		794-5-3	開 232-2-5	閘 247-2-6
	1356-6-4		1395-7-5	異 1137-6-4		248-3-5	騄 1351-4-2
	1357-5-1	閭 1434-3-4	開 232-2-6	閘 267-4-5	駿 557-4-4
	1358-8-4		1451-5-2	開 334-8-1	閘 807-2-1	驟 472-6-2
	1519-2-4	**7751**	開 1133-7-1	婴 384-3-4		868-2-3
	1524-2-2	閭 144-2-4		1186-2-3		1196-2-1	驟 1271-5-1
礜	1341-3-2	閭 1427-2-3	閜 1541-2-2	學 1198-8-2		1281-6-1
	1354-7-4		1437-4-2	開 502-5-3		1200-1-4	驟 95-3-1
闔	719-4-3	閭 1590-7-2	閘 1092-2-1		1357-2-4		200-5-5
礜	145-8-5	閭 1502-2-1	閘 940-8-4		1358-4-4	**7740**
	1015-4-3	閭 760-2-5		1294-3-1		1436-6-7	又 1407-3-2
礜	1342-5-2		1135-4-4		1306-1-2	婴 658-1-3		1438-7-5
闔	468-2-4	閭 1341-8-2	**7755**	閜 813-4-2	发 169-2-2
		閭 261-8-2	尹 591-7-5		818-5-3	叟 242-1-1
7761			276-7-3		607-6-6	閜 1401-8-3		819-2-2
藠	767-5-3	磐 203-8-4	**7748**		1403-3-3	婴 1337-3-2		363-7-4
闖	1225-6-6	醫 1047-2-3		閭 179-7-1	

右半

	愍 440-6-4	騳 1211-5-2		868-6-3		961-6-3	歐 1166-8-5		1627-7-2
	熙 117-4-4	驪 166-2-3	駆 1361-2-3	屍 979-1-5	歐 73-4-4	屈 1398-2-5
	118-1-3		170-1-2	騳 624-2-2	屍 99-4-4		439-7-1		1398-8-1
	愍 741-8-2		171-6-2		1307-7-3		99-6-1	屧 646-3-2	舶 225-1-2
閣	1157-7-1		560-1-3	**7732**		663-8-3	屧 960-3-4	**7728**
	愍 695-4-4		1271-5-2	昂 1131-2-2	屎 675-4-2		961-1-2	欣 99-4-1
	愍 1301-1-5	驚 203-5-2	舄 664-5-3	屍 992-5-4	陝 1207-4-2	欣 274-7-1
闌	371-2-4	驈 321-8-4	鄂 847-2-4	屍 841-2-2		1340-1-2	屄 663-8-1
驄	15-3-1	驈 321-8-3		1220-8-3		1077-7-2	歐 543-7-5	屬 93-6-5
騷	363-7-2	驪 833-6-3	烏 1480-6-1		1216-6-1	屬 517-6-5		97-5-2
	404-8-2	驪 1383-4-3		1491-5-3		1230-5-6		886-8-4		679-1-2
	1210-4-3		1384-3-3		1529-6-5	腺 1351-4-3		1167-5-2	欣 904-3-6
闌	133-2-2		1385-7-7	駒 524-5-1		1613-4-3		1167-6-1	腺 830-2-5
愚	1157-7-2		1390-1-2	駒 156-7-2		1619-3-1	屍 1039-6-5	屓 984-2-3
驟	13-7-3	驚 203-5-1		1017-6-2		1613-4-3		1207-6-1		986-4-4
	949-8-3		1047-4-2	駒 1405-2-3		870-3-4		1340-5-2	屍 134-6-3
驥	1179-8-1		870-3-4	駒 1419-3-4	屍 1189-8-2	膿 762-8-6
闌	375-4-1		1015-7-1		1270-6-3	腺 99-4-3		1138-1-2	屍 1014-4-1
愚	499-2-1		1243-8-2	駒 947-3-1		1138-6-1	屍 675-3-8
驪	132-8-3	鶯 1341-3-4	駒 1274-2-3		1179-6-5	陔 1516-1-4
驚	203-8-3		1355-4-4	聊 870-3-3	屬 89-5-2	歐 738-5-5
	212-2-1		1358-4-6	駒 1172-6-4	膿 695-6-3		1112-3-1
黌	1341-8-3	鶯 147-1-3		1451-4-1		733-7-3	膜 1144-6-1
鷥	1275-2-2	鴛 1341-5-3	陔 570-4-5	屬 563-3-2		733-7-3
	1275-7-2		1357-3-2	**7730**	膿 981-1-1	欤 212-4-1
	1280-2-4		1358-4-3	駉 212-4-3	膿 788-8-2		445-8-5
	1341-4-1		1436-6-6		446-1-2	腴 1125-8-5	膜 174-5-1
	1358-6-1	騼 1339-2-3	駒 410-7-3	徽 621-5-1		705-8-3
7734			1339-3-3	駒 1337-5-1	鳳 984-2-5	膜 1125-8-1
馭	1009-2-2	**7733**		1339-2-4	**7729**	歟 1346-4-5	膜 1223-5-5
駁	1593-1-4	愿 568-1-5		1339-3-4	零 874-1-1		613-1-3
駁	1359-4-3	愿 603-1-4	閣 583-5-4	閣 521-1-3		617-6-1
閣	994-4-2		316-1-1		915-2-1	闌 1422-8-5	膜 918-4-3
	996-3-4		603-1-3		1287-3-4	閣 756-6-2		1306-1-3
駒	546-6-2		929-7-1	鳥 1353-2-2	**7731**		979-1-4	欣 1415-8-4
駁	577-2-1	愿 774-3-2	驔 1415-5-4	馼 624-2-3		981-3-1		1437-6-3
	582-3-3	悶 292-7-2			駔 141-8-1		屍 1189-8-3	膜 1044-4-2
	914-3-4		762-8-2		陔 427-4-4	膜 563-4-2
駢	896-2-1		1137-5-2		179-1-3	膜 984-2-2
駁	1469-6-3	愿 556-4-8		707-8-2		844-2-4	歐 441-2-1
		閣 990-2-3			845-5-2		1227-2-5
					屍 89-5-1	

7752 冊 925-1-5 ・ 925-4-3

7761 葅 591-7-5

集韻校本

集韻檢字表 下

一八五六　一八五五

左半

骱 1087-6-1	隘 1081-1-4	1306-2-1	緊 744-1-4	娛 153-5-2	733-8-1
1417-6-3	膡 54-3-3	墜 981-5-3	藁 681-6-1	譽 1010-5-3	1015-4-4
1435-2-4	214-3-1	1388-4-5	蘽 203-8-2	輿 695-2-5	關 956-4-1
1441-5-1	422-4-1	鹽 711-4-3	鹽 182-3-4	覺 1051-7-2	閞 733-3-4
腧 1022-6-1	435-6-5	1032-8-4	巢 396-7-3	興 408-8-5	1106-4-1
膡 632-8-4	膡 551-4-4	鹽 621-4-3	緊 203-5-4	闌 245-6-1	1108-1-1
7823	腦 1537-1-4	鑿 976-4-2	1046-6-2	1114-6-3	1576-7-1
朎 518-4-3	颱 519-1-2	鑿 1093-1-5	闌 303-3-3	罍 486-4-2	曌 1562-3-3
陰 585-8-1	颱 1071-8-1	鹽 601-4-1	1153-7-5	輿 341-6-5	賢 260-3-4
陰 585-8-2	髪 196-3-4	1297-5-3	樂 1015-5-3	襲 293-4-2	335-6-3
596-3-2	颱 354-8-3	**7820**	泉 824-7-4	鬶 312-5-2	1169-7-1
1289-2-3	545-5-4	肌 1324-3-4	1342-2-2	爨 1151-8-2	奧 341-6-1
隊 729-8-5	髊 60-7-3	**7821**	1357-4-3	1176-4-3	興 531-5-1
976-5-2	421-5-2	吃 1107-4-2	1364-4-2		1260-8-2
981-5-4	962-2-4	1396-6-3	闌 1065-7-2		賷 1007-6-4
1092-8-1	臘 1304-4-4	肒 1568-2-1	1454-5-3	**7781**	關 1455-7-4
㒹 1449-4-4	飀 551-8-3	阼 179-6-1	1474-1-1	闋 76-8-1	閶 1451-5-3
腏 912-4-6	覽 927-6-1	1028-5-2	987-1-1	966-5-3	閶 1528-6-3
913-8-1	隆 1093-1-6	㬱 261-5-4	1007-5-2	**7782**	1556-7-1
1301-3-4	**7822**	787-7-3	纍 261-5-4	郎 1146-8-3	闋 1050-3-3
陳 932-2-4	胗 588-2-1	1170-3-1	787-7-3	鄭 1279-6-5	1455-7-2
932-7-4	594-4-3	1170-5-4	1170-3-1	鄄 531-5-3	1457-2-1
936-8-3	594-6-3	147-4-3	1261-1-1		1472-2-1
膽 1288-8-3	919-3-6	**7794**	鶉 1351-8-5	興 146-3-2	
骼 521-3-2	盼 318-8-1	1499-1-4	鶉 1015-7-4	695-6-1	
膁 611-5-2	盼 270-6-4	1500-3-4		1015-5-1	
618-1-4	胮 737-1-3	1471-5-3	**7788**	燠 1357-7-2	
936-2-3	744-2-2	闥 303-4-1	閔 1331-8-3	賢 965-8-2	
1304-4-2	胅 196-5-5	315-5-2	歟 145-8-2	966-2-2	
隖 164-7-4	胀 1448-4-5	纍 1389-7-3	695-4-3	闌 332-2-4	
隊 730-1-1	脫 1070-8-4	429-8-3	1015-4-2	1168-1-5	
975-2-5	隃 258-3-1	843-4-3	**奧(奥)**		
976-5-1	296-4-5	843-5-4	377-6-4		
981-5-7	1139-6-3	**7810**	**7790**	燠 377-1-4	
膽 154-5-3	脞 165-8-3	監 621-2-4	朵 843-7-5	378-8-3	
164-6-3	166-7-2	脏 1306-4-3	榮 721-8-3	854-7-2	
176-3-1	173-8-4		315-5-2	輿 97-4-3	
189-4-4	382-1-6		纍 1389-7-3	闌 479-4-1	
231-4-3	1022-5-3		閑 321-6-1	燠 1197-3-2	
696-5-1	脍 258-5-4		泉 892-2-1	輿 1018-4-3	
			892-8-2	閏 987-7-4	
			893-7-1	1100-1-3	
			1294-5-5		

右半

歐 1563-1-1	**7777**	**7774**	1481-3-1	颾 29-6-5	**7762**
歐 116-7-3	毌 1145-5-1	民 247-2-1	1481-5-3	颾 472-5-5	
歐 1607-5-4	凸 1411-3-2	段 232-1-4	1482-7-4	158-5-2	閶 836-8-3
1607-6-6	1448-4-2	732-7-1	1547-5-3	210-5-1	837-3-6
1618-7-1	回 1628-8-1	733-8-2	鷗 86-8-3		851-7-2
歐 789-3-2	目 678-6-2	叚 298-7-4	鷗 267-6-1	**7772**	閶 78-8-1
1132-4-6	凹 392-4-5	322-4-6	鵯 702-5-2	曰 1281-4-1	鸜 249-2-1
1171-2-5	1626-3-4	335-4-3	906-3-5	印 465-4-1	鸜 550-5-3
1182-8-3	匸 450-2-2	335-6-4	1233-4-1	476-2-2	**7766**
歐 564-2-3	1354-6-2	496-1-5	閶 1436-4-3	858-4-1	闌 521-1-4
904-3-1	凹 1352-2-2	1121-5-4	1442-3-4	印 1121-6-1	**7768**
1017-2-1	白 567-8-4	民 196-2-1	鷗 1531-4-1	卯 493-6-1	歐 289-8-1
歔 1555-1-3	892-6-2	殴 203-6-1	1562-6-1	715-3-2	**7771**
7779	1352-7-1	1044-7-1	良 296-8-3	825-6-2	巳 676-5-5
闣 797-5-1	昂 151-8-2	1046-5-4	1136-4-3	邯 677-3-1	巴 431-2-4
805-4-5	非 935-4-5	248-3-6	閶 32-3-5	邯 136-7-5	回 223-2-4
7780	臼 1337-6-1	155-8-3	閶 779-2-2	687-5-4	巴 799-4-3
尺 1534-1-1	臼 1446-6-5	565-7-1	餐 825-4-3	邯 716-3-3	罜 1031-4-3
具 1017-8-6	囯 1352-5-1	904-2-3	閶 466-2-2	1038-7-1	㠯 460-2-5
臾 637-6-3	医 229-2-4	毄 828-4-7	468-6-2	卯 774-3-1	罜 862-3-2
987-4-3	閶 601-6-4	1199-1-1	857-2-5	即 1371-4-4	靶 649-3-4
閔 930-6-1	605-1-2	**7775**	866-7-3	1562-2-2	116-7-2
1299-1-2	928-5-5	毋 307-6-1	1240-6-2	1562-8-2	阤 117-6-4
1303-8-3	1297-3-3	569-3-1	關 442-2-1	邯 464-3-3	1111-4-1
臾 290-3-6	間 1337-6-2	569-5-1	襃 203-6-2	邯 241-2-1	閶 1412-7-2
臾 1562-8-5	甾 1356-7-2	毌 164-3-1	繠 23-8-4	243-4-4	1416-5-4
貫 307-6-2	1357-5-2	176-3-3	襃 1007-6-2	卿 493-5-3	閶 296-3-2
316-4-6	醫 804-5-4	母 702-5-4	襃 317-8-1	鄐 81-6-5	罃 1604-8-3
1145-4-4	匪 119-5-7	906-1-1	闌 317-1-2	鄐 757-1-5	閶 74-2-3
1157-2-7	關 316-1-2	1279-6-3		1132-3-1	電 489-6-3
閞 1455-4-4	區 408-8-4	轚 287-3-3		鄐 464-3-2	741-7-1
閞 1120-4-1	罾 1122-2-2	288-6-1		鵯 1374-1-3	800-7-3
賀 1280-2-1	1124-3-3	**7776**		鷗 688-6-3	878-3-1
569-3-2	醫 787-7-1	韶 363-8-5		邯 489-4-3	741-7-1
巽 799-3-3	匯 328-5-1	路 1493-1-3		503-6-1	鼠 691-4-5
1137-6-5	匶 893-4-5	1500-6-3		875-3-1	閶 464-7-1
閞 1449-1-2	匶 1266-1-6	躝 550-5-2		878-4-1	閶 610-7-2
與 145-8-4	**7778**			勛 363-8-6	933-7-1
695-2-3	歐 99-4-6			襃 54-5-5	覺 1312-6-4
				鴝 1201-4-1	卷 341-6-2

集韻校本　集韻檢字表　下

LEFT HALF

鐮 609-3-4
蠱 552-7-1
鑛 378-8-4
402-1-1
鑢 489-5-3
鑲 452-1-3
457-6-2
461-4-2
蠱 655-7-2
8014
鉸 389-6-2
823-6-3
1200-5-6
錝 676-4-3
252-8-1
294-6-3
729-8-1
1093-3-1
1219-5-3
鈹 1226-6-1
錚 1099-5-2
1344-5-3
鍍 181-1-1
1029-6-3
錐 740-7-1
鐸 1470-2-3
鐆 1540-5-2
1544-6-5
鐪 294-6-4
8016
錇 561-4-5
568-1-1
鏄 466-2-3
8018
羨 98-1-4
348-4-2
808-5-2
1175-5-4

8012
翁 268-1-2
271-3-4
翁 20-5-3
632-5-1
639-8-4
949-6-2
鈁 449-6-4
翦 342-3-2
792-2-2
1175-1-1
鎖 1335-6-4
鎬 198-5-3
827-7-4
鏒 470-6-5
鏽 40-1-1
鏑 1547-7-4
鑶 354-3-1
604-7-2
793-8-3
鐯 195-1-1
8013
耷 700-4-1
701-2-4
耸 271-1-4
盒 1591-4-1
鉉 316-3-2
323-1-6
338-4-5
524-6-4
790-6-1
鏂 489-5-4
鏡 488-3-2
鑘 1013-1-1
鑶 375-1-2
375-7-4
鑲 428-6-4
553-6-4

金 1082-7-1
1231-1-3
金 700-8-4
金(金)
587-5-2
羞 551-4-3
益 1536-8-2
盦 235-8-4
釜 182-4-2
盒 596-5-2
1590-1-1
釜 674-3-5
盦 700-8-3
596-1-3
920-2-1
1599-5-3
8010
亼 1580-7-1
1580-7-4
仝 355-3-4
全 355-3-5
企 652-6-3
965-1-3
272-6-1
270-7-5
釓 1023-4-4
1024-7-2
鉽 1584-5-5
銑 950-8-1
1329-8-2
錐 85-4-2
雖 1588-1-4
鑶 1321-5-3
鏡 1245-7-1
鏵 777-7-1
795-1-1
1159-5-1
盒 1559-8-2
盒 1075-6-2
盆 291-6-1
差 53-8-1
214-1-4
218-8-4
421-6-3
432-3-6
435-4-2

7976
錩 875-8-1
8000
八 1438-1-2
人 243-8-4
入 1582-2-1
8001
气 1004-7-1
1395-8-1
8002
兮 202-5-2

7926
膉 530-1-1
533-6-2
1258-4-4
1260-6-2
膃 526-7-1
膌 467-7-2
膣 533-6-1
韽 875-4-3
7928
腠 1295-7-5
脈 552-6-4
腒 843-4-4
1217-8-1
膌 1259-1-1
1260-7-1
膣 533-5-3
7929
隙 1517-6-2
膡 1258-5-1
膝 533-5-4
朦 533-7-5
7931
駚 524-5-2
7932
駛 420-8-3
7935
駢 1147-7-1
1148-5-3
驎 251-2-1
743-5-4
1120-5-1
7972
勝 412-1-3

臘 803-4-4　1184-6-1
膡 361-6-2
362-8-1
986-7-2
膣 526-6-4
478-6-3
膣 468-1-1
飀 372-8-4
396-1-3
1203-4-1
飀 490-6-2
7922
陗 1192-2-2
脂 1203-4-4
勝 527-1-6
1258-4-2
朕 533-8-1
1262-2-2
騰 533-5-2
7923
勝 530-2-2
臘 534-1-1
915-4-2
1573-5-5
臘 534-1-3
915-4-1
臘 915-3-4
1102-4-3
臘 865-8-4
7924
膔 1258-5-4
1259-1-2
1260-5-6
7925
胖 309-7-2
776-7-4
1148-2-5

一八五八　一八五七

RIGHT HALF

7874
政 716-7-1
歐 268-6-3
742-2-4
敏 23-8-5
欵 402-8-3
7876
臨 584-3-2
1287-6-2
鮕 594-3-1
595-4-3
鹽 584-3-3
7877
瞖 248-3-1
窋 940-6-2
1294-8-5
1297-1-2
7880
嫛 976-4-3
7890
臉 196-3-5
紫 1305-8-2
藥 925-7-2
940-6-4
1305-8-1
槳 1305-7-3
1306-3-2
藥 940-7-2
7912
黔 623-4-1
7921
胱 479-2-2
胱 479-1-2
陠 755-2-2
807-8-1

監 598-6-1
警 621-2-6
1306-2-2
7864
歒 742-2-5
7867
醫 248-2-7
7870
臥 892-6-1
7871
凸 431-6-4
嵯 421-8-4
646-8-4
嵯 432-3-5
隥 978-4-3
竀 621-4-4
1294-8-4
1297-1-3
1305-7-1
7872
黔 594-2-5
595-4-2
黢 269-5-4
748-8-2
1125-5-2
7850
寧 927-6-2
筆 940-5-3
7860
瞖 247-3-4
248-5-5
249-3-3
290-2-1
621-2-5
7873
胱 479-2-2
479-1-2
陠 755-2-2
807-8-1
935-8-5

7834
駁 700-6-2
701-2-4
駢 330-1-2
514-7-2
駿 1359-4-4
1374-7-3
駃 1208-2-2
294-4-3
7836
駓 848-4-3
1223-1-2
駊 353-5-5
355-6-3
驋 1071-1-2
1071-8-2
1263-4-2
7838
驗 1302-4-1
騹 984-8-5
7839
驗 181-6-2
7844
數 1362-5-2
敥 1198-8-1
1357-2-3

1014-7-2
7829
除 140-3-1
143-3-2
147-4-2
1014-7-2
7830
馱 1438-2-5
7831
駜 1449-2-3
馳 424-5-4
駓 1510-1-5
1223-1-2
駊 353-5-5
355-6-3
駃 1071-1-2
1071-8-2
驋 940-7-5
7832
駗 1085-8-4
241-7-3
249-6-3
251-2-2
257-3-1
737-6-1
1119-2-3
驨 174-8-2
驈 328-3-1
7833
愍 741-8-1
愍 268-6-2
1123-6-1
駗 503-7-3
520-1-1
939-8-3
144-8-3
144-8-4

膳 81-4-4
骹 688-8-4
膡 855-7-1
髊 1093-5-2
髊 1301-7-2
7826
陷 1517-7-2
胎 1586-5-4
1592-2-2
1621-7-4
7824
膾 594-6-4
919-2-3
陷 554-1-4
膌 552-6-5
膾 858-6-7
863-5-4
膳 795-8-4
1178-1-1
355-6-3
餶 433-5-2
臄 1078-3-1
臁 1077-8-4
7828
朕 743-3-1
915-3-1
膡 354-8-1
359-7-1
1176-6-3
膿 34-7-3
膦 978-7-1
膹 354-7-4
746-8-3
1119-2-3
1176-6-4
險 621-6-3
932-4-1
933-2-1
933-3-1
937-5-4
939-3-1
臉 603-7-5
933-1-3
939-8-3
144-8-3

膳 701-8-4
骹 688-8-4
膡 855-7-1
髊 1093-5-2
髊 1301-7-2
陷 1517-7-2
胎 1586-5-4
1592-2-2
1621-7-4
膾 1446-6-1
990-5-4
1382-2-5
1395-4-4
1452-3-2
脖 505-5-4
胼 329-5-1
啟 243-5-3
膾 737-3-2
陵 1572-3-2
敉 204-8-4
1048-1-1
1245-2-1
1322-7-1
1324-1-3
臁 596-1-5
碾 1217-5-1
曒 403-4-1
骭 1142-5-3
膌 978-7-1
膌 250-3-3
1119-4-1
餅 329-5-3
膌 300-2-4
膌 295-3-1
膌 1467-7-5
7825
脢 132-4-3
221-2-2
231-3-3
1097-4-4
1104-5-5
隋 656-3-3

1175-7-3
1181-6-1
鉃 1372-3-4
鑛 872-8-1

8019

鏶 1581-1-3
1605-2-2

8020

个 515-6-2
1142-8-1
1213-8-2
丫 443-5-3
今 587-4-4
㐱 737-3-4
1111-7-1
仐 532-1-2
戸 1420-5-2
爹 437-2-3
838-7-1

8021

兊 477-5-1
乍 1028-7-3
1224-7-6
1499-1-6
兗 1064-7-4
1071-2-2
1433-6-2
1471-3-3
氛 267-8-4
270-7-3
兔 1131-2-3
氖 125-7-3
氤 372-8-3
毿 859-2-7
䬺 1217-7-2
1278-7-4
雉 588-8-3
594-1-2
594-3-3
595-6-3
600-3-6
612-3-5
僮 633-8-4
雂 473-1-2
航 1479-3-3
龕 518-3-4
龕 593-6-1
龥 1219-8-3
龠 66-1-2
321-5-2
846-5-2
饞 1321-5-5

8022

介 1085-2-3
1213-8-3
1435-5-3
分 268-6-5
271-1-3
1125-3-2
1125-5-1
1161-6-2
仚(元)
1242-7-1
弁 663-6-6
肴 1395-7-2
帝 1133-8-4
1205-2-2
希 698-4-2
帣 268-1-1
270-7-1
弟 226-4-4
680-8-1
717-4-5
1040-4-4
1542-4-2
侖 258-2-2
296-6-2
斧 700-3-4
兪 698-4-3
侖 258-2-3
俞 166-7-3
173-3-4
545-7-2
705-7-3
1018-8-5
1022-5-4
1272-1-1
前 327-8-5
792-3-1
禽 588-7-3
龠 258-2-4
剪 342-3-1
帶 1067-6-1
禽 588-7-4
龠 645-8-2
薈 454-8-3
侖 1479-4-1
蘥 484-8-1
488-2-8

8023

㒸 976-2-3
兼 614-8-2
615-3-4
1301-6-6

8024

食 1594-7-2

8025

舞 701-6-1
羲 78-1-3

8026

倉 472-6-6
1235-2-1
篬 1304-7-2

8028

羨 849-5-1
850-1-5

8029

森 572-1-4

8030

令 347-4-1
508-7-2
519-2-1
877-3-1
1253-7-4
1257-2-1

8031

气 984-4-1
1004-2-3

8032

鳹 268-1-3
268-7-1
270-6-6
鳶 359-4-2
1503-6-3
鶩 113-5-2
114-2-3

8033

急 1395-7-3
1396-5-2
念 1301-5-3
忩 1085-4-1
忿 1087-1-4
1435-8-2
念 1301-5-4
忿 748-2-5
748-5-4
1124-4-3
魚 895-2-1
倉 1586-6-3
1625-2-6
羔 401-3-1
恙 1231-5-3
悆 140-3-5
1015-4-1
無 164-1-5
愈 1131-2-4
兪 175-3-2
705-4-5
煎 342-1-2
792-8-4
1175-3-4
慈 114-1-2
慈 924-7-1
慈 1248-7-5
羔 529-1-1
羹 858-7-4
羹 849-4-2

8034

尊 293-4-4

8040

午 714-1-4
1034-4-3
父 699-7-2
700-6-6
羊 913-6-4
羍 408-5-1
羋 1496-2-2
1508-3-4
1519-1-1
夋 350-7-3
矣 1224-3-2
复 1323-5-1
1324-4-2
仐 734-7-6
姜 462-4-1
夐 1133-8-3
傘 1149-6-2
孿 112-7-2
996-6-1
傘 770-4-3
夔 102-1-1

8041

雃 701-3-5
雜 595-7-6

8044

并 505-4-5
882-3-3
1251-4-4
弅 268-5-1
271-2-1
748-6-4
弇 591-8-3
594-1-5
611-1-1
933-4-1
1298-3-2
敝 321-1-2
尊 293-4-3

8050

年 264-5-4
333-2-2
1257-5-1
羊 448-6-3
命 1629-8-2
傘 1423-4-3
羍 1125-4-3
氂 89-5-3
91-6-4
219-1-2
219-4-3
犛 214-7-4

8051

羌 461-7-4
1237-6-1
犝 9-8-3
羶 342-6-6

8052

羛 78-2-4
656-4-1
967-8-2

8053

犪 1084-6-3

8055

義 78-7-1
81-4-2
967-8-1
羴 322-3-1
323-6-1
342-6-5

8060

合 805-5-4
合 1589-5-1
1590-7-4
㕣 119-5-5
台 19-7-3
谷 1312-2-2
1321-7-2
1351-6-3
谷 1486-7-3
含 594-5-3
1290-6-4
会 1323-5-2
舍 847-7-3
848-3-4
1222-7-4
1533-6-1
侖 1076-7-6
酋 552-7-2
553-6-1
554-3-1
554-4-2
首 897-1-4
1269-6-1
每 1100-5-4
會 1076-7-5
會 1594-4-1
會 589-7-3
593-2-5
917-2-5
929-3-2
1297-8-5
1302-1-3
畬 146-5-2
433-4-1
1016-1-1
會 433-8-3
善 795-8-2
普 706-5-4
曾 536-1-2
536-5-3
會 1076-7-1
1077-8-1
1077-8-2
1426-6-3
1428-5-2
善 795-8-1
畱 1332-6-5
1336-6-4
畲 1560-6-3
善 432-3-3
羹 66-4-4
421-7-1

8061

氤 259-2-2
雂 1591-3-6
雒 140-5-5
離 595-7-1

8062

命 1248-4-5

8064

醉 1099-4-6

8066

䈣 586-2-4
595-8-5
920-4-4
1291-8-2
1304-7-1
䈣(䪯)
610-6-3
譮 795-7-5

8071

乞 1004-8-1
1395-8-2
瓬 74-1-3
425-8-1
㐌 52-1-1
仓 958-5-2
爸 842-6-2
1221-5-5
瓮 291-6-2
瓫 949-4-5
亀(龟)
38-5-1
飳 908-6-5
1023-5-2
1025-2-1
毓 1335-4-2
譽 686-7-5
饒 876-1-5
饍 49-4-3
饘 343-4-4
795-6-1
饟 640-1-3
饞 420-6-1

8072

斧 355-4-1
餻 401-4-1
1206-3-2
鑣 784-7-5
餔 33-6-1
鏑 1524-1-1
1529-2-5
鎬 455-1-8
饙 90-1-2
91-4-3

8073

公 19-7-2
31-8-4
会 586-1-4
食 975-1-3
996-4-6
998-1-2
1559-8-1
茲 113-2-1
114-3-4
衮 587-2-3
飣 758-1-6
1133-6-5
飧 917-2-2
養 855-4-1
1231-6-4
饝 1013-3-6
䭑 936-3-3
饟 1084-5-5
饢 455-1-5
861-8-1
1233-4-5
1234-4-2

8074

餃 389-8-1
1355-5-2
1555-6-1
1556-4-1
餃 1200-5-5
餕 996-1-1

8075

每 231-7-6
728-2-4
1097-6-3

8076

餢 561-1-5
567-5-3
905-6-5
1278-7-2
餢 905-6-3
餹 465-6-1

8077

仚 335-6-2
348-2-2
仚 341-4-2
缶 895-1-3
畲 180-7-5
臽 1495-4-5
盦 180-7-4
羹 66-4-2
421-6-2
422-2-4
846-7-3

8078

餩 232-4-5
餩 232-7-2
1088-4-1

8080

夊 528-2-3
矢 663-6-3
关 1191-8-3
负 933-3-2
灸 270-1-4
1137-3-2
定 652-6-4
965-1-4
美 671-5-7
羑 894-2-1
奠 1612-3-2
貪 590-4-2
1293-3-1
貧 248-1-4
奠 1167-5-1
1256-3-4
1257-1-2
巽 984-6-4
羨 53-8-4
61-2-5
66-4-3
962-5-2
糞 319-1-3
奭 770-4-4
豈 851-6-2
龕 116-3-3
奠 131-5-1
賞 536-2-1
釁 701-5-3
羹 469-4-2
484-8-3
485-8-3

8081

雉 652-4-5
664-5-7
665-6-1
724-7-1
980-3-3
1449-3-3

8088

僉 603-6-2
1303-8-1

8090

尒 645-8-1
佘 434-2-4
余 139-3-5
140-3-2
145-7-1
182-2-1

集韻校本　集韻檢字表　下

一八六二　　一八六一

左半（一八六二）

第一列
1178-6-1
劃 214-2-1 / 435-6-6 / 849-8-4
釗 738-6-1 / 744-6-4 / 1112-2-5 / 1121-3-2
劉 1365-7-1 / 1366-7-4
釧 523-3-1
劍 1586-3-4
釦 608-6-2
劊 603-8-2
鏢 377-2-2
鍘 1444-3-4
8211
釽 209-4-2
釚 641-1-3
釩 105-3-4 / 209-4-1
釬 581-3-3 / 916-3-2
耗 867-2-2
釮 736-2-2
釨 581-3-2 / 916-3-1
銚 365-5-5 / 367-3-3 / 373-8-4 / 382-6-1 / 1188-4-4 / 1188-7-1 / 1195-5-5
鍾 63-6-3 / 94-1-1 / 647-4-4 / 647-6-4 / 959-5-1 / 963-4-3

第二列
餗 994-4-7
8181
矩 697-1-4
矬 1377-2-3
短 773-5-3
矦 282-2-8 / 299-3-1
甋 1253-6-2
8182
矨 61-7-1
矴（矟） 1371-8-6
8188
顠 624-4-4 / 916-6-1 / 932-6-3 / 936-7-1 / 1294-8-6
8190
集 687-7-2 / 697-1-5
8200
勺 1005-7-3 / 1078-2-2 / 1101-6-2
8210
剄 353-8-3
到 1218-1-3 / 1218-4-3
剉 370-5-4 / 380-2-3 / 385-1-2 / 397-1-5
剑 541-5-3 / 576-3-1
8179
剒 356-2-1

第三列
鰩 1333-6-2
鐈 520-6-6
8174
銒 523-4-1
鉶 514-1-7
釪 282-2-8 / 299-3-1 / 343-5-2
韻 897-3-2
餌 674-3-1 / 994-4-6
8171
缸 46-2-2
瓵 895-1-4
號 1396-6-4
瓶 503-2-4
飵 277-4-3 / 308-3-4
8176
鉆 935-3-1 / 1300-7-2
鉻 229-1-5
鉆 601-3-1 / 608-3-3 / 610-3-2 / 614-4-1
鎺 1571-2-2
鎋 911-6-1
鑐 519-3-2
8177
鑪 1442-6-3
籠 182-6-3
籠 10-8-2
8178
領 1407-1-2
頌 39-4-1 / 953-7-3
餕 774-5-5 / 1156-2-4
額 1289-5-4
8173
銏 229-2-2

第四列
1589-7-3 / 1590-6-3 / 1592-1-7
領 587-3-5 / 594-7-2 / 919-1-7 / 920-8-1 / 1590-8-4
韻 897-3-2
額 795-2-4
8158
攡 1403-1-2
8159
瓐 277-5-2 / 308-6-4
瓏 1552-7-5
8160
瓽 61-8-1
8161
缸 44-8-4
瓵 1536-4-2
號 1304-5-2
甀 529-2-4 / 1259-6-1
爐 11-3-6 / 947-6-3
蠦 520-7-6
8164
衍 441-2-4
衙 962-7-1
瓽 1177-7-5
8166
罇 1117-6-3
8168
領 594-7-3 / 919-2-1 / 920-8-2

第五列
1190-2-1
8156
瓍 578-3-3 / 592-6-3 / 593-1-3 / 605-6-5
糯 519-8-6
8141
瓶 514-1-6
8144
祓 488-4-6
皺 1092-2-4 / 1187-1-2 / 1466-7-2
8146
鋘 1034-4-1
8148
領 830-6-1
顙 513-8-2 / 878-5-1 / 885-5-1
頷 1495-3-3 / 1503-2-3
8151
蔬 308-6-5
疽 308-6-3
羥 322-6-2 / 496-3-1
瘂 204-1-2 / 259-6-3 / 323-3-1
壅 1552-7-4
壃 519-8-5
8152
羺 573-6-4
8153
豯 1180-7-4
8154
枰 502-7-2

右半（一八六一）

第一列
593-7-3 / 616-5-3 / 624-5-3 / 1303-5-2
粏 617-8-3 / 1304-5-3
8128
領 593-5-5 / 593-7-5 / 624-4-5
頌 270-6-3 / 318-7-5
頜 1444-8-2
頴 196-5-3
頟 1084-8-1
顟 611-5-3 / 618-1-5 / 618-8-2 / 938-2-4 / 940-2-5 / 1304-5-4 / 1304-6-1
顤 1480-1-1
顠 1018-7-2
8131
瓺 519-3-4
號 520-5-1
甄 702-4-4
甋 293-4-7
8132
叮 520-6-1
8138
領 880-6-3
頴 270-6-5 / 371-2-2 / 371-4-2 / 386-4-4

第二列
8117
鉏 549-3-5
鑢 1363-6-3
8118
鎖 587-3-4 / 916-6-2 / 920-7-6
鎮 495-7-2
額 20-5-4 / 632-7-3
鎮 165-8-2
鑛 688-2-4
8119
錸 632-4-4
鏢 377-2-3 / 377-5-2
鏢 1349-1-3
8115
8121
尫 299-8-5
㧏 155-2-2
瓩 594-6-5
瓺 221-4-2
瓶 198-1-3
甋 1204-6-5 / 1366-6-1 / 1483-3-1 / 1485-5-6 / 1613-5-4
8116
鉊 1317-5-2 / 1535-5-1
鉆 583-3-3 / 588-8-4 / 608-4-1 / 608-5-3 / 611-7-5
8114
鉊 1507-4-3
鉊 132-8-1 / 190-3-4 / 686-5-3 / 1028-3-3
鏽 709-8-2
鑶 582-6-1 / 592-5-4 / 922-4-3
戕 588-3-1

第三列
1288-6-2
鉾 104-1-1 / 106-2-2
鍰 942-1-3
鋽 1188-3-4 / 1189-1-1
鼓 1586-4-1
鏏 1227-2-6
鏵 400-5-5 / 1284-1-2
鐔 578-6-2 / 585-3-3 / 589-6-4 / 924-1-3 / 1289-8-1 / 1490-6-1 / 1616-7-5
鑈 165-8-1 / 171-1-1 / 557-2-3
鐵 1077-4-2
8113
鋴 738-4-1 / 1112-3-2
鎫 861-2-1
鐶 443-4-1
鏷 136-6-1
鑣 688-2-3 / 1010-5-1
鑐 1014-5-2
8114

第四列
837-4-3
釫 874-8-5 / 1247-5-5
鋤 611-2-2 / 616-3-1 / 624-5-2
鈔 1609-3-2
鋼 414-8-2
鎘 1552-2-6 / 253-3-3
鏜 709-8-1
鋼 651-7-5 / 666-3-2 / 718-7-2 / 1542-4-3 / 1612-2-5 / 1616-7-5
釘 515-6-3 / 887-1-3 / 1256-2-1
釸 185-4-3 / 191-6-1 / 434-5-2 / 444-6-4
8111
缸 20-2-1

第五列
31-3-2 / 45-1-1
鉬 1247-5-5
鉅 688-3-1
鉦 506-4-1
鉅 419-7-3
鉷 1369-2-1 / 1377-3-4
鉬 1609-8-4 / 1612-2-6 / 1616-7-6
鉅 571-4-5 / 908-8-4
鏗 497-7-2 / 523-2-3 / 872-6-1 / 884-6-1 / 1255-2-1
銳 1119-1-3
鉛 443-3-2 / 1229-3-3
鉕 682-8-6
瓶 1593-3-2
8101
鋸 757-4-5
錧 564-6-1 / 565-4-4
鎚 1361-7-3
鑋 987-3-2
鑯 1503-5-4
鑼 1552-2-9
鑪 182-6-5
鑵 11-7-4
8112
釘 515-6-3 / 887-1-3 / 1256-2-1 / 1404-4-1 / 1414-7-1
8110
釟 872-8-2

第六列（最右）
余 1015-2-5
衆 1549-8-1 / 1594-2-6
彖 917-2-1
兼 1231-5-1
衆 917-2-2
槖 342-3-4 / 1159-6-3
彖 145-8-1
橐 682-7-2
8091
氣 1003-8-3 / 1004-7-2
橐 915-5-5
雜 147-1-4
8099
褋 924-6-6
衮 86-5-3
褖 164-2-4 / 702-1-4 / 245-3-6
8101
虒 1065-8-5
8108
領 731-7-1 / 759-8-2 / 760-6-4 / 761-7-1 / 765-5-4 / 765-6-3

集韻校本　集韻檢字表　下

一八六四　**一八六三**

左頁

鍼 793-3-3	**8312**	**8287**	**8277**		56-4-2
鋮 580-2-2	銷 338-6-5	䂁 1387-7-6	鎺 1627-2-5		76-7-5
鐵 611-6-1	791-3-2	1465-5-3	䭅 407-8-6		207-8-2
611-8-3	1176-7-4	1465-6-7	410-5-1		斬 1483-1-3
鐵 602-6-4	鋪 159-5-1	**8288**	**8278**		新 1484-7-3
604-6-4	176-5-1	鏷 1314-8-4	飫 1009-5-1		1055-1-1
鐵 1447-7-2	177-5-4	**8289**	**8279**		1064-8-4
鐵 1340-2-2	1026-3-2	冰 531-4-3	緱 310-1-4		**8266**
鐵 1543-3-4	**8289**	**8290**	420-2-2		鉻 563-5-3
鐵 1447-7-1	鏒 374-2-5		緱 284-2-2		1275-5-3
1450-1-1	1292-4-4	**8305**	餯 825-4-2		**8268**
鐵 1447-7-4	鐏 501-7-4	笇(筌) 604-1-4	餯 25-2-4		鑡 203-4-1
鐵 603-7-3	889-2-2	**8310**	**8280**		**8270**
604-2-3	**8290**	釙 1360-3-1	剮 738-1-2		剠 80-2-4
8316	簒 1133-3-7	鈖 1285-5-3	尷 894-2-2		125-7-1
鉛 113-8-3	1133-7-2	鉍 990-6-5	劆 1055-4-5		130-7-5
117-1-4	**8313**	1373-6-1	1057-1-2		1107-3-6
676-8-5	銀 469-2-1	1374-6-5	1444-6-5		1383-3-3
鋿 1240-2-4	鑷 858-3-3	1375-6-4	罕 161-4-4		剏 1075-7-1
鐪 1441-1-2	860-6-1	**8311**	劍 1303-6-3		1419-2-3
鎔 39-8-2	鑿 342-6-1	銃 745-2-4	鋬 913-3-4		**8271**
鎦 1268-4-3	**8314**	1064-8-1	**8281**		飢 986-1-2
鑅 719-7-1	鈇 1565-8-1	1071-7-1	妽 59-6-1		飪 1491-4-1
鑅 201-5-3	鈸 1432-1-3	鉈 434-2-5	194-8-4		飪 913-3-2
8317	鈇 1559-1-1	958-5-5	姚 810-8-3		1286-6-2
錧 768-8-3	錢 312-6-3	銃 776-2-4	**8282**		錘 55-6-4
1146-6-2	354-3-2	銃 280-7-2	㽲 58-1-3		餎 913-3-3
8318	604-6-5	鍽 353-1-6	193-7-1		銚 383-3-4
錠 1167-8-4	鎪 167-3-1	鏡 565-5-2	矯 387-2-1		鍾(鍾)
1256-3-3	558-5-4	鏜 1377-3-3	819-3-3		32-4-2
1256-8-3	鎛 1494-4-4	鑬 1151-7-4	**8284**		饖 963-4-1
鍬 227-6-4	**8315**		姃 885-4-2		餓 126-3-1
1043-7-1	鈛 416-5-4	**8273**	矮 721-7-2		罐 227-8-5
1094-7-1	鈇 1401-1-3	鈲 1542-2-1	**8286**		饉 1136-2-1
鍱 1411-4-3	鈛 1386-5-5	1601-2-3	楮 724-7-2		1136-8-1
鑱 98-1-3	鈇 1077-4-1	1601-7-1			雕 228-1-1
260-2-2	鉾 568-7-4	餃 100-3-2			鐙 533-2-2
鑱 246-1-5	鉾 412-2-3	126-3-2			1261-7-2
	錢 342-5-2	1554-2-4			1260-3-2
	792-4-3	鎚 802-7-3			飵 613-7-4
		饐 1135-8-5			934-8-1
		1136-7-2			館 926-2-2
		8274			餷 108-5-4
		飯 758-1-4			**8272**
		1133-6-3			䥥 53-5-2
		鋳 195-8-3			
		197-7-1			
		觕 1071-8-5			
		餕 731-2-3			
		餛 731-2-2			
		968-3-3			
		8275			
		饖 100-3-3			
		126-2-3			
		8276			
		鮬 641-2-3			
		909-2-1			
		1275-3-2			

右頁

1057-1-1	**8223**	創 571-7-1	鐯 1443-7-1	鎀 1520-5-1
1444-2-2	瓡 319-2-3	創 452-2-6	鐯 1594-7-4	1544-8-2
1444-6-3	瓤 609-8-3	458-5-4	248-7-3	鈺 345-7-4
8250	935-6-2	1234-8-3	鐯 108-3-2	鑴 802-5-4
鍘 300-4-2	1301-5-1	**8221**	215-8-2	鑹 1128-6-1
劉 1134-6-4	**8226**	217-1-3	**8214**	963-6-2
8251	瞀 106-4-2	724-5-4	鈑 776-7-3	鋰 1377-3-2
挑 381-8-1	鱕 216-7-1	725-3-2	紙 643-8-1	鍾 31-5-1
817-8-2	**8229**	迻 647-4-2	644-7-1	954-2-5
834-7-2	穌 418-2-3	664-2-2	鋌 887-7-2	鎧 732-5-2
攋 342-6-7	**8230**	迻(㳥) 1292-7-1	888-1-2	1106-6-3
8252	刳 520-6-4	牝 268-2-1	鋌 344-2-3	鑣 198-5-2
羘 448-1-3	劊 763-3-1	269-2-4	348-6-1	鑺 728-5-3
8254	**8231**	269-5-3	**8217**	鐙 532-7-1
羝 195-8-5	钯 333-6-2	薝 1426-7-5	鋼 42-1-4	1261-6-3
矮 657-2-2	520-1-2	薲 477-5-2	鉏 1411-4-1	鑛 1602-1-2
968-5-3	**8233**	尵 1071-2-1	鐯 1607-2-7	**8212**
8256	瓠 520-5-4	1219-3-2	1610-4-3	釤 603-4-2
犕 322-6-3	懲 1427-6-3	1471-6-2	1627-1-1	619-5-1
犘 284-8-2	慂 1427-6-5	1627-1-1	1471-6-2	1306-5-3
8257	**8240**	尲 729-6-2	**8218**	鈝 262-4-1
羘 1410-4-2	剚 616-4-4	731-5-2	鏒 102-2-4	275-5-2
8260	剳 1055-4-4	1094-3-1	987-7-3	276-7-5
剫 1625-1-2	1056-8-5	尵 658-5-2	鏷 1343-7-1	745-4-3
剫 594-3-2	1092-2-5	1094-3-2	鏷 1314-1-2	鈲 523-3-2
剳 1628-5-1	1134-6-3	馌 166-8-3	鑕 1368-4-2	鈇 622-7-3
剮 1263-2-2	1444-2-1	167-1-2	**8219**	銹 1268-4-4
劊 1078-2-3	1444-6-4	廲 633-8-5	鈰 418-5-1	鍴 313-4-5
1427-7-4	1467-1-2	叁 214-1-5	鑠 843-1-2	鋤 839-4-1
8261	**8242**	廽 358-4-2	鑠 1479-8-1	鋤 620-2-3
纈 1611-4-5	斯 1051-3-4	廵 195-6-5	1481-5-4	930-5-1
8262	斯 1129-2-4	197-5-2	1552-2-10	鋤 56-5-1
彭 537-6-3		廵 195-6-4	**8220**	鑢 665-4-2
		197-5-1	列 245-7-3	鐈 387-7-2
		廽 207-8-3	247-4-2	820-1-2
		艦 63-2-3	247-6-3	1196-5-1
		8222	276-4-5	58-3-1
		剺 571-4-1	剃 1039-3-5	76-5-3
		剺 261-8-1	1449-8-1	206-2-2
		276-4-5	1443-7-2	207-3-4
		8215	**8216**	**8213**
		釪 899-7-3	鋓 602-6-1	釚 942-1-4
		鑯 125-6-2	928-3-3	1308-2-2
		131-2-5	934-8-2	瓠 188-1-4
		235-1-2	1427-7-2	

集韻校本　集韻檢字表　下

一八六六　一八六五

左半（一八六六）

8482
矯 655-5-2

8484
㷱 884-5-2
㸌 1489-4-3

8486
姞 1434-6-2

8490
斜 432-8-4
434-4-2
438-7-3
439-6-3

8510
肆 1389-7-4
鏵 995-2-3

8511
鈍 1139-1-5
鉦 492-4-1
513-2-2
鐟 736-2-3

8512
鈇 192-7-3
194-7-2
鑐 1268-5-1
1327-4-1

8513
鉢 1429-6-5
鈍 29-3-5
鏈 346-1-2
347-3-1
鏽 1048-8-3
1052-1-2
1064-8-2

餃 1060-4-1
1074-7-4
1075-4-1
餺 1408-5-2
餕 530-4-3
534-5-1
1259-7-1
1260-3-3
餅(餠)
268-8-6
餻 268-8-3
餔 1494-2-4
餶 1504-2-1
1506-6-5
1510-5-1
1515-5-3
鑰 1496-6-3

8476
鉆 185-2-2
餾 972-3-1
饎 109-3-1
118-5-4
993-8-6

8477
鉗 600-1-3

8478
鉄 1009-4-5
鉥 1625-7-2
餕 857-4-4
876-1-4

8479
鍱 1603-4-3

8471
䮵 63-5-3
饛 1623-2-1
鑑 926-1-3
鑑 1604-2-4
1623-5-5
1632-6-3
鐘 1122-6-5
饒 380-8-3
1194-2-4
饐 986-1-1
1058-1-3
1382-2-3
1454-1-3
鑪 1074-7-5
籃 727-4-4
罐 1146-5-3

8472
劧 1414-4-4
勄 742-1-5
魸 1602-5-1
餝 1558-7-3
勸 855-7-2
餷 388-4-3
400-3-5
鮹 649-6-2
653-5-2
鱐 649-6-3
䲹 784-1-2
1138-2-2

8473
饢 481-2-7
481-2-8
饙 268-8-4
饡 1150-6-4

8474
鼓 82-8-1
餠 268-8-5

8452
勒 449-2-2

8454
㲉 973-3-1

8455
羍 684-7-3

8456
粘 711-7-2
1058-1-3
1382-2-3
1454-1-3

8458
穮 270-1-1
749-1-1
1082-5-2

8460
斜 1625-2-1

8461
釠 305-7-2
541-7-1

8462
勎 1628-6-3

8464
散 1327-6-3
皺 1480-5-2
1498-7-3

8468
鉷 17-7-2
鋏 495-1-1
領 1319-4-4

8470
餇 567-5-2
斜 417-4-2

鏒 368-6-1
1189-5-1
1213-1-5
鑲 1615-5-1

8421
皴 973-3-1

8417
勊 1564-3-2
忕 539-3-5
忚 429-4-1
838-1-1
1215-1-4

8418
傂 419-3-1
842-3-1
1217-4-1
654-4-1
654-5-1
655-5-3
966-8-3
595-8-3
934-3-5
1592-1-3
1626-3-2
爐 321-5-3

8424
皴 1411-1-2
1433-7-2
1469-8-2

8426
站 186-6-2

8436
黮 849-4-4

8442
㔅 487-7-2
502-8-3

8451
羷 305-5-4

錔 1593-1-1
鐥 101-2-2
錔 1485-1-4
鐙 1453-5-4
鐯 1262-7-5

8417
鉗 600-3-5
611-7-4
616-5-5

8418
鈦 1041-2-2
1067-4-1
1068-3-3
鉷 18-3-5
鋏 1618-2-2
鍖 119-8-2
122-1-2
鏌 494-8-4
鐄 1497-7-2
鎮 249-6-4
332-2-3
1119-1-2
鐄 486-6-3
鐖 269-8-2
273-4-5
291-3-3
1128-4-1
鐩 1319-1-4
鑽 312-3-2
1152-1-2

8419
鑺 1603-2-4
1609-3-4
1612-8-1
1615-5-2
鏒 1498-4-4
1516-3-2
鎶 1612-7-6

右半（一八六五）

鑵 12-5-5

8414
鈒 655-3-5
656-1-3
鈹 66-6-2
錺 1138-5-1
鍛 422-4-2
647-2-1
1210-6-4
錞 1408-5-1
鏱 1600-6-6
鏴 706-4-4
867-6-5
鐪 187-7-2
鏱 1494-5-2
鑊 1503-8-4
鑄 1023-2-2
鑄 1494-5-1
1495-6-3
1496-5-1

8415
鍏 132-1-1
684-5-1
鐸 444-6-6
鑶 1286-2-2
鑻 1037-6-3
1460-1-2
鑶 473-6-1

8416
鈷 185-1-2
711-6-2
1033-4-2
錯 1028-3-4
1480-7-4
1498-5-1
錯 364-5-1
367-4-1
380-4-1

鏡 398-6-4
814-2-2
816-7-3
1205-1-3
鑑 1598-4-6
1601-4-4
鏹 813-7-2
1188-3-5
罐 1146-5-4
鑵 1188-7-3

8412
鈉 1056-2-4
1597-6-3
勈 632-7-2
641-1-5
跨 723-7-4
854-3-2
鉏 1622-4-5
鍋 1056-5-2
1469-8-1
鋤 141-6-2
691-7-5
錡 79-7-2
655-1-5
鈮 418-8-1
541-5-4
鈗 579-6-4
580-8-4
583-8-2
1287-2-2
鑘 451-2-1
銑 783-4-1
錘 596-2-4
934-4-3
1604-7-6
1623-6-4
鍖 583-3-6
915-2-2
鈜 498-2-3
鉱 1622-4-4
鋕 993-1-5

8377
館 768-8-5
1146-1-3

8384
豍 1438-5-2
1173-3-3
舖 177-2-3
1026-7-4
1027-1-2

8385
戙 942-2-3

8402
勺 1382-6-1
欓 501-6-2

8410
針 580-2-4
1286-2-1

8411
鈯 541-5-2
鈰 418-8-1
鈑 541-5-4
鈗 579-6-4
580-8-4
583-8-2
1287-2-2

餞 1399-7-1
1403-7-3

8372
舒 693-3-2
餉 789-8-2

8356

8361
銍 11-4-1
18-8-4
45-4-4
45-7-3
1292-3-4

8364
戙 536-1-6

8365
憾 1291-1-4

8373
祥 369-7-3
412-2-2

8374
餅 758-1-5
1133-6-4
餕 1117-8-1
1186-6-2

8375
鹹 1569-6-3
餞 778-3-1
餓 1214-6-4
餕 793-2-5
1175-3-6
1175-7-2
934-4-3
鑯 994-1-3
鑯 1447-2-2
鐵 1307-1-1

8376
飴 116-3-1
996-5-1
餐 1441-1-4

臧 612-2-3
617-2-4
619-1-5
羍 1442-2-6

8366
䏶 1426-8-1

8367
鹹 1569-6-3
館 1146-1-4

8368
獸 544-5-1

8370
䏶 1100-6-2
飿 1374-4-2
1459-3-3

8371
館 1526-3-1

鑽 756-7-2
807-1-4
鑱 81-2-1
656-2-2
1404-1-3
羍 1474-2-3

8319
鉥 1385-6-2
1386-3-5
錄 541-5-5
576-3-3
鎳 1448-3-5

8321
㦧 1436-5-3
甀 1430-3-4

8325
錢 1159-7-3
饑 1489-8-4
酨 1340-8-1
鹹 1528-1-1
1557-7-1

8351
鴕 424-8-5
羦 305-5-5
羫 45-2-4
948-7-2

8352
羜 692-5-1
694-2-4

8354
艀 1019-7-2
1494-7-1
1237-7-5
1238-4-3

8355
羬 1569-7-4
羏 778-8-2

集韻校本

集韻檢字表　下

左頁

銱 31-5-3
40-1-2
翔 54-2-5
鄉 439-6-2
銅 475-4-1
1243-4-1
鍋 416-5-3
840-6-2
鉚 488-7-3
鍋 407-8-1
410-7-1
銱 410-7-2
歸 1210-4-4
鉚 185-1-1
銱 499-2-4
鎆 551-6-3
1268-6-2
鎢 191-7-4
銱 1362-6-4
鎢 588-8-2
鑷 1283-3-1
1283-6-1
鏐 368-6-2
549-3-4
576-4-1
576-4-4
1273-8-1
鐧 1161-1-1
鉚 132-7-6
686-5-1
鏑 1389-7-5
1456-1-3
鵁 291-6-5
鵁 701-3-6
鸍 1556-4-7
篤 1584-8-1
1588-1-2
鐧 145-2-3
1014-5-4
鵁 1586-3-1
鐧 141-7-4

1012-6-2
鉋 394-3-6
1202-3-5
1361-7-4
鈮 718-7-3
鑱 659-4-2
鉋 641-1-4
鑱 280-7-1
鎧 908-8-3
鏗 495-7-1
鑺 1188-7-2
鑱 622-7-2
1307-1-4

8712
卸 1222-1-1
鄄 1218-2-3
釘 810-1-4
811-5-4
釦 407-5-3

8708
釦 1187-5-3
釗 1369-8-1
鈃 1400-6-3
鈞 260-5-4
鄒 20-8-1
鄧 1537-2-1

8710
塑 1027-8-2
566-1-4
1277-2-4

8711
釟 900-5-3
釫 568-7-3
鄺 439-6-1
鉅 677-1-1
鈕 899-7-4
901-2-2
鈀 431-1-2
431-5-2
鉏 139-4-1
141-6-1
鄒 1578-8-5
1586-3-5
鉰 1353-1-4

962-7-3
賀 61-8-4

8681
燿 722-4-2
725-4-2
1221-7-4

8682
鍚 452-6-3
454-7-1

8684
錍 70-5-3
208-7-6
纓 510-3-2

8685
婢 1082-3-1

8673
鰻 311-5-5
鐇 1537-4-2

8675
卹 1625-7-3
鐔 1177-5-4
1178-2-5
鐉 1372-5-2

8674
卹 1625-7-3

8678
� 725-1-4
緹 717-6-5
餛 892-2-2
饌 116-3-2

8679
餗 840-8-3
饅 876-1-3
141-6-1
179-2-6
436-8-3

8680
知 61-6-4

8672
錫 504-8-3
505-3-1

8661
鍚 465-6-4
餲 1058-1-2
1088-3-6
1091-1-5
1417-6-4
1420-1-3
餇 1600-7-1
齣 1320-1-1

8673
錗 1561-7-1
罐 589-8-5
觶 70-7-2

8670
餇 185-2-4
1032-7-1

8671
卹 1625-7-3
鐇 1177-5-4
鉑 1382-8-1
1588-4-4
1623-2-2
餛 1202-8-2
餭 286-5-6
288-6-3
464-2-2
480-3-3
饒 987-2-2
987-7-1
1007-7-3
韞 61-7-4
962-8-1
讙 426-4-1

8660
智 962-7-2
䁤 61-8-2

8664
餕 286-1-2
311-4-2
禫 371-6-5
400-1-5
400-4-2
401-1-1

8625
韡 668-7-2
717-4-2
1039-5-5

8626
錩 1233-8-2

8640
嫛 107-5-2

8650
翔 259-6-4
餓 1202-8-2
館 286-5-6
288-6-3
羯 1008-7-3
1404-8-4
獨 1319-7-4

8652
獨 1319-7-4

8653
環 317-6-3

8658
羻 323-6-2

8621
阻 664-3-1
岨 546-1-3
1195-2-5
岨 752-6-1
覰 737-1-1
疽 330-7-1
懅 1220-1-2
岠 727-1-4
1101-7-5

8661
覤 52-2-1
覯 1544-3-3
1548-7-4

觬 173-7-3
1018-7-3
1022-4-3
鯢 1195-1-6
1479-3-5

右頁

69-8-4
105-4-1
208-6-2
209-3-6
鉬 1581-1-4
鏝 311-6-5
1149-5-5
鐸 1490-1-1
鑊 1488-6-5

8615
鉀 1598-4-5
1599-4-1
1630-1-1
鐸 1372-8-3

8616
鋁 1014-5-3
鑣 227-1-5

8618
鋏 444-6-5
鋃 1070-1-1
鋅 185-4-2
190-3-3
鋌 1363-6-2
1364-5-5
鋥 54-5-3
195-7-2
198-8-1
1548-4-1
鏾 632-8-6

8619
鏷 840-5-6
854-3-4
鏢 323-8-1
鏢 428-6-6
鏍 373-8-5
407-3-3
1210-5-3

鎲 105-3-5
208-6-3
209-4-3
鑵 67-8-5
722-2-4
722-4-4
1221-8-4
鑺 157-7-3
鑵 730-6-1
罐 426-5-2

8612
錫 960-6-3
1040-6-2
1542-5-1
1549-2-6
錦 916-7-1
錫 448-2-4
鍋 151-6-5
錫 1404-8-3
鍔 1503-5-7
鑼 448-2-3
鑷 1405-7-1
錫 1240-2-3
鑼 1347-8-1
1365-3-3
1367-2-1
鑼 206-1-1
338-2-1

8613
鑼 370-6-4
鑗 727-2-4
鑼 316-8-3
1176-7-5
鑼 787-5-2
鑼 68-1-1

8614
鉡 1140-8-2
鈄 67-8-4

1186-5-1
1455-8-1
1472-1-4
餕 857-4-5
1238-2-2
1245-4-2
餽 226-5-1
987-6-4
1007-7-4

8579
餗 1425-8-4
餗 1316-2-3
1363-7-5
餗 7-4-5
餗 1110-3-3
餗 1027-6-4
餗 1491-4-3

8610
釦 903-3-3
1276-3-5
鈕 332-6-1
1167-7-3
鉑 1496-8-3
鍋 48-6-1
錮 1033-1-1

8611
鋥 1247-3-5
鋃 789-1-2
鋂 288-1-3
345-4-3
759-4-2
761-4-3
鋥 513-2-3
鍠 479-8-2
486-3-2
487-1-1
鋰 870-7-2
871-2-3

辣 7-3-1
250-5-1
946-5-1

8519
銖 1094-7-2
銖 169-1-3
鍊 7-5-2
鍊 1156-3-2
1168-6-1

8561
釩 1518-5-1
1518-7-6

8566
舳 1269-1-1

8570
鎛 996-1-2

8571
鈍 295-6-2
1123-5-2

8552
芾 1002-2-4
1072-5-2
1429-7-2
1430-7-6

8553
糒 317-6-2
1144-2-4
1158-2-3

8554
鏤 573-4-1

8556
潛 1593-6-4

8558
鍵 282-2-7
343-5-3

8577
鐯 804-6-3

8578
缺 653-7-4

8521
㐼 217-5-6
221-4-1
嵺 220-3-1
226-1-5
1092-5-2

8572
鐥 506-6-5

8573
蝕 11-4-2
1559-8-4
1564-7-2
鏈 347-6-3
鏈 1316-2-5
鏈 804-6-2
鏽 30-1-1
49-8-2
642-2-2
957-3-1

8574
鏈 759-4-2
761-4-3

8559
秣 1406-8-2

鑼 29-4-1

8514
鈰 931-6-2
鏤 192-7-4
194-7-3
鍵 350-6-1
755-8-4
756-5-6
806-7-6
807-1-3
鑞 1132-1-5
鑻 566-1-5
鑄 314-7-2
鑣 172-8-2
1283-5-2

8516
鐕 407-4-4

8517
鐯 1048-6-4
1052-1-3
1059-8-2

8518
鉄 162-3-4
700-3-5
鈇 1049-5-3
1456-1-4
1457-5-4
鈌 463-4-2
474-2-4
494-8-5
鈇 1378-4-1
鈰 97-3-2
198-4-3
1447-7-3
鈇 763-8-4
785-5-4
786-1-3

集韻校本　一八七〇

集韻檢字表　下　一八六九

左半

劍	1303-6-2
鄭	469-7-2

8783

綠	1109-2-2
	1110-4-6

8784

姁	546-4-2
綴	1469-6-2

8786

矧	364-7-1

8788

歙	590-5-2
欽	593-5-4
	599-6-6
	616-3-4
	624-5-1
	1294-7-1

8790

槊	1362-6-3

8791

羅	411-3-3
	1485-2-1
	1549-7-6

8792

鄃	139-3-1
	180-5-5
	181-8-1
	433-4-2
鵨	72-2-5
鶒	146-8-1

8800

从	35-7-4
从	856-8-1

8775

餫	286-5-7
	1127-4-2

8776

韶	1194-2-2
餎	91-3-6
饘	549-7-2
	1273-2-5
	1299-6-4

8777

餡	225-1-4
餎	1290-5-3

8778

飲	984-7-3
欽	917-1-6
	1289-2-2
銀	1018-1-2
餕	563-4-3
饌	1207-6-2
饌	775-4-3
	799-5-3
	1133-7-4

8773

銀	1179-5-2

8779

餘	1270-7-1
	1274-2-1

8781

俎	141-1-3
	691-3-2
	1012-5-1
施	658-5-3
鐩	1062-5-4
	1469-3-4

8782

鄭	1253-5-4
鶏	665-6-3

飼	407-8-7
釣	1487-4-3
飽	1265-4-3
銅	883-8-5
飭	566-5-3
飾	901-1-1
飼	996-4-5
鋼	476-1-4
銄	455-1-6
	861-8-2
	1233-4-2
餃	848-4-1
	850-8-3
鶏	1412-8-4
餔	638-1-6
鳩	20-3-5
	22-8-3
餰	1454-1-2
餔	410-4-2
餰	1338-2-1
餰	185-2-1
餎	551-5-4
餚	638-1-5
翱	1495-5-5

8773

銀	1136-8-2
鎺	225-1-3
籙	1110-3-2
籛	861-7-1

8774

飯	1009-4-4
餖	1282-1-4
	1282-5-3
	1464-1-2
餺	280-6-5
飽	994-1-1
饋	280-6-4
饁	619-7-2

8772

餒	558-4-4
餅	1179-5-3

鴿	1351-8-4
鷚	368-1-2
鴿	595-7-3
翻	536-2-2
鴿	140-5-4
襇	441-2-7
襇	441-2-6
鴿	595-7-2

8768

飲	1590-1-5
	1624-7-4
飲	1018-8-3
	1351-6-1
飲	593-3-3
歙	917-1-5
餗	563-5-4
	1275-1-1

8771

飢	100-3-1
	101-3-2
鉏	901-4-2
	1274-1-5
鉏	141-2-2
	848-2-2
	849-7-5
	825-4-1
飽	96-8-1
饒	286-1-5
	758-4-4
餖	681-5-1
	992-5-3
	1000-6-6
	1425-7-5

糶	793-7-1
	799-6-4
	1176-1-3
	1176-7-2

8759

粦	557-3-5

8761

飢	1486-6-5
餰	1487-2-2
艷	535-8-3
	1263-2-1
醩	552-6-2
	1327-4-4

8762

部	1589-5-3
	1591-3-4
	1624-4-3
卻	1486-3-1
	1486-6-4
	1517-7-3
部	140-4-1
	433-4-3
	1222-8-1
舒	140-2-1
	1015-2-4
翖	1586-3-3
翖	593-5-1
部	796-2-3
	1178-2-3
鄮	528-8-2
鄐	1078-3-5
裯	371-2-3
	548-6-3
衚	1339-1-5
	1339-4-4
鴿	1591-3-5

8758

	1360-8-1
	1572-1-5

鶏	595-7-5
鶏	1339-4-6

8744

毅	1134-6-2

8748

欨	1402-3-2

8751

杷	431-8-1
旄	659-5-2
棁	205-1-2
	215-1-4
捶	1567-4-5

8752

邘	333-3-2
	522-1-4
羏	139-3-4
鞠	1404-8-5
翔	9-8-4
翔	453-5-2
羺	1415-4-4
鄿	81-3-1
	656-5-2
鵗	448-5-5
	453-5-3

8754

羿	711-7-1
羢	473-4-3
羢	1402-3-3
	1469-7-4
	1472-3-1
	1474-6-1

8755

狰	500-3-4

右半

郰	686-7-4
鶏	520-2-4
鸕	164-8-2
鴜	140-5-3
鶏	255-6-3
	256-8-1
	293-6-2
	294-1-1

8733

愿	1027-6-3
	1521-1-2
慾	1018-8-4
	1351-6-2
怨	253-2-2
	264-5-1
	511-3-5

8738

欼	1250-8-1
欼	1166-8-6
	1301-1-7
欵	818-6-3

8741

舭	513-8-3
	885-5-2

8742

邢	514-3-4
朔	1362-4-4
鵄	701-3-4
鶎	105-1-1
	106-2-3
	213-6-2
	432-2-3
	505-7-2
	514-5-2
	722-2-2
鵻	1325-5-3

	198-6-2
鴿	452-8-3
	473-1-1
鶏	615-1-2
鶏	580-4-3
鶏	1479-7-2

8723

鱻	363-3-4

8728

欪	99-4-5
	118-5-1
	202-4-3
欪	1087-1-3
欫	593-3-4
	613-1-2
	614-6-2
	616-2-4
	617-6-2
	624-5-6
	932-8-3
	937-5-1
	938-1-2

欪（放）

	247-8-2

欵	174-6-2
	572-1-2
欶	936-1-3
	938-3-3
	1301-8-3
	1304-4-7
歙	53-7-2
	959-5-5

8729

綠	1321-5-4
	1354-5-4
鎬	1516-8-3

8732

鵻	1471-4-1
翎	520-3-1

錄	557-2-2
鏃	868-2-6
	1453-5-2
鏃	94-7-3
	200-1-1
鏢	686-5-2
	1304-2-4

8721

炮	394-1-2
	394-7-6
	1189-5-2

8718

欽	586-4-8
	587-2-1
	587-2-2
	967-2-3
	969-1-2
	969-2-1
燧	1218-8-5
阻	179-4-4
鱧	1412-8-2
	1415-2-1
	1436-5-2
鎙	1045-2-1
	1452-7-4
	1453-5-1
鏃	563-2-1
	1274-8-4
	1270-8-3
	1280-4-3
	1316-7-2

8722

邻	588-8-5
邪	247-6-4
鄖	166-7-1
	174-1-1
劊	1234-8-4
鶏	588-8-1
	594-3-4
	612-3-6
鳩	268-4-2
	269-6-2
	291-7-1
	319-1-4
錄	844-2-5
	1218-8-1
錄	1014-8-1
	1322-2-5
鶏	196-6-2

	1274-1-1

8717

鋁	676-8-6
銘	918-6-2
	1295-2-4
錮	1397-7-3
錮	595-2-2
	1444-7-4
	1469-7-5

鍛（鍛）

	1154-4-2
鍍	569-7-2
鍛	440-4-1
鏃	1056-6-3
	1089-4-1
	1439-1-1
	1582-5-6
	1452-7-4
	1453-5-1
鏃	563-2-1

8715

冊	1521-8-1
錚	499-6-3
	500-3-3

8714

鋒	36-4-2
鏵	1452-7-5
	1453-5-2

8716

鉛	359-3-2
鉊	380-1-3
銘	515-3-1
鉻	1492-6-1
錄	1014-8-1
鋸	1010-4-5
鎦	549-1-2

鎁	1154-1-4
鋼	1167-7-5
鋼	1594-8-7
	603-7-2
	604-3-1
	1350-2-2

8713

鋑	29-4-2
銀	261-6-1
錘	93-8-4
	225-2-4
	964-1-2
鎯	14-6-3
	15-1-1
	630-4-4
鎚	405-3-5
錄	34-6-4
	48-5-3
鍪	175-2-1
	1352-1-1
鐽	36-4-1
錄	14-2-3
	949-8-5
	950-2-5

鎦	416-5-2
	840-6-1
	1216-2-2
鎵	856-3-2

8714

鈒	1578-8-4
	1582-5-4
	1586-7-1
	1592-8-4
釪	676-4-2
釪	1471-2-3
釵	214-1-2
	435-5-5
鍛	1539-7-5
鈮	247-3-3
	248-8-1

集韻校本　集韻檢字表　下

篚 55-7-3	竿 744-8-1	簽 266-2-1	笀 783-5-4	鏕 604-1-2	鎗 452-2-5
313-4-3	第 960-6-1	魔 726-2-3	荏 913-5-2	鑷 197-4-1	492-7-3
357-1-2	笏 282-1-3	726-4-3	1286-5-3	1041-4-1	493-2-1
篤 697-8-5	1132-1-2	籤 1549-1-1	笐 950-8-3	**8819**	籙 1030-3-2
箭 1174-8-6	笰 1040-4-5	1550-2-2	覓 788-4-2		鎝 707-5-2
篇 350-8-2	筥 1062-5-1	籠 68-3-1	788-8-1	鈴 1616-7-4	1498-5-2
箐 137-5-3	箊 439-8-3	箽 1366-2-3	筰 1499-6-4	篸 957-3-3	鐺 499-6-4
篶 1554-7-3	筒 9-3-3	1505-5-5	1516-6-3	鑲 1521-3-3	500-7-5
1555-2-1	947-2-2	蘆 183-5-2	1532-7-4	籙 1351-1-2	藩 283-6-2
箐 1166-2-4	符 477-2-3	籠 10-5-4	笀 768-7-2	**8820**	309-3-3
䇈 655-5-5	486-1-4	38-7-4	笔 681-6-4		鎗 1528-5-1
篙 401-5-3	筋 275-5-3	628-7-2	㲚 1422-3-1	竿 887-7-4	鎝 1484-7-4
1207-2-2	282-5-3	籤 509-3-5	麂 710-6-4	笒 582-7-4	籤 1030-3-4
篞 64-6-6	350-3-1	籤 1120-2-3	範 125-4-1	595-3-5	**8817**
䈶 471-3-3	箶 1173-5-4	箷 564-4-5	431-7-2	1288-6-1	
489-1-2	筲 396-1-2	籤 307-5-5	笕 753-6-1	竿 694-2-3	簪 975-6-2
簡 1177-3-3	1362-7-3	籤 64-6-2	健 594-4-2	1014-2-5	977-1-6
篱 769-4-4	䇞 92-4-2	籠 53-1-1	611-4-1	筡 1256-4-3	983-3-1
䈈 336-5-4	筋 1359-6-1	86-4-5	615-2-3	籤 116-1-2	1051-7-4
䈁 729-8-3	1487-3-3	213-8-2	618-3-4	參 581-5-6	1065-2-1
844-6-3	1544-6-1	646-4-2	1616-2-5	582-2-1	1409-3-5
845-5-4	猙 276-5-1	籤 1366-2-1	籤 52-2-3	582-4-8	藩 595-3-4
1219-5-4	箈 1355-1-3	1505-5-4	55-3-1	592-5-3	
篃 449-1-1	1358-6-3	**8822**	72-8-3	1292-5-2	**8818**
籣 335-4-2	笰 9-3-4		籠 1616-4-1		鉄 664-1-4
804-6-4	628-5-3	竹 1332-3-1	籤 63-2-4	**8821**	1317-2-6
簡 144-6-1	638-1-2	1333-1-3	箸 1083-1-4	光 664-5-6	箕 17-5-3
779-3-3	筹 452-7-4	俏 974-2-2	籤 1030-7-4	侊 1085-2-2	箞 927-4-2
筧 742-4-4	504-8-2	笄 119-5-3	1363-8-2	1435-3-1	1296-1-3
筒 779-6-2	1166-3-3	笧 673-8-4	1364-6-1	1442-8-2	縱 34-6-3
簪 785-6-3	算 988-8-1	笐 1056-4-2	1366-2-2	1450-5-2	48-5-4
籓 387-1-3	篙 854-5-3	1062-7-2	1504-1-2	笕 12-2-2	鑷 1280-7-2
387-8-4	奋 258-4-2	1470-7-1	1505-5-6	笓 278-2-2	1317-2-2
箹 686-4-1	箷 365-2-3	第 664-5-1	篊 1334-4-2	笕 475-8-1	1317-2-4
篤 657-7-3	帚 897-4-2	674-3-4	籬 688-2-6	477-4-1	1317-7-2
儀 1525-4-1	箳 925-2-1	740-8-3	笕 571-2-2	956-5-3	1363-6-1
簧 1529-4-3	箚 363-3-3	1391-1-1	籠 1320-6-1	1242-6-3	1364-2-2
籓 1166-5-1	396-2-4	笏 748-1-4	籤 777-4-2	笮 1224-5-4	1176-5-4
簫 363-3-2	1362-6-6	1392-3-2	籢 1276-1-3	1499-7-1	332-6-2
籣 72-4-4	笇 864-8-2	1413-7-1	箟 712-7-3	1516-6-2	鑷 332-6-2
210-5-4	笭 866-1-1	笳 450-2-4	隆 26-4-2	1517-4-6	1167-7-4

1093-3-2	簌 1082-2-3	745-8-4	笓 649-5-2	92-2-4	**8802**
1154-6-3	簧 406-1-2	笷 43-6-2	筂 383-7-1	647-2-4	
鐏 293-5-1	鎹 1616-8-2	鈴 577-5-1	545-6-4	647-6-3	笒 152-4-3
771-5-1	鎹 113-3-1	595-5-1	1195-3-3	笙 585-3-6	笭 828-8-3
1138-4-2	籤 27-7-4	611-8-1	笻 45-2-2	笿 19-2-2	笭 514-1-2
1138-4-4	41-1-1	筠 263-1-4	笾 63-2-6	筐 513-2-1	笶 1503-7-2
潭 935-4-3	44-1-1	箹 1014-2-2	鈧 1396-8-4	879-7-2	篸 740-4-5
鐵 123-4-3	鎌 609-3-3	泲 100-2-3	筑 1332-3-3	886-3-4	
籨 1487-8-3	篦 1447-1-5	276-4-6	鈼 1499-6-2	笙 627-3-3	**8804**
8815	鑷 976-4-1	鈽 1563-8-2	鉇 52-3-6	笙 480-2-2	牧 1414-5-4
1570-1-1	鑷 1439-1-2	鈴 249-6-2	筪 138-5-1	箞 54-3-1	**8810**
篾 1487-7-6	籤 582-4-6	釗 1204-4-1	銓 353-4-1	422-1-4	
鑰 231-5-1	592-5-2	1211-4-3	鋭 1064-7-1	849-7-3	坐 843-6-4
503-3-4	1292-5-3	1212-7-2	1071-6-4	管 280-2-2	1218-5-2
籢 938-5-2	**8814**	筋 1250-6-2	1471-6-1	笾 509-3-6	竺 1332-3-2
鑷 304-2-2	澕 328-2-4	簿 159-6-2	統 783-5-3	1075-8-2	1344-6-4
327-3-1	鈃 514-7-1	錫 198-4-2	銼 423-5-2	1598-3-4	笙 673-3-5
792-7-3	882-3-1	篸 1601-6-4	1218-2-1	釟 1438-2-4	
1175-1-4	1251-4-1	籤 20-7-1	1317-7-1	笪 771-8-3	
籤 603-5-6	對 37-3-3	筍 1017-7-2	籬 1450-7-3	1152-4-2	
鏉 580-2-3	籙 1253-2-3	蒲 177-7-3	繞 549-8-5	笾 670-1-3	
籨 327-7-3	籵 505-6-3	籤 1484-5-2	52-3-5	篚 162-2-3	
328-2-5	簝 560-7-3	錆 571-4-4	433-5-1	178-2-2	笪 1222-6-5
8816	561-2-4	蔿 467-8-3	434-3-2	700-3-1	笙 492-3-1
	淳（覞）	864-8-1	958-5-4	1019-4-2	笙 704-4-5
箔 327-7-3	562-5-4	鎖 1063-1-2	鑰 1004-1-2	笪 627-3-2	笠 1584-6-2
328-2-3	籥 213-3-4	錀 20-8-5	1106-7-5	笪 533-1-1	笙 1049-5-6
605-4-1	鈒 1267-7-1	錆 566-8-1	鐺 1380-5-1	簿 718-3-3	109-3-6
箔 1496-4-2	1323-1-4	簿 879-3-3	籤 241-1-3	簿 1104-7-2	353-6-2
箔 816-4-2	籤 1089-4-2	簫 313-4-2	347-7-3	簧 236-7-1	笲 525-8-1
箔 114-8-4	籤 658-4-4	簫 769-4-5	鑑 621-3-2	籃 598-5-1	籙 1054-2-1
236-4-2	簿 707-2-1	劉 550-1-3	1296-8-5	740-2-1	1064-5-1
735-8-2	1494-4-1	900-4-2	1305-7-2	簧 770-8-6	笪 1282-4-6
736-1-4	1496-3-2	1273-8-4	1306-1-5	籤 1328-4-4	508-5-2
鈴 1590-6-4	簳 513-7-1	鎗 1616-7-3	籠 31-6-2	簫 72-4-2	516-5-1
1591-3-2	鐵 770-5-2	錀 1479-5-2	籨 723-1-7	籠 519-8-2	笙 1450-7-4
箚 1493-3-3	1150-1-2	**8813**	**8812**	**8811**	笙 1256-7-3
鉛 40-8-3	鐵 224-7-2		笶 740-1-5		笙 423-2-3
1351-7-3	294-3-4	鉿 32-5-2	釩 1395-5-1	笵 941-5-3	笙 1559-7-2
鉿 595-2-3	729-8-2	鈴 518-7-2	745-5-4	筑 1333-5-3	55-8-4
					62-1-1

一八七二　一八七一

集韻校本 下　　集韻檢字表 下

左

籥 396-1-1
8853
羚 519-8-7
簥 519-7-4
8854
救 855-4-2
　 1231-7-1
簞 68-5-3
　 71-3-5
　 213-5-2
　 612-6-4
　 722-5-2
篡 1585-5-2
簿 1494-1-1
　 1496-3-3
籜 1491-2-3
8855
筭 931-7-2
　 935-8-1
籟 1159-3-5
　 1521-5-2
箅 1082-2-2
簚 656-5-1
籤 328-3-1
8856
箛 611-6-3
箝 1363-4-3
　 1364-5-4
　 1366-6-2
　 1516-4-3
　 1517-5-1
　 1522-1-3
　 1529-3-1
　 1530-6-3
　 1532-5-3
籍 189-1-3
籓 1030-3-3

筆 12-1-3
笈 327-1-2
筝 671-7-3
　 742-5-1
笮 1332-5-3
篳 988-5-1
　 1373-3-3
筆 859-2-2
箪 301-5-1
籭 1133-8-1
篳 358-2-1
　 1179-3-4
8851
箍 187-4-1
範 941-7-1
莧 218-6-5
　 559-1-5
　 726-2-4
　 726-4-4
軌 1165-6-3
籠 1367-5-4
8852
帮 1329-1-5
扮 268-5-4
　 270-4-2
第 1002-1-3
　 1393-1-2
　 1393-8-2
筋 1053-5-1
　 1464-5-4
　 1465-1-1
篩 315-8-2
　 770-5-1
　 771-1-1
　 777-6-1
　 783-8-2
　 1149-8-4
瀚 174-8-3
　 1019-1-2

　 907-4-1
籭 560-2-2
　 1271-3-3
8844
籇 1054-1-4
辮 1161-8-3
簫 1616-5-5
籭 801-1-3
　 801-4-3
8845
筅 24-7-2
8846
笝 442-4-3
笝 142-6-5
嫡 992-3-4
8848
籔 1337-8-4
籲 918-3-1
　 922-8-2
8850
竿 25-6-2
笋 740-4-3
笚 738-2-6
　 1600-7-2
　 1602-5-3
　 1629-5-4
　 1630-2-1
籤 309-4-1
　 310-3-3
簻 368-8-1
簿 1493-8-1
　 1495-4-2
　 1213-3-1
　 1056-7-3
　 1339-3-2
籥 1337-2-5
　 1337-8-2
簸 1074-4-4
簽 889-2-3
籌 766-6-3
　 1142-8-5
籩 703-2-3

籣 519-8-1
笄 201-4-4
笈 184-4-2
　 439-2-3
　 1026-2-1
　 1030-5-4
筓 285-2-4
　 758-2-1
　 1186-3-4
笄 505-7-1
　 514-5-1
笄 771-6-3
　 1151-4-5
筏 868-1-1
簊 559-8-1
筭 770-8-1
　 771-6-2
　 793-6-2
　 922-8-2
8842
筭 913-1-4
笋 1332-4-4
筭 147-1-2
笋 740-4-3
笚 566-7-2
　 1276-5-3
筜 1064-4-5
笿 309-4-1
簿 310-3-3
簿 368-8-1
簿 1174-8-5
笿 1495-4-2
　 1213-3-1
　 1056-7-3
籣 1339-3-2
籥 1337-2-5
籥 1337-8-2
籥 1074-4-4
簽 889-2-3
籌 766-6-3
　 1142-8-5
筑 187-3-2

篋 907-5-1
篊 1332-4-3
　 1487-7-2
　 1487-7-7
　 1224-7-1
籃 573-2-4
　 698-2-1
　 704-8-3
　 909-5-3
箪 935-4-2
　 1301-4-1
笺 1107-6-1
籤 48-1-2
籩 1487-7-3
筭 1151-4-5
笶 583-8-4
籀 971-7-4
　 1579-7-4
　 1581-7-2
簐 1292-6-2
　 1151-4-6
笾 275-5-4
　 1574-2-1
筁 540-5-2
笝 1475-8-4
節 439-8-2
蜀 1337-8-3
窈 559-3-2
篩 368-8-1
籬 1174-8-5
籬 1495-4-2
筝 1213-3-1
籀 1339-3-2
籥 1337-2-5
籥 1337-8-2
輻 1338-6-1
籩 766-6-3
　 1142-8-5
籜 740-4-4

笈 388-8-3
笈 1099-1-1
　 1099-4-4
　 1218-3-3
　 1224-7-1
　 1225-3-4
笺 1431-1-1
等 185-6-2
筁 24-8-6
　 33-7-2
　 634-3-1
莛 516-7-2
　 517-4-3
　 888-4-4
筵 348-4-4
笺 388-8-2
　 823-6-2
筝 160-7-4
笺 422-6-3
笺 530-4-2
竿 1204-2-5
　 1366-2-5
　 1366-7-5
竿 70-2-1
　 208-5-5
　 213-3-5
　 660-2-3
　 988-4-1
　 1545-4-3
竿 1387-4-3
籩 1605-1-1
　 1606-2-3
　 1631-1-1
建 755-7-2
　 806-8-3
箕 1578-8-2
　 1581-2-2
篧 559-3-4
籩 1183-6-2
籩 16-1-3
籌 740-4-4

右

簛 647-8-3
薱 922-8-5
簫 548-1-2
籧 742-4-5
籩 1051-7-5
籨 742-4-6
籭 337-3-2
籥 742-5-2
籤 548-1-3
薱 865-2-1
籨 1444-5-3
　 1466-8-5
8834
等 735-8-5
　 890-4-1
敛 1450-8-3
　 1617-1-1
等 1389-2-4
算 314-1-3
　 356-7-4
籌 579-2-1
8835
鮮 341-3-2
　 791-7-3
8836
籭 216-3-3
籭 931-3-4
8838
籟 888-6-4
8840
竿 299-2-4
　 766-6-4
　 1142-8-2
竽 152-4-2
笵 1566-4-3
笈 855-3-1

簉 1516-6-4
篊 1550-2-1
籩 1271-2-1
籨 181-3-6
筭 1050-4-2
筝 12-1-2
箇 7-8-1
籨 1041-7-2
籭 417-2-2
　 437-8-2
籩 792-7-2
籨 1381-1-1
籩 341-8-4
籭 793-6-1
籨 136-4-2
籩 328-4-3
8832
篤 1344-6-3
篤 1222-1-4
驚 742-6-2
8833
窓 993-3-4
惢 999-2-2
惢 1301-6-2
　 1617-3-1
惢 112-1-1
　 675-7-1
惢 14-4-4
　 945-7-2
惢 114-8-5
　 236-5-1
　 735-8-1
　 736-1-3
8830
慇 742-1-1
慇 1562-1-2
蕉 164-4-1
　 176-3-2
然 333-3-3
　 345-4-1

　 992-3-3
蕢 452-7-3
　 472-8-3
庸 466-3-3
籨 907-5-2
籩 601-5-5
幡 283-5-2
　 283-6-3
8827
笰 341-4-1
笘 1398-4-2
　 1415-4-2
8828
箕 1068-4-1
篊 725-2-5
篨 563-6-3
筵 53-1-3
　 213-8-4
　 218-8-2
　 646-4-1
篁 705-8-2
簇 1317-1-1
　 1363-4-6
鬚 166-1-2
簾 1554-2-2
籬 1006-2-2
8829
簾 143-6-2
篠 808-2-2
篠 1320-6-3
籐 534-2-2
8830
笑 1039-8-1
笭 519-7-3
　 888-8-1
　 1257-2-3
笒 28-5-5

籠 282-5-1
籤 1108-7-3
籏 106-8-1
　 123-4-1
籤 1167-1-2
籨 296-2-1
薜 969-3-2
　 1037-5-1
籩 1324-8-6
籨 388-8-4
　 389-7-1
　 825-2-5
　 1198-8-6
籤(籤)
　 824-2-4
籩 1108-7-1
籨 1006-2-3
籩 1267-6-1
　 615-7-1
8825
籩 507-3-4
籨 1406-5-6
　 1430-2-1
　 1430-8-6
佈 951-6-5
舛 797-2-2
籨 580-3-2
　 938-3-6
　 938-5-3
箻 1389-2-5
籨 1460-4-6
　 1546-6-4
舞 1120-2-2
籨 300-6-4
籛 721-4-4
籬 214-7-5
籩 1447-4-1
籨 879-3-2
　 1150-1-1
　 1421-2-4
　 1323-1-3

放 247-6-2
　 319-2-2
笈 1587-8-2
　 1604-5-1
　 1622-8-4
　 1627-3-4
穷 444-3-4
微 1433-4-1
符 163-2-2
箧 68-3-3
筏 808-1-1
　 825-2-5
敛 175-5-3
服 1324-8-3
箭 1479-4-2
籬 296-2-3
彌 72-4-3
　 1083-8-1
8823
笰 1314-3-4
笰 826-7-3
　 1203-8-4
竿 1151-5-1
笨 762-3-1
　 762-4-4
笝 187-4-2
籨 133-3-2
篆 803-8-3
旗 694-8-3
簾 1302-1-1
蕉 1012-8-2
籲 61-5-1
隊 977-1-3
籏 185-6-3
瓶 187-3-1
籨 136-4-3
　 687-4-4
簾 609-8-4
籧 977-1-2
簫 1014-6-4
　 394-7-1
8824
籨 611-7-1

廖 547-2-3
酪 609-2-8
籌 72-4-1
簡 1120-7-1
簡 602-1-1
衞 686-4-4
籓 1059-6-5
蘭 303-6-1
籟 1059-1-3
箐 1479-4-2
齎 296-2-3
彌 72-4-3

8857

箌 611-6-2

8858

羷 932-3-4
932-5-1
1303-2-4

8859

羭 139-3-3
147-5-2

8860

笞 710-8-1
712-1-1
笘 600-8-2
606-1-1
606-7-2
1613-6-6
1614-2-2
笛 1550-1-5
箘 1602-5-2
1629-1-2
筥 1509-3-3
答 114-5-2
筃 1060-8-2
箇 1352-5-5
筥 687-4-3
694-8-4
箇 259-3-4
259-7-3
箬 1427-3-3
1428-3-3
答 1594-3-4
笿 1492-2-3
筶 1241-8-2
答 1529-4-1
筈 190-5-1
箇 559-3-3
箇 764-1-5
箇 489-6-1
876-8-2
877-2-2
答 595-3-2
筶 281-3-1
箸 263-5-2
273-7-3
746-6-3
箸 1013-8-1
1014-2-1
1484-8-3
箬 710-7-3
箬 1442-5-4
1484-5-1
箇 1213-8-1
箘 263-5-1
746-6-1
808-2-1
箸 1595-4-1
1596-8-5
箸 401-5-4
答 177-7-4
561-3-2
567-6-1
905-8-4
管 489-6-2
箸 879-5-3
箇 1323-4-1
1361-5-4
箸 875-7-5
879-6-3
886-3-2
管 1344-6-5
箸 792-7-1
1175-1-2
篡 1026-2-2
籀 549-8-4
簵 40-2-2
箚 1051-7-6
簡 407-4-3
籣 694-8-5
籈 222-8-6
1101-4-5
1528-2-3
籃 755-1-2
808-2-2
箸 1580-5-3
簪 1054-2-2
簪 582-4-5
592-5-1
籥 55-7-4
籓 283-6-4
簪 536-7-2
籓 1560-8-5
簹 467-5-1
1240-4-3
簪 1013-2-1
簪 785-6-4
簹 710-1-2
簪 922-2-2
籲 307-3-2

8861

筰 1499-7-2

8862

笥 766-6-1
829-8-1
836-6-1
837-3-4
筍 903-8-1
筍 112-4-2
675-8-5
996-1-4
笭 593-2-2
617-7-5
筂 269-1-1
269-5-1
筍 263-3-3
740-4-2
1117-4-3
笥 608-7-1
1300-1-1
箾 185-6-1
篠 821-7-2
1197-8-3
篰 180-1-2
箐 836-6-3
箚 905-3-3
905-7-3
節 905-4-1
905-7-2
篝 836-6-2
簃 140-6-2
箚 550-1-4
籊 366-7-4

8863

籬 1013-3-2

8864

敆 1590-8-3
1624-4-2
黴 925-7-4
941-1-1
籌 411-2-2
548-1-1
籍 307-3-3

8866

谽 593-2-1
617-7-4
籯 984-6-2

8870

飤 996-4-4
飢 116-3-4

8871

笆 679-8-2
笣 63-2-5
笸 688-5-2
笵 764-1-3
笹 104-6-1
208-5-3
209-3-1
209-7-1
989-4-2
1374-8-3
笔 1375-5-2
笠 1031-3-1
笆 431-4-2
847-4-2
847-5-2
笣 392-2-1
393-4-1
箞 835-3-2
龟(龟)
38-4-7
飥 1395-3-5
笸 119-7-5
筐 1629-5-3
筥 1588-3-1
飵 1028-6-1
1500-2-2
1517-1-4
筤 263-5-3
288-4-1
746-6-2
箞 361-6-1
1183-7-3
餛 1395-4-1
餘 56-4-1
970-6-5
1054-8-5
1072-1-2
篋 1618-5-3
箕 582-4-7
篚 464-2-5
餘 76-7-4
篚 682-3-1
篹 799-3-5
篦 104-6-2
208-5-4
餓 1004-2-2
1395-3-6
籃 564-5-1
篹 770-8-5
771-3-4
775-4-2
篙 503-3-2
籠 1056-8-2
饑 1003-8-5
饉 551-5-1
簣 987-3-4
籐 1611-3-3

8872

飭 1563-4-1
節 1446-3-3
1447-1-2
飾 1558-7-2
1563-4-2
餘 785-7-3
786-6-2
1447-8-2
篤 1419-1-3
1441-7-2
餅 197-6-7
篩 86-2-1
餳 455-1-7
861-7-2
1233-4-7
籥 826-3-2

8873

笭 31-7-2
鈴 519-3-3
笈 134-1-3
筤 460-3-4
469-3-1
866-6-6
1241-1-5
飲 520-6-5
簑 278-6-3

篾 684-7-1
箂 114-4-2
篾 82-1-2
篡 1160-3-3
1187-1-1
飴 1559-8-3
餘 1616-8-3
饑 1009-5-3
簗 439-2-4
簦 272-3-4
餻 401-3-4
饈 1231-6-1
鐮 609-3-2
932-1-2
932-8-2
936-1-4
1304-4-3
籦 863-6-1
饔 775-4-4
799-5-2
1179-5-1
1180-6-3
1184-8-2
籩 457-8-2
861-5-1

8874

敏 72-6-6
筤 741-7-5
敏 671-8-1
742-1-4
餅 514-1-5
餅 882-2-3
餽 1323-4-6
鐔 293-4-5
鐵 770-4-6
鐵 861-8-3
簿 396-7-5
1363-8-1

8876

餄 1625-7-1
餂 848-4-2
館 473-2-2
饍 1178-1-2
饋 1078-1-2

8877

笄 600-1-6
925-6-3
笛 1387-8-1
管 307-6-3
768-5-4
篋 595-3-3
餡 825-4-4
箔 1610-4-5
箚 408-8-2
籫 1376-5-1
1460-4-7

8878

欿 678-8-2
餤 1577-5-1
饌 48-7-4

8879

餘 146-5-1
440-1-1
饈 1231-6-2

8880

笑 1191-8-1
笶 932-8-4
1303-5-4
笑 870-1-3
1243-7-2
笑 663-6-4
篢 174-4-3
筴 1521-4-2
1618-2-1
1625-8-1
箕 119-5-1
篢 314-1-4
篴 1606-8-3
1607-6-3
1628-1-2
1631-4-1
箕 785-3-4
篓 1280-5-2
箕 798-8-4
箟 54-7-2
72-8-4
197-4-2
201-4-5
篡 740-5-1
篓 1411-2-1
篢 272-3-3
360-8-1
篓 101-7-3
簣 20-2-6
917-8-3
簣 1497-7-3
箕 240-8-2
篓 720-2-1
簣 1519-7-2
1546-3-3
簧 1083-1-5
1522-5-1
簧 480-2-1
簷 859-3-2
簣 987-3-5
1084-1-2
簣 725-2-6
簧 830-4-5
1338-8-3
1340-2-4
1341-4-3
箕 740-4-6
775-4-5
簣 271-2-3
箕 147-1-1
籛 922-8-3
籩 771-3-3
籫 1161-3-1
籑 1327-6-4
1328-4-3
1328-8-1

8881

籸 423-4-4
籬 980-3-5

8882

箹 1361-5-5
1363-5-2
1364-2-3
箹 593-1-1
597-3-5
601-2-2
608-6-1
箭 53-1-2
57-6-1
86-4-6

8884

敄 738-1-3
斂 609-8-1
932-1-1
1302-8-1
籔 842-4-1
1217-3-2
籔(穀)
609-2-4

8855

籛 126-5-1

8886

鎗 452-6-4
饙 536-1-5

8888

苁 150-7-2
筡 951-3-2
簽 603-6-1

8889

簾 1603-4-1
1615-5-4

8890

笨 664-2-1
笨 1425-5-4
荼 1617-4-4
策 1521-4-1
笨 167-6-3
171-7-2
559-2-4
642-5-1
築 437-8-1
845-8-1
筞 542-2-4
箓 140-5-6
143-2-4
143-4-2
181-3-5
1050-4-1
築 1332-4-5
策 238-3-3
箓 1320-6-2
葉 1602-7-2
1610-4-4
1615-6-2
算 675-7-2
736-5-5
築 1332-4-1
1332-5-2
1333-8-2
纂 1498-4-5
1516-3-3
簗 1379-4-5
篻 376-8-2
378-7-1
821-2-1
1197-4-1
篹 667-5-4
築 95-2-2
篥 396-8-2
繁 284-2-1
420-2-1
簝 368-7-4
412-4-2
835-4-2
葉 466-4-3
490-5-6
纂 667-5-5
簝 300-6-5
纂 312-7-3
771-5-4
纂 771-1-2
繁 285-5-1
籬 17-2-1
藜 201-1-4
籬 856-5-2
856-6-1
籬 686-4-2
籬 658-4-3
籠 11-7-3

8891

筦 1242-6-2
秷 1025-3-3
粍 384-2-2
410-6-1
筑 1268-7-1
1328-4-5
籬 1594-1-3
籮 426-2-4

8892

箹 95-1-2
116-1-1
201-1-5
718-5-3
980-7-5
簩 723-2-1
箹 1200-8-5

集韻校本　　集韻檢字表　下

9004
恔 814-3-1
　824-2-1
　825-2-4
　1198-8-3
惇 252-2-3
　253-4-1
　294-2-2
悴 977-4-2
　977-6-4
　1387-5-1
憒 1490-2-5
懻 635-2-1
憧 456-3-1
悴 1388-6-6
懮 1619-3-5
懽 48-2-3
　635-2-2

9006
恪 1119-7-1
愔 585-6-5
　586-3-2
惛 1336-7-1

9008
恔 1106-2-1
懭 871-3-4
　872-8-5
　1244-4-1

9009
惊 460-8-2
　1236-5-1
慷 475-2-2
　869-1-2
　869-2-5
懷 1288-5-6
懍 915-7-2

　1159-5-4
憧 10-2-5
　32-2-1
　32-6-4
　33-1-2
　947-1-5
　957-6-3
憪 69-6-3
　420-6-3

9002
仿 449-3-3
怖 673-7-2
卷 361-3-3
　1184-6-4
惇 485-3-3
　1246-7-1
悄 1335-6-5
惝 1207-2-4
憐 64-4-2
慌 471-1-1
慵 33-5-4
憰 1117-7-3
惜 91-7-4
　192-6-3
　194-5-1
　962-5-3
　975-2-1
　1036-1-5

9003
怃 1186-3-2
懆 761-2-4
憿 1088-1-1
憔 375-2-1
憶 1568-1-2
懷 842-7-1
　218-1-2
懦 457-6-1
　1234-5-1

8975
鉼 769-7-6

8978
餤 597-2-6
　601-5-1
　602-5-3
　927-2-6
　1295-7-2

8981
捲 1101-2-4
　1110-7-2

8982
絉 1458-4-5

9000
小 814-8-1

9001
忙 472-1-1
忼 474-4-4
　475-2-3
　488-1-4
　869-1-1
　869-2-4
　1242-8-2
怳 478-1-1
　870-8-2
忨 23-4-2
惟 98-5-1
桬 1238-6-4
慌 1236-5-2
惟 226-5-5
慻 1322-5-2
慌 777-6-5
　777-8-1
　778-1-6
　1134-7-1

8915
鉡 770-1-4
鑗 251-3-3
　1120-2-5

8916
鐺 467-4-4
　468-1-3
　492-8-3

8918
鋑 1203-7-6
鋑 597-3-4
　597-8-2
　602-6-2
　928-6-1
　930-3-1
鎖 843-1-1

8919
鏕 492-7-4
鏢 486-3-1

8921
鎧 373-1-3

8922
鈔 614-2-5
　1301-5-2

8962
鐙 1213-2-5

8969
鐪 1517-7-1

8971
鑓 1184-5-3

8972
鏥 1233-4-3

籀 1272-3-1

8898
篍 374-1-3
　552-2-6
　1192-3-4
籏 221-8-5
　1101-6-1
　1528-5-4
籥 1069-2-3

8899
籢 584-3-1
　916-2-1
　1287-6-3
糝 957-3-4
縲 1220-1-4
簶 1043-2-1
纊 963-1-1

8910
鈽 815-2-4
　815-8-2

8911
鎺 361-5-5
　755-3-4
鏜 468-1-2

8912
鈔 396-5-1
　816-2-4
　1203-5-3
銷 373-2-4
鈔 421-2-5
　434-7-2
鎘 457-2-2
錦 457-2-3
鐒 412-2-4

8914
鋑 421-3-1

　1358-3-2
　1363-5-1
　1487-5-1
綌 1597-8-2
　395-5-3
　1362-7-2
　63-1-2
　73-1-4
　651-3-1
　167-4-2
籥 1441-7-1
　1525-4-2

8893
糝 584-3-1
　916-2-1
　1287-6-3
　957-3-4
　1220-1-4
　1301-6-3

8894
敍 689-8-1
斜 417-5-2
絪 900-1-3
　1272-7-3
籤 1521-8-6
綯 1020-3-4
毿 1316-8-2
縳 213-3-3
簿 566-7-3
簿 1515-6-3
縪 1366-7-3
緞 1312-5-1
　1313-1-1
鞍 658-4-2

8896
箱 451-8-2
搭 1502-1-1
簬 1493-3-4
簎 190-4-4
籍 707-3-1
籍 1532-3-5

糞 1124-6-3

9081
炕 474-3-2
　475-1-3
　1243-1-2
炷 703-3-4
　1023-2-1
煁 1481-2-5
爐 1320-8-5
燀 9-5-4
燅 297-3-4

9082
焜 1335-6-3
熇 386-2-3
　391-7-6
　829-1-5
　1206-4-1
　1311-2-4
　1342-1-3
　1501-6-1
爍 62-5-3
　64-1-1
爆 60-5-3
　793-8-1

9083
炫 791-1-4
　1171-8-1
燋 374-5-1
　376-1-1
　1192-7-4
　1364-1-1
　1481-2-4
　1481-4-6
　1482-2-3
　1531-6-1
　1544-1-2
爧 602-3-2
　609-4-2

　274-5-2
　282-6-4
　361-3-1
　362-5-1
　746-5-5
　752-3-5
　754-5-2
　754-8-2
　755-2-3
　760-8-4
　807-6-4
　1184-1-1
氅 865-5-3
　1240-4-6

9073
裳 456-7-4
養 754-5-1
　1131-1-2
　1184-1-5

9077
嘗 456-8-2
蠤 362-4-3

9080
火 841-3-1
尖 604-3-2
尖 432-2-5
炎 620-6-3
炎 597-4-1
　610-4-5
　624-6-1
　1297-4-3
貟 842-8-5
㝎 489-8-5
　490-4-1
　1233-6-4
賞 861-6-4
糞 1124-6-1
燹 478-7-3

　361-7-1
　754-8-1
掌 858-8-3
氅 286-2-2
　754-4-5
　755-3-1
　807-7-2
　1130-5-2
　1130-8-1
　1184-5-2
　1185-1-3
卷 1124-6-5

9053
龖 375-1-1
　554-8-2
　1193-3-2

9058
鱶 553-2-2

9060
省 791-4-3
　875-3-4
　879-5-1
齒 875-3-3
　879-5-2
卷 1183-7-5
當 467-3-4
　1240-4-1
嘗 456-8-1
醬 456-8-3
酱 912-6-2
　916-1-4
　916-4-2

9050
鼕 553-2-3

9061

9030
尐 1371-6-1
　1462-5-2

9032
寫 1481-2-1

9033
悥 457-3-2
黨 859-2-1
　865-2-5
　866-2-3
　1247-2-4

9040
妟 193-7-4
嫯 267-4-4
　1123-7-3
券 1183-8-2
常 456-7-3
着 361-8-5
　807-8-4
　1184-4-1
滴 1550-3-2
鷟 1335-7-3
劣 1469-8-5
券 1184-6-5

9023

9044
嘗 456-8-1
醬 269-1-7
　1158-2-1

9021

9024
掌 490-1-5
　1247-1-5
敫 303-7-5
　321-2-5
　1148-4-3
拳 286-2-1

9025
舜 251-5-3
　361-5-3

龎 69-4-4
　72-1-6
　515-4-2
雝 457-3-1
爐 870-4-5
　871-4-3
蠿 362-5-2

9022
肖 1007-6-6
肖 373-6-5
　1191-8-4
尙 1066-5-2
　1066-5-4
尚 457-1-1
　1234-2-4
券 1130-4-7
希 363-1-1
　807-7-3
　1184-2-3

9011
雛 304-1-6

9013
乳 909-6-7
甂 573-7-4

9042
劣 1469-8-5

9020
少 815-8-5
　1193-5-4
蹇 437-5-1
　438-2-1

　924-6-2
懷 1009-1-1

9010
坐 465-7-4
堂 465-7-3
盇 361-4-5
　362-6-2
　1130-8-4
　1184-2-2
垄 1534-2-2
堂 859-8-1
　1234-3-3
登 755-1-1
　808-1-1
　1184-2-1
盇 361-4-7
鏊 1124-6-2

蕃 1184-4-2
蕫 467-6-4

光 478-7-1
　1244-7-1
覓 1185-8-3
党 865-5-1
雀 1481-1-1
卷 69-4-3
　72-1-5
　515-4-1

614-2-2
爊 401-8-5
爙 861-5-3

9084

炆 267-1-5
烄 823-7-5
1201-3-2
1206-8-3
焞 225-3-5
253-1-1
295-1-4
296-2-4
771-4-2
1138-3-1
1138-5-6
烗 1479-3-1
1538-6-6
焠 1098-7-2
燉 295-1-3

9086

焙 1097-1-1
煻 466-1-3

9088

焱 928-5-4
1297-4-7
1538-6-7
1539-8-3
1540-2-3
1555-4-1
1557-4-6
炫 232-4-4
1086-5-1
爌 870-4-4
871-1-5
871-4-2
1244-3-6

9089

燣 591-2-4

924-4-1
熪 829-1-4

9090

米 715-4-2
桊 361-4-4
1130-6-5
1184-3-4
粠 1517-8-2
桊 1184-1-6
棠 466-3-4
桊 361-3-2
1130-5-1
1130-8-2
1183-7-1
1184-2-4
1353-1-2
䊩 1185-1-2
粲 266-3-1
444-8-5
1102-2-2
糞 269-2-1

9091

粇 474-5-4
粒 1584-5-1
梳 549-8-1
䊤 343-5-8
糷 69-1-4
420-7-4
662-6-5

9092

糒 65-6-3
䊖 471-3-1
糖 1523-5-6
1528-7-3
1529-2-2

9093

糕 1364-1-2

糵 1237-2-1

9094

粄 390-3-2
粹 975-3-3
1098-5-3
粋 1388-6-5

9096

糖 465-6-2

9099

糠 474-5-3

9101

忊 20-5-2
忨 308-3-1
1147-4-1
怇 688-6-1
怔 506-4-4
恇 464-4-5
864-2-5
恒 537-1-1
537-1-2
1263-6-4
怪 972-1-2
1369-1-1
1447-6-1
1448-7-2
㤳 1607-5-2
1608-2-2
1610-5-4
1614-4-3
恆 1283-1-3
悭 872-5-4
884-4-4
悂 481-4-3
㤿 1229-3-2
恇 1081-6-2
悱 681-8-1
愝 757-2-5

789-5-2
慛 464-4-4
慨 1106-5-1
㦢 1379-7-1
1565-1-1
1573-3-3
悱 681-8-2
682-7-3
慪 564-3-3
慬 209-1-3
慮 134-5-4
愧 286-4-3
懕 1553-7-4
㦗 11-7-2
628-8-2
947-6-2
㦇 520-5-3

9102

忊 1256-5-5
1257-1-5
怲 800-4-3
怲 874-6-1
1247-5-6
㤚 477-3-4
惼 1525-5-2
㦔 349-4-4
1126-6-6
㥶 709-4-3
㦗 1062-4-4
1424-7-1
㦨 719-1-5
懦 170-4-3
798-5-4
1155-8-6
1220-2-6
㦟 1221-2-7

9103

忶 286-4-2
1127-7-3

悿 786-5-2
935-1-1
悵 460-2-4
1235-5-2
懅 136-8-5
1011-2-1
慮 1014-1-3

9104

忓 299-1-2
300-2-1
1140-4-5
忬 154-1-3
㤉 392-7-3
441-6-3
443-8-3
1229-5-1
怦 488-4-1
502-3-2
㥦 872-3-2
㤭 947-4-5
悼 1212-2-1
悃 661-4-1
800-7-1
惇 189-8-5
441-5-4
憛 590-1-3
601-7-2
602-5-4
1293-1-2
懮 542-5-4
893-5-1
懾 1607-2-1
1608-6-2

9106

怗 606-5-3
613-8-1
935-3-4
1613-3-2
恉 663-3-7

悟 1033-8-3
恓 554-5-2
恬 735-8-4
愊 1267-4-2
1571-3-1
1572-3-4
愐 800-4-2
㥥 709-4-2
憯 921-5-5

9108

愪 1113-7-2
愞 170-5-1
740-1-1
798-5-3
1155-8-4
1220-2-4
愩 18-6-3
20-3-1
631-6-2
949-3-1
㥐 640-8-5
641-3-2

9109

怀 103-6-4
慄 1379-1-1
愿 277-4-2
慓 377-6-2
820-8-5
821-4-5
1197-1-3
1197-7-1
懍 1348-8-1
懍 1379-1-2

9110

瓡 1095-1-3

9121

瓠 1120-2-6

9124

炈 1360-6-5
敞 1247-3-7

9128

頦 1459-1-4

9141

甄 1619-6-3

9158

類 1148-1-1

9161

甑 875-5-2
甗 467-7-4

9168

頟 916-1-1
額 1293-7-1

9177

暼 1247-4-2

9178

顡 361-8-6
頟 924-4-2

9181

灴 18-4-1
18-6-5
炬 688-5-1
炡 506-6-6
烜 658-2-5
754-3-1
1146-3-2
烴 881-1-1
885-2-4
885-4-3
煙 336-8-1

熰 564-8-3
1278-2-5
燍 836-3-1
爏 1553-2-2
爐 182-6-6
㸅 520-8-1

9182

灯 516-1-4
炣 1217-1-3
炳 873-8-1
874-5-1
1247-6-5
㶵 110-7-4
爄 1062-1-5
1469-1-2
㸐 791-6-2
燸 170-8-2
1155-8-7

9183

烼 1397-4-4
㷰 520-8-2
燺 1487-3-1
爈 144-7-5
1014-5-1

9184

炦 1314-7-3
焯 1345-1-3
1365-3-4
1482-2-5
1483-3-3
㷛 1297-7-1
燂 578-8-2
589-6-3
604-7-9
605-4-3
數 1124-7-7
㸎 1612-1-3

9186

炶 600-6-2
1299-1-5
煏 1571-8-5
1575-3-2
黏 600-6-1
603-4-1
604-7-10
605-5-5
622-2-1
1297-4-6
1299-1-4
1300-3-5
熸 604-5-1
605-4-4

9188

煩 283-8-5
燠 774-5-1
頪 597-4-4
602-2-2
類 731-6-1
981-7-1
1095-1-4
1388-7-4

9189

㶷 632-2-4
熛 376-6-4
377-6-6

9190

梁 1146-3-3

9191

粠 17-5-4
粔 688-4-3
秠 229-7-2
粨 306-7-3
粸 990-5-7

虢 1517-5-3
1521-1-3
1542-1-3
虢 1524-2-3
糴 1501-7-5
䉶 521-7-4

9192

粁 1256-5-1
粄 1460-4-5
粆 1027-1-4
糲 1062-2-2
1068-8-1
1424-5-5
糯 1156-1-2
1220-4-2

9193

粻 459-4-2
460-2-2
490-5-3
1235-5-1
糉 521-7-5

9194

粳 484-7-5
糟 589-7-1
923-5-4
1293-6-1
䊪 1524-5-1

9196

粘 610-2-6
粞 193-3-3
238-7-2
1035-5-2
糐 1571-8-4
糣 921-2-2

9198

頪 1072-2-1

1094-4-3
類 1094-4-2

9200

悧 1062-4-3
惻 1561-3-2
懰 549-2-6
900-4-3
憪 1512-3-1
1555-4-2

9201

忆 1063-4-5
忾 1490-2-4
恌 365-6-2
383-1-1
㤟 102-8-6
209-1-2
715-8-3
性 464-7-7
465-3-4
㥷 964-4-5
憧 636-6-4
955-2-1
愷 732-3-4
1106-7-6
㦀 58-1-5
73-4-2
197-3-3
644-2-3
652-4-1
慛 228-8-4
憕 490-5-1
501-2-2
529-7-3
1260-2-5
1261-6-1
㦬 773-8-2

9202

忻 1126-2-3

㤕 1288-4-5
惴 959-3-5
1079-8-3
慚 922-4-4
憉 488-8-2
㦜 57-5-1
193-4-3
憍 386-7-1
388-1-1
819-5-3
懏 76-6-2
207-1-1

9203

㤘 445-2-5
㦣 749-5-1
761-6-5
1127-1-3
㦥 361-1-3

9204

忏 326-8-1
785-3-2
㤆 1132-8-3
1133-5-3
忯 55-1-1
74-7-2
117-5-3
289-7-4
643-3-2
645-5-2
717-7-1
怟 1038-5-3
㥏 1174-8-3
㤪 1470-1-1
悸 983-5-2
㥹 964-4-6
悛 898-1-5
愋 278-8-1
279-5-2
㥛 527-5-4

左半

忕 1063-4-6
恀 835-2-1
忚 472-3-4
俺 602-4-5
610-6-4
933-8-1
1298-1-4
憶 901-7-3
1052-8-1
憛 580-6-3
590-7-1
1287-3-3
1289-7-1
慌 478-1-2
870-8-1
1244-3-4
懂 1122-5-2
傜 845-3-4
1219-4-5
懽 1504-8-2
懂 275-8-3
750-4-2
1126-5-4
憢 370-3-3
370-8-2
憻 985-7-3
懔 1076-2-5
235-2-5
懂 627-3-1
懂 306-2-2
307-3-5
1145-7-3
9402
怉 1412-3-4
怖 1026-3-1
㤞 371-8-1
542-8-2
574-4-1
910-2-3
1201-1-2

粔 305-8-1
754-7-3
9392
䊦 1027-1-3
楄 329-2-1
784-4-2
糁 592-2-1
921-2-3
9393
9394
粉 1133-3-4
1133-6-6
糒 161-7-1
9395
糀 618-3-2
937-2-3
938-6-2
糨 1328-4-2
糤 603-4-4
9396
粕 116-3-5
9399
9400
村 763-2-2
䏆 1020-4-5
9401
忚 202-4-4
855-2-1
1044-8-2
9391
忧 580-6-2
粇 424-4-2

煽 342-8-5
1177-2-3
9383
烺 866-6-5
9384
炦 1431-8-5
1459-5-3
炾 1559-2-1
焌 771-4-3
1118-1-1
1138-2-3
1138-5-5
1386-8-4
犕 1494-6-3
9385
烖 1384-5-5
烕 1086-5-2
戴 993-7-2
熾 993-7-1
爈 966-7-2
9386
焙 27-5-2
9388
焴 118-2-3
234-3-2
煩 271-6-5
751-4-4
9382
炉 693-5-3
焆 338-4-2
340-5-3
1457-5-1
1457-6-4
1472-4-3
煸 706-4-4
707-1-3
熇 27-5-1
952-1-1

㤴 540-8-4
怢 1292-2-3
惊 30-6-3
憭 1439-6-1
9313
蠚 1462-4-6
蠱 1439-7-4
1447-3-1
1462-4-5
1306-7-1
9321
熆 18-7-4
9325
截 1446-8-4
9380
烅 1360-2-3
9381
烷 306-1-5
焅 18-7-5
焥 1107-8-2
1403-8-4
1407-2-2
1428-8-3
煊 279-2-2
熰 713-3-3
9307
悁 776-5-4
9308
伏 1054-4-1
1064-6-3
1465-2-3
恢 980-8-2
1042-4-2
懴 554-5-3
憹 245-7-1
246-4-1
9309
怴 1384-6-4
1386-3-4
1388-2-1

9306
怡 116-5-4
㤌 540-2-3
悋 27-5-3
28-3-1
恪 441-6-4
1227-8-4
惜 1074-7-2
1106-2-3
愩 637-4-3
悀 1267-4-1
9304
代 1565-5-4
伐 1072-4-2
忨 1563-5-2
悛 254-3-4
255-3-4
353-5-4
悛 1210-3-4
愩 981-2-2
9305
忕 1401-8-2
怶 1384-6-5
1471-8-6
怊 568-2-1
恞 1085-2-1
1566-8-4
1577-3-4

愢 1057-5-1
憾 1340-7-2
1569-5-1
1570-7-5
惨 301-1-4
611-2-1
620-6-2
938-3-1
憾 1543-4-1
懺 604-4-4
恨 866-4-1
1236-4-4
傢 1228-6-1
燃 787-6-3
788-6-2
796-6-6
1169-3-3
憾 919-4-2
924-3-3
1290-6-1
懞 279-5-3
755-5-3

340-4-3
360-4-4
745-8-2
751-4-5
1182-7-2
惨 914-3-3
921-5-4
1292-4-2
9303

集韻校本

集韻檢字表 下

一八八二　一八八一

右半

9296
糣 216-5-1
9297
籼 341-2-5
9299
糅 1552-5-3
糤 1181-4-1
9300
怭 1374-3-2
1376-2-1
9301
忧 538-5-1
1264-3-5
侘 438-2-5
1490-2-3
1510-6-3
忼 47-7-2
956-8-3
悾 19-5-2
45-4-3
632-2-1
948-6-1
惋 1146-8-6
愃 279-3-1
352-8-3
754-1-1
憶 1275-8-1
9302
忊 693-3-4
694-3-1
怖 1026-2-5
愕 27-6-1
偏 784-3-6
800-1-1
怡 272-1-1

熿 1196-3-2
9289
爆 396-8-4
爃 1368-1-2
1479-2-3
1481-6-2
1493-3-1
9290
梨 1203-1-1
䋈 1362-8-3
栵 1068-8-2
1424-5-6
1181-7-1
9291
粍 1510-1-3
秕 105-6-1
670-6-4
672-2-4
糖 228-7-4
9292
糒 314-5-5
糊 1542-8-2
9293
槵 1370-5-5
1409-2-2
1445-7-2
菇 928-2-2
934-8-3
9294
板 769-7-4
粃 75-4-3
秤 185-3-5
稃 159-8-2
561-3-6
糭 945-7-3
9295
機 131-2-1

撕 57-6-5
193-4-2
886-3-3
撟 371-6-1
386-2-4
9283
爛 803-3-2
9284
扳 1148-5-1
埏 888-6-2
埏 343-3-1
346-2-5
1181-7-1
575-4-3
浮 561-4-1
9280
剚 928-1-1
928-8-1
930-4-2
931-3-3
剆 843-5-1
9281
炨 1225-5-4
1340-1-7
姚 383-3-3
9286
婚 1135-2-3
1409-2-2
爔 239-2-7
836-2-6
姑 928-2-2
934-8-3
1300-3-4
9282
炘 274-7-4
274-8-3
750-2-4
1125-7-2
9287
灿 1387-8-3
1388-2-3
1465-7-1
熻 836-3-2

1203-3-3
1362-8-2
1480-3-2
擎 552-8-3
9254
叛 1148-4-4
1148-6-3
9263
瓾 467-6-2
9270
劀 496-7-5

9209
楪 238-7-5
734-6-4
9210
瓾 1363-2-3
9220
刿 1224-4-1
削 373-6-4
1192-1-5
1192-4-4
1203-2-2
1480-2-3
9207
1192-1-6
9232
鴌 1480-3-3
9240
婆 1148-6-4
1125-7-2
9250
判 1147-8-3
犁 373-5-1
619-2-6

889-7-2
慢 16-4-2
1280-4-4
懈 1431-8-2
憻 1493-6-5
憍 1193-3-1
慄 1492-4-4
9206
㤨 564-1-4
悄 971-8-3
悟 741-5-3
760-2-1
1135-2-2
1137-5-3
1192-1-5
1192-4-4
1203-2-2
1480-2-3
9207
惱 835-8-1
41-7-3
638-3-3
怞 1387-5-3
1388-2-2
1407-7-4
1410-5-3
551-8-4
飍 743-7-5
9208
妖 830-3-1
憹 101-5-1
102-6-2
668-5-1
983-5-3
憛 211-3-2
1044-3-2
慣 971-8-3
978-6-2
979-4-3
1368-5-3

慄 889-8-3
憷 1621-1-4
慄 1492-4-4
9221
耗 373-7-1
388-3-1
551-8-4
飍 743-7-5
9223
爔 250-7-4
743-4-1
1120-1-6
9208

集韻檢字表 下　**集韻校本**

一八八三　一八八四

左頁

第一欄

憒 1422-2-4
9509
怷 1425-3-4
悚 1521-6-5
悚 635-2-3
悚 7-6-6
悸 1093-4-1
1094-2-3
1103-2-1
1410-8-1
悚 773-2-4
憱 1067-3-6
愗 1027-7-1
9513
蟗 504-4-2
9515
蠭 633-2-3
9529
煉 1169-1-4
9545
鑯 803-5-1
9548
娹 786-7-1
9580
炠 956-6-3
9581
炖 295-4-1
296-2-5
764-2-4
爐 1116-4-3
9582
沸 1001-2-4

第二欄

172-3-5
572-7-1
704-7-1
9505
愽 1345-5-6
棒 641-7-5
9506
怞 546-1-1
546-3-1
547-3-4
1267-1-1
1272-7-2
憰 1514-2-3
憎 30-7-1
406-5-1
553-8-1
9507
惜 1052-2-2
9508
快 1077-6-4
1090-4-4
快 463-6-2
857-4-1
1238-1-4
怢 1094-2-4
1411-1-3
1448-2-2
慺 97-6-1
怏 173-7-1
怏 786-2-1
憤 1521-6-6
1522-6-5
懷 859-3-3
憤 726-8-6
731-7-4
1099-6-1
1101-4-3

第三欄

764-5-5
1139-1-3
性 1251-7-3
1255-8-2
恦 26-1-3
憎 1527-4-2
1527-4-4
9502
怖 1070-6-2
1072-4-1
1108-3-3
1109-1-3
1405-7-4
1429-5-2
佛 1001-3-2
1002-7-1
1096-6-7
1394-7-2
情 505-1-1
9503
体 762-5-3
憶 1048-5-3
1064-6-2
憹 30-2-1
49-7-2
413-3-1
835-8-5
怖 25-5-1
29-1-3
9504
樓 194-1-3
1035-7-4
愽 640-7-3
愽 314-2-4
355-7-2
794-3-5
懷 172-3-4

第四欄

695-1-4
粎 75-5-1
粎 1408-5-4
綾 530-4-5
糟 548-7-1
糖 1194-5-4
1211-7-1
9495
糠 1425-8-1
1460-4-3
9496
粘 185-2-6
糟 118-5-5
糙 921-2-1
糒 144-1-3
9497
粘 600-1-2
9498
粎 17-6-1
粎 121-7-1
横 481-2-5
糤 1520-5-3
9499
糅 1603-4-4
413-3-1
糬 1516-1-2
9500
忭 641-7-6
忡 25-4-4
伸 242-6-1
使 997-8-1
愧 1063-4-4
9501
糙 1210-6-3
忱 252-1-3
253-2-4
9494
粄 692-8-4
295-5-3

第五欄

1628-4-1
燎 369-1-4
381-8-2
811-6-1
1194-5-4
1211-7-1
9490
料 368-5-1
1189-4-5
9491
糀 266-3-4
糀 458-8-4
糀 458-8-3
1234-7-2
糀 1454-1-5
9492
勦 358-4-1
361-2-1
1130-8-3
1184-3-1
糈 925-1-6
糈 991-5-5
1088-8-4
糈 286-1-1
292-2-2
311-5-3
構 1068-7-3
1424-5-4
爛 303-8-3
773-3-2
1153-8-1
9493
炑 539-4-2
煤 231-5-3
煤 1603-3-1
1610-5-3

第六欄

燦 1024-4-5
燦 1504-5-3
9485
煒 1512-2-4
煒 127-7-3
684-3-1
煒 1585-8-2
1604-1-6
爛 1120-3-3
9486
焙 1206-4-2
1342-4-3
爛 1529-5-2
爛 283-4-2
9487
鉗 600-6-3
9488
烘 18-3-6
41-4-5
44-3-1
948-2-1
951-2-4
燡 494-8-1
煤 1497-5-3
煤 766-2-6
796-7-2
1141-6-3
爛 480-3-5
870-4-3
燩 270-1-5
1137-3-3
9489
炑 539-4-2
煤 231-5-3
煤 1603-3-1
1610-5-3

右頁

第一欄

1193-6-1
爐 1075-4-4
燿 362-7-2
1146-3-1
爐 1204-8-2
9482
炳 764-7-1
1139-8-3
焤 893-6-1
910-4-1
炌 1482-4-1
焻 223-4-4
224-5-5
725-5-3
733-8-3
1100-5-1
炳 1466-2-3
烯 127-3-2
燤 1408-3-6
燔 1303-3-4
1621-5-1
燤 1103-5-2
爛 363-8-1
爛 1153-6-2
爐 1478-8-7
爥 1399-6-3
9483
烁 1511-8-4
1514-3-1
1555-2-2
熜 15-3-3
燗 1511-8-2
爐 1481-8-1
爐 1407-2-1
1423-6-3
1467-6-4
9484
焯 1408-3-5

第二欄

9421
慨 871-4-4
9422
爛 303-6-4
爥 1460-4-1
9424
散 1192-1-6
9425
燁 1604-2-1
9450
料 1147-6-1
9472
勤 361-2-2
1130-6-3
9481
地 839-1-2
848-2-3
娃 208-2-2
653-8-1
882-1-4
966-1-1
1049-4-3
1257-7-1
1457-7-1
烷 783-5-1
奄 1591-8-1
煁 580-7-1
煙 653-8-2
煒 1598-5-2
煒 1341-7-1
1343-4-3
1506-4-5
煒 1591-8-4
燒 379-6-1

第三欄

638-8-1
685-7-1
恢 930-1-1
1607-5-3
1618-5-6
慎 122-2-1
慎 1026-1-1
1497-5-5
慎 241-6-2
243-7-2
1111-5-3
1112-1-2
慎 748-5-1
慺 691-6-3
1012-2-4
懂 997-3-5
懷 971-5-4
978-7-3
980-2-6
982-5-1
懷 1567-6-1
憤 194-5-2
9409
林 584-7-1
591-1-4
924-7-3
煤 164-6-2
701-8-2
706-3-1
906-5-4
煤 1612-7-2
1613-3-3
1614-7-5
懍 587-8-2
917-1-2
1288-4-6

第四欄

9405
憚 1525-2-3
1525-5-1
1567-5-5
1569-2-4
憚 684-2-1
憚 444-8-2
憤 1459-8-1
9406
怙 712-2-1
悟 1381-2-2
恬 828-3-3
1200-2-3
1342-6-2
1355-2-4
愘 1119-7-2
惜 1529-6-1
愘 1493-6-4
惜 100-8-1
憶 437-7-2
惜 117-7-3
679-3-3
998-3-4
愘 1560-8-2
惜 13-8-3
535-5-4
630-1-4
891-2-3
1262-7-2
9407
柑 599-8-2
憺 748-5-2
9408
伏 1068-4-5
恭 18-2-3
41-5-3
1272-5-1

第五欄

怯 1604-3-3
1622-1-1
悷 1555-3-5
恁 993-3-6
愷 1210-6-2
憶 14-5-2
懜 14-4-1
630-1-6
949-8-2
9404
妆 1013-7-4
枝 51-7-3
75-6-1
652-7-3
957-8-2
967-5-2
忬 388-6-6
1198-8-4
恢 969-8-1
恃 673-7-1
677-8-1
994-4-3
悖 731-8-1
1095-7-2
1096-6-5
1408-1-5
稜 530-3-3
534-4-6
悴 878-2-2
884-4-2
悴 832-3-4
愭 1600-6-4
悱 706-4-2
188-4-3
懆 1488-2-3
1504-3-1
愭 547-3-5
834-1-2
900-2-1

第六欄

惰 1340-6-2
惰 154-1-4
188-6-2
189-5-3
445-5-3
723-8-1
854-4-3
協 1617-6-1
1621-6-3
惻 1011-7-4
悕 127-2-1
倚 79-3-4
654-2-2
惰 388-6-5
惰 428-1-7
845-3-2
1219-1-4
1220-1-5
楠 722-4-6
991-8-4
1088-6-2
惻 1621-6-2
惻 1057-7-2
1092-4-5
1448-8-1
惻 947-1-4
惰 845-2-3
845-3-1
1219-4-1
1220-2-1
愒 1058-6-1
勮 275-8-4
懱 13-8-4
22-6-2
535-5-3
630-1-2
1262-7-1
9403
忕 1067-3-5

集韻校本

集韻檢字表 下

左頁

愫 208-1-3	棚 502-7-5	悛 1525-2-4	稈 1082-2-4	1543-2-3
211-2-3	503-1-1	1566-8-3	**9698**	煬 447-7-1
悁 363-7-1	惆 407-7-5	悭 322-2-3	挹 645-6-4	455-3-3
405-4-5	547-2-4	322-4-1	651-1-1	1231-7-4
832-4-1	1268-8-4	懼 526-4-2	959-2-1	1233-7-1
1210-8-2	1272-1-2	懠 1582-4-3	粰 816-1-5	焆 151-6-4
像 864-6-1	悃 1339-1-2	慳 1087-5-3	892-1-5	焆 1405-5-3
9704	憎 1415-3-3	懷 620-2-5	1265-1-3	焆 1006-7-3
恨 247-2-5	慵 1487-2-1	**9702**	**9699**	燭 1346-3-2
289-7-3	1518-1-1	切 407-6-1	粿 840-8-2	**9683**
292-4-1	1518-4-5	灼 809-6-2	853-6-3	煨 222-3-6
恢 398-8-2	1518-7-5	1482-3-1	**9701**	1400-1-2
540-1-2	悄 499-1-5	1547-3-2	忆 1131-2-5	煪 289-5-6
㤫 798-5-6	惜 137-4-2	忬 27-6-2	忌 732-7-2	297-3-3
恔 441-1-4	689-2-2	切 1112-7-1	733-4-2	熄 1561-7-4
懷 1055-8-2	愣 637-4-2	怇 253-2-3	**9691**	**9684**
1469-4-2	樗 740-6-2	511-3-4	規 1161-3-3	焊 766-2-7
愯 405-5-1	憦 826-5-4	忬 140-3-6	糎 286-5-8	焯 70-8-2
悙 511-3-2	慵 1445-5-3	1015-3-2	糧 480-3-1	1541-3-3
憏 923-2-2	慟 1554-3-1	恟 1017-3-4	糧 460-4-3	爃 1151-8-4
懓 413-2-1	憀 368-4-3	1275-4-3	糯 728-6-2	燁 1538-6-3
9705	549-2-5	1275-8-7	**9692**	**9685**
悔 701-6-7	憪 321-7-2	1277-4-6	糃 467-2-1	炟 1629-5-5
恈 956-3-2	憫 321-7-1	恫 1340-4-4	糊 1417-8-4	燁 1372-6-4
憛 746-3-3	775-7-2	恫 8-1-1	**9693**	煇 343-3-2
751-5-4	憫 742-1-3	627-8-4	怩 96-7-1	772-1-3
憟 439-1-1	惆 762-6-7	947-3-4	恑 486-6-2	794-7-4
懈 1080-5-2	慉 1456-5-5	1011-7-3	503-6-5	795-5-4
9706	憪 144-7-3	怉 1233-7-4	**9694**	燋 1585-7-5
怊 367-3-1	憪 773-2-5	恂 254-3-3	怪 1083-6-1	1604-1-5
379-6-3	**9703**	255-8-3	恤 1386-3-1	**9686**
381-3-2	佟 28-7-2	740-7-4	愧 84-1-3	238-7-3
恪 1501-8-4	29-1-4	1113-6-4	恫 637-4-1	317-4-5
惛 289-7-5	29-5-1	1117-4-1	659-1-1	燝 1221-8-3
292-4-2	恨 1136-3-2	恑 41-7-2	愧 311-1-1	311-5-4
1174-4-4	恄 999-7-2	忸 643-3-1	762-7-3	1533-1-4
憛 549-3-1	惚 1413-5-1	644-5-3		1539-2-4
憎 1580-6-3	15-2-3	645-5-1		糨 728-6-3
	631-4-5	恬 637-4-1		**9688**
	945-6-3	椰 433-2-6		煤 1565-7-2
		862-4-4		

9695

9689

右頁

爞 1360-6-4	**9605**	1239-8-2	**9601**	**9592**
9621	怦 1629-5-2	悃 151-8-4	怛 772-2-6	精 504-2-4
俚 219-8-3	懌 1226-5-1	慆 732-5-4	1152-2-3	1252-3-3
9624	憚 303-2-4	1058-3-2	悦 863-4-1	1268-7-5
輝 1538-6-2	772-2-5	1075-2-2	870-8-3	欋 1187-3-1
9668	773-1-3	1418-4-3	882-7-3	**9594**
鶷 892-1-3	795-1-2	1472-6-4	惺 880-5-1	糎 282-2-9
9680	1152-3-3	慍 1006-5-2	愧 1170-1-2	343-5-5
烟 259-2-1	慴 1177-5-1	愕 1503-2-8	悃 1136-3-1	糒 314-5-3
336-8-2	1215-3-2	憛 1367-2-4	悝 221-6-4	**9596**
烟 876-7-2	1422-5-4	憬 330-6-4	678-4-2	釉 1272-8-5
9681	**9606**	678-4-2	悃 1588-4-1	糟 406-4-1
炟 1422-6-2	怊 694-6-5	恓 1588-4-1	**9603**	761-2-3
炮 1548-1-1	惜 1210-1-2	悃 286-6-1	恨 222-5-3	**9598**
1548-8-2	憎 64-4-6	287-3-3	悃 111-7-2	精 1523-2-5
焜 286-8-3	200-7-1	238-6-5	懦 751-8-2	欋 988-6-6
288-2-1	1043-5-1	675-8-1	762-2-1	1001-2-3
759-3-3	燁 1361-1-4	黑 1576-7-4	1129-3-2	1001-5-2
熅 272-4-5	1173-1-1	懷 317-7-2	1399-8-2	1392-7-3
289-5-5	**9608**	318-6-1	**9599**	1394-5-3
761-8-4	悞 1033-8-2	360-3-4	惶 513-1-2	1394-8-3
1129-3-5	悜 198-4-1	886-3-1	879-5-5	1430-8-5
1416-2-2	645-2-2	惶 464-2-1	**9600**	爌 1187-3-5
煜 513-4-6	慣 213-7-2	479-7-4	悩 553-8-2	**9583**
煜 1335-6-2	**9609**	愧 987-1-3	惆 998-3-1	燭 25-7-2
1585-6-4	悮 215-3-3	1140-4-4	怕 1221-2-6	爈 9-5-3
煌 480-3-3	愣 1578-4-4	1244-2-3	1496-3-4	25-7-1
486-3-3	憬 876-6-4	愕 103-1-1	1508-2-4	29-1-1
870-4-6	877-2-4	104-4-1	**9602**	**9584**
1244-2-5	884-1-4	懼 159-2-4	煬 1548-6-3	爆 1277-6-2
熄 658-2-3	憬 405-4-6	1017-6-3	煬 448-1-1	燤 1514-2-4
熖 930-7-3	406-3-3	1017-8-1	455-3-2	燼 406-6-1
燆 1575-8-5	832-3-3	1503-2-6	467-1-2	**9588**
9682	921-8-1	悼 1034-5-2	864-6-2	炔 1050-2-1
煬 1538-6-8	1210-5-2	惲 401-2-3		1457-4-8
	1210-7-1	憚 1510-6-4		1471-8-5
	爌 1359-8-3	1538-1-2		1472-4-4
	1361-1-5	慢 1488-2-3		炔 857-6-1
		1489-2-2		869-8-3
		1489-6-1		876-2-1
				881-3-4
				9589
				妹 1426-3-4
				煉 1153-6-5
				1168-5-3
				1496-3-4
				1508-2-4
				9590
				恦 223-7-3
				悩 760-5-1
				712-2-2
				1101-4-4
				9591
				炖 295-6-4

9586 燆 1277-6-2

粘 1064-6-1

集韻校本

集韻檢字表 下

一八八八 　一八八七

9833
憋 1459-5-2
　1475-2-4
　1475-5-4
蟞 1474-7-6
9840
鷩 1458-2-2
　1459-5-1
　1475-6-3
暼 1066-7-3
撆 1458-2-1
9844
擎 1066-3-4
　1066-7-2
　1459-4-2
9850
瞥 1457-8-3
　1459-6-2
　1475-5-3
9860
瞥 1458-3-2
　1066-3-1
　1066-5-3
　1110-2-5
　1458-1-4
　1475-3-1
9871
鱉 859-7-3
鼈 1066-1-4
　1475-2-2
鼈 1474-7-4
9873
虌 1066-6-3
　1475-6-1

憬 1521-6-4
9810
蟞 1475-2-3
鼈 1475-5-1
9813
蟞 1458-3-3
　1458-7-2
　1459-5-4
　1474-7-5
9821
懺 791-8-3
　1459-7-2
　1475-7-1
　1458-1-5
鷙 1066-2-2
9822
勢 1066-4-3
　1458-1-1
幣 1066-2-3
　1066-6-2
9824
敝 396-3-3
敝 660-8-4
　1066-2-4
　1066-6-1
　1459-4-1
　1475-6-2
9832
驚 988-3-3
　1066-2-1
　1474-8-1

憿 402-4-5
憿 1306-1-4
憿 859-7-1
憿 294-8-1
　1139-4-3
憿 370-4-3
　813-8-4
　814-5-2
　1556-4-2
9805
悔 725-5-4
　1100-6-1
9806
恰 1624-7-6
恰 593-5-2
愊 553-6-5
愴 458-7-1
　858-7-1
　1235-1-2
憎 536-1-3
憎 1079-1-2
　1090-8-5
　1428-8-2
9808
憸 603-1-2
　603-7-1
　929-6-4
　932-4-4
慏 984-7-5
9809
悇 146-1-4
　180-4-1
　182-3-2
　1014-1-2
　1015-8-2
懜 1231-6-3

　1019-1-3
　1282-3-1
愉 641-1-1
弯 1066-3-4
　1458-4-3
愓 454-5-5
　1233-5-2
愴 1586-6-4
懰 1446-3-4
9803
松 32-2-3
怜 333-4-3
　520-5-2
　888-2-2
憼 1617-2-3
愫 975-3-1
怢 1040-1-4
慊 609-1-4
　614-7-1
　615-3-3
　936-2-1
　1618-8-2
憮 164-6-1
　189-8-3
　696-6-4
　701-8-1
憿 975-3-2
懽 855-4-3
9804
忮 1034-4-2
恈 401-2-4
恅 502-7-4
　1251-5-1
愉 258-1-1
　296-6-1
　743-8-4
　764-6-1
綠 1322-3-4
糅 557-8-1
愉 173-6-2
　571-4-3

9801
忔 99-3-2
　1395-4-2
　1396-7-2
作 1225-2-4
　1500-1-4
佺 255-6-5
　353-7-3
　355-7-3
　1186-7-1
　1186-8-1
悦 1471-3-1
愲 1004-2-1
　1075-4-2
　1106-5-3
　1395-3-2
僵 598-5-3
　940-7-6
　1296-5-1
9802
价 1075-8-3
　1084-3-2
　1085-2-2
　1088-1-3
　1435-2-1
　1442-8-4
怜 588-6-2
　612-1-3
悌 717-5-3
　735-8-3
　1040-5-1
　1542-4-1
懺 1192-6-4
　296-6-1
　743-8-4
　764-6-1
綠 1322-3-4
糅 557-8-1
　898-6-3
　571-4-3

糊 1409-5-3
　1445-3-3
糲 1511-3-1
　1554-4-1
糯 303-8-2
　773-3-1
糕 504-7-2
9793
粗 94-1-3
　225-1-6
糎 551-6-1
　832-2-1
　896-5-1
　1268-5-5
粸 1322-3-5
9794
490-3-1
　1296-5-1
糳 657-8-5
9795
柵 1421-6-2
　1521-3-4
　1522-2-1
9796
粘 506-1-2
糌 91-4-1
9798
糛 563-4-4
糂 1174-3-4
　1255-6-5
糷 1192-6-4
9799
綠 1322-3-4
糅 557-8-1
　898-6-3
　1274-1-3

燠 543-2-1
　830-2-1
　1016-5-3
　1207-5-2
　1340-1-5
燦 60-5-4
　793-7-6
爛 1069-1-1
　1424-4-5
9789
煣 898-3-2
　1270-5-1
燦 1150-2-3
9791
粃 266-3-3
粗 898-6-4
　901-4-1
　1274-1-4
粗 178-8-1
　707-7-6
粿 1097-1-2
粍 992-5-1
　1000-6-4
糶 1188-1-2
　1188-6-4
　1550-1-1
飄 489-7-3
9792
粅 1392-2-5
粡 10-4-3
粭 1233-4-4
糊 556-1-1
糊 185-3-3
糈 137-6-2
　140-1-4
　689-3-2
　691-1-4
糊 559-3-6

　604-7-8
　605-5-3
燵 658-2-2
　685-3-3
　1216-4-4
9785
烽 36-4-5
煇 127-7-1
　273-5-2
　280-2-1
　286-8-2
　759-3-4
　1127-3-2
　1130-4-6
9786
炤 379-8-4
　816-3-3
　1193-6-5
　1482-8-1
烙 1492-6-2
煏 990-1-2
　992-3-2
煾 919-4-4
熠 1580-5-2
　1585-5-3
　1585-7-4
9787
焰 1297-4-2
餡 1304-3-1
9788
炊 53-7-4
　959-6-3
焄 556-3-5
焕 1144-8-4
燃 1125-7-1
欻 1397-4-2
煏 515-2-1
　1546-8-4

爝 826-4-3
熔 73-1-3
爆 369-2-1
　551-3-2
　900-5-2
　1189-6-3
爛 1153-6-4
煙 221-4-4
　725-6-2
　728-2-1
爁 1389-6-3
爓 1546-8-1
鷄 602-1-2
　610-5-2
爛 1153-6-3
爓 1601-7-3
9783
烝 28-7-1
　28-8-3
炟 225-4-2
熜 15-3-4
　631-1-4
燧 1397-4-5
烽 12-4-1
　633-3-1
煘 7-7-2
9784
焂 1539-4-5
焴 896-2-3
煆 441-2-3
　851-8-2
　1227-5-3
爆 578-8-3

9762
鄑 875-8-3
鄑 581-4-3
　585-3-5
翻 282-6-6
鄑 916-1-2
9781
扭 901-6-4
　1201-7-1
炬 98-4-2
烛 1570-5-1
　658-2-3
　685-3-2
燿 333-8-1
　1539-2-2
　1566-4-2
　1297-4-1
爛 1153-6-3
爓 1601-7-3
燿 383-7-3
　1194-8-2
　1203-4-6
　1479-8-2
　1481-6-1
9782
炒 841-3-3
灯 391-7-5
　398-3-1
灼 1482-2-2
炯 883-1-4
　883-8-1
炯 9-5-2
　947-4-1
輝 127-7-2
9732
鄭 865-4-2
9741

9712
鄧 465-8-3
9721
飆 1120-8-2
耀 1195-1-2
9722
邠 809-4-5
　815-7-4
　816-1-1
　1193-6-2
　1198-3-2
　1203-2-1
郿 860-1-1
　865-4-1
翵 373-4-3
鄰 1120-3-1
翺 251-4-3
鷯 1474-8-2
鶲 859-8-4
鷄 457-2-5
9724
殷 501-4-2
穀 501-3-7
9725
輝 127-7-2

　1608-6-4
　1609-3-5
　1614-7-1
惀 597-2-4
　927-3-4
　1295-6-3
9707
惀 918-7-2
9708
悔 1144-6-5
　1145-2-3
恢 705-5-3
恢 274-7-3
候 564-1-2
惧 882-6-2
　886-1-2
　1546-7-2
慣 1157-2-6
懊 830-2-6
　1207-5-3
　1340-6-3
憚 740-7-3
　799-7-1
懺 1075-2-3
憪 146-2-1
懊 402-2-2
懱 680-3-3
　1108-1-3
　1568-8-4
懶 773-2-3
　1069-6-1
懷 631-6-2
9709
憬 1293-1-3
祿 1351-5-3
憬 979-3-3
憬 413-1-4
憭 1057-6-5

集韻校本

集韻檢字表　下

一八九〇

一八八九

934-2-3		304-1-5
955-4-2		306-2-3
982-1-4	**9992**	307-1-2
996-6-3		318-2-3
1015-2-3	粆 434-8-1	**9995**
1064-4-2	稍 815-3-1	(兆)
1114-7-6		319-4-2
1133-8-5	粖 769-7-5	414-2-2
1158-6-8		**9999**
1181-2-3	森 881-8-3	460-3-3
1206-1-5		532-6-2
1206-6-1	古文字	546-3-5
1209-2-3	典(典)	586-1-5
1223-8-2	28-5-2	623-4-5
1312-1-2	常(帝)	664-3-3
1325-7-4	85-8-3	668-3-3
1369-6-2	100-5-1	686-2-2
1405-3-5	101-4-1	704-3-1
1473-4-5	133-2-5	709-1-5
1476-1-2	191-2-6	710-3-4
1497-2-2	217-2-4	736-3-4
1567-8-4	240-6-2	736-3-5
1587-7-2	241-8-1	736-3-6
	247-2-6	741-8-3
	248-6-2	744-8-4
	250-4-4	750-5-1
	250-4-5	809-8-3
	261-3-5	809-8-4
	271-4-2	817-5-4
	273-5-5	825-6-3
	273-6-1	825-7-5
	274-2-3	876-6-2
	276-2-5	879-1-4
	281-2-2	897-8-4
	月(丹)	301-4-2

9982

| 炒 826-4-4 |
| 焇 373-2-5 |
| 396-3-4 |
| 1475-3-5 |
| 焴 1458-6-2 |

9983

| 爌 865-7-4 |

9985

| 燐 251-5-4 |
| 743-4-3 |

9986

| 燀 270-1-6 |

9988

| 焺 597-5-5 |

9990

| 熒 495-1-3 |
| 510-6-5 |
| 510-8-3 |
| 512-1-4 |
| 523-8-3 |
| 884-2-6 |
| 1255-4-1 |
| 禁 495-2-4 |
| 紫 511-7-3 |

9991

| 糙 752-3-2 |
| 754-7-1 |
| 糧 465-6-3 |

| 1481-4-7 |
| 524-2-6 |
| 瑩 1249-6-2 |
| 1251-2-3 |
| 營 486-8-4 |
| 497-4-5 |
| 498-7-2 |
| 499-5-2 |
| 510-5-5 |
| 524-2-3 |
| 甇 495-4-3 |
| 497-1-2 |
| 499-8-1 |
| 511-8-3 |
| 525-2-1 |

9971

| 甍 496-6-5 |

9973

| 袋 497-3-1 |
| 511-8-1 |
| 523-8-1 |
| 1255-4-3 |

9977

| 營 495-2-2 |
| 498-3-3 |
| 524-1-1 |
| 罃 496-7-3 |

9980

| 熒 498-6-2 |
| 510-7-2 |
| 510-8-4 |
| 523-7-3 |
| 883-2-2 |
| 884-3-3 |
| 1255-4-4 |
| 1255-5-1 |

9981

| 熀 1481-2-6 |

524-1-3	524-1-4	1037-7-1
525-1-1	525-1-4	懧 865-8-3
525-2-3	883-7-4	
525-5-3	1255-2-2	**9905**
1250-5-1		糕 401-3-5
1255-4-2	**9912**	糩 615-1-4
	箩 486-8-5	615-4-1
奱 1619-2-2	499-4-1	617-4-1
蠻 510-7-4	333-4-2	
孿 1619-1-2		**9885**
攣 1619-2-1	**9906**	粆 660-6-4
	悄 879-5-4	661-3-4
9942		敉 501-3-4
勞 368-2-4	**9908**	糅 770-4-7
411-3-4	蝥 495-3-3	糏 161-6-6
1212-7-3	523-7-4	
劦 412-1-1	怓 597-2-1	**9886**
	598-1-1	焙 1624-2-5
9950	610-5-1	焙 1311-2-3
莘 1367-8-2	927-7-3	1313-2-3
1493-5-2	覒 511-3-3	熮 546-6-4
肇 511-5-5	覒 510-5-4	553-7-3
		554-7-2
9955	**9921**	895-1-2
莘 881-7-1	莶 495-4-1	
884-3-2	510-4-3	**9900**
	523-6-1	檜 1077-6-2
9960	523-8-5	
莘 412-2-5		**9888**
1368-1-1	**9922**	怵 815-1-4
莬 496-8-2	楸 374-4-2	815-2-1
510-5-3	552-7-3	815-6-1
523-8-4	554-7-1	896-7-1
873-2-2	809-5-2	896-8-2
耆 253-6-4		
254-7-3	**9923**	**9890**
256-3-5	熒 495-4-1	繁 1066-8-3
260-7-1	510-4-3	1458-7-3
264-3-3	523-6-1	
791-2-1	523-8-5	**9891**
1168-2-5		粑 1404-3-2
瞢 510-3-6	**9932**	1412-4-2
	鶯 497-2-1	1451-7-1
	661-3-6	
	9933	**9902**
	蠻 412-1-2	柞 436-4-4
	蠻 411-3-5	粃 62-5-2
		糀 17-4-2
	9940	糯 940-7-1
	垩 510-5-1	1213-3-4
	495-2-3	
	510-4-1	**9892**
	884-3-4	粉 748-3-2
	1255-3-2	1125-3-1
	登 411-7-1	1175-3-3
	496-8-1	
	497-4-1	**9903**
	511-8-2	怭 210-6-4
	510-4-2	

9893

| 糗 401-3-5 |
| 糕 615-1-4 |
| 615-4-1 |
| 617-4-1 |

9894

| 敉 660-6-4 |
| 661-3-4 |

9895

| 梅 231-6-3 |

9896

| 檜 1077-6-2 |

9901

| 怵 478-8-4 |
| 870-8-4 |
| 361-8-2 |
| 1184-8-4 |
| 惶 489-8-3 |
| 懂 1255-3-1 |

1356-8-4	
1555-5-5	**9880**
1138-3-2	燊 1066-6-5
燋 1297-4-5	1459-7-1
1303-2-2	1475-7-2
	爒 1458-6-3
9885	赘 1066-6-4
烊 447-7-2	燇 1459-1-1
烸 732-2-2	
烼 505-4-4	**9881**
燨 78-3-3	炮 839-1-1
	燸 1004-4-2
9886	1404-6-1
焰 1624-2-5	爐 598-6-4
焙 1311-2-3	927-7-3
1313-2-3	1296-7-2
熮 546-6-4	1303-1-1
553-7-3	
554-7-2	**9882**
895-1-2	炛 1086-5-3
	焬 196-5-2
9888	1041-6-1
	燫 616-1-5
9890	燤 632-8-2
	燿 1586-2-2
9891	燭 1371-7-1
	1446-7-4
	1562-5-1
	燱 1479-2-2
	1481-6-4

9883

| 炌 31-7-4 |
| 燁 609-4-1 |
| 614-2-1 |
| 614-7-4 |
| 燧 976-3-4 |
| 爣 1469-8-3 |

9884

| 燉 294-8-3 |
| 296-1-6 |